彷徨者たちの帰還
～守護者の絆～

彷徨者《さまようもの》たちの帰還《きかん》

～守護者《しゅごしゃ》の絆《きずな》～

六青《ろくせい》みつみ

ILLUSTRATION
葛西《かさい》リカコ

CONTENTS

彷徨者たちの帰還
～守護者の絆～

彷徨者たちの帰還

台所の隅で、ひと月前に生まれたばかりの妹が泣き出した。

母さんは庭に出ていったきり戻ってこない。

キースはさんざんまよってから妹が寝ている籠《かご》に近づき、爪先《つまさき》立ちになって中をのぞきこんだ。

泣きすぎて赤味の増した頰《ほお》にそっと手のひらを近づけた瞬間、背後でバタンと扉が開く音がする。

——あたしの娘に近づかないで!!

母さんの大きな叫び声に驚いてふり返る間もなく、首がしまるほど強い力で襟首をつかまれ、そのままグイと後ろに引っ張られた。

視界がぶれる。母さんの腕は止まらない。

キースはそのまま横に投げ飛ばされて、勢いよく壁にぶつかった。ガツンと大きな音が聞こえるほど衝撃が強かったはずなのに、不思議と痛みは感じない。呆然《ぼうぜん》としたまま床に手をついて上体を起こし、視線を上げたキースの顔に、母さんの苛立《いらだ》った声が叩《たた》きつけられる。

——出てお行き! この家にあんたのいる場所はない!

雛《ひな》を守る親鳥のように髪をふり乱し、妹の前に立ちはだかった母さんの姿は、逆光のせいで陰になり、怖《おそ》ろしい黒い巨人に見えた。

——聞こえないの!?

ぼやぼやしていたら頰をピシャリと叩かれた。

キースはあわてて母さんの脇《わき》を走り抜け、家から飛び出した。

小さな庭を横切って、邑《むら》の中心を貫く道に出る。

そのまま走りつづけ、五歳のキースにとって世界の果てにあたる、邑と森の境にたどりついた。

境といっても門や柵《さく》があるわけではない。目印に二本の柱が立っているだけ。勝手に出て行ってはいけないと、常日ごろきつく言い聞かされている場所。

この先は、危険がたくさんある森が広がっている。

どうしよう…。

言いつけを破って森に入る勇気はなく、さりとて家に戻る気にもなれない。迷った末に、柱から少し離れた場所にある茂みにもぐり込んだ。茂みの根元には、ちょうどキースが座ったり寝転んだりできるだけの空間がある。ここを今日から自分の家だと言い聞かせ、ひとりで生きていこうと心に決めた。

あたりに生えている草をむしってかき集め、寝床を作る。そこに手足を丸めて横たわり、さっきぶつけた肩や腕をさすりながら眠りに落ちた。

肌寒さに目を覚ますと、腹の虫がくぅと鳴く。

キースは強張《こわば》った手をこすり合わせながら茂みの中を伝い歩いて木の実を集め、腹を満たそうとした。

焼きたてのパンと、野菜と肉がほろほろにとけ崩れるまで煮込んだ温かな汁《スープ》が恋しい。けれどそれを作る母さんの顔を思い出すと、鳩尾《みぞおち》のあたりをきゅっとつかまれたような気がして、強く目を閉じた。

家を飛び出したときは真上にあった太陽が、西に傾いて森の端に触れるころになると、あたりの空気が杏《あんず》色に染まり、風が冷たさを増してゆく。

寝床を作った茂みの根元に戻り、膝《ひざ》を抱えてうずくまっていると、ふいに声をかけられた。

——西小路のキースじゃねぇか。こんなとこで何してる。早く家に帰《けえ》らなけりゃ暗くなるぞ。

森に入って仕事をしていた邑人が帰ってきたのだ。かけられた声はひとつだが、気配は複数ある。

キースはあわてて茂みの奥に引っ込んだ。

声の主は呆《あき》れたような溜息《ためいき》と苦笑を残して離れたものの、立ち去る気配はなく、別の邑人と立ち話をはじめた。

——どうした、犬でも逃げ込んだのか？

——いや、西小路のキースがそこに。

「ああ」と答えた声には、妙に納得した空気が含まれていた。

——あそこの嫁も因果なことだ。皆の大反対を押しきってテイコク人の餓鬼なんぞ拾って育てはじめたかと思ったら、自分が子を孕《はら》んだとたん、拾い子のことは邪魔者あつかいだ。

——あの子も不憫《ふびん》だな。

——そうか？　俺《おれ》ぁいい気味だと思うがな。テイコク人の餓鬼なんぞ、どうなろうと知ったことか。

——まあ、それもそうか。

大人たちの声はそれきり途切れ、かすかな足音と一緒に気配も遠ざかっていった。

キースは茂みの下で膝を抱え、今の会話を反芻《はんすう》していた。「拾い子」「ていこくじん」「ふびん」。全部自分を指した言葉だ。どうにか意味が分かったのは「拾い子」だけ。

木の実を拾う。落とした荷物を拾う。塵《ごみ》を拾う。

——どこかに落ちていたオレを、母さんが拾った。だけど妹が生まれたら邪魔になって、また捨てたくなった。

「ていこくじん」と「ふびん」の意味は分からない。ただ、声に含まれた響き——怒りや侮蔑《ぶべつ》、嫌悪——から良い意味でないことは理解できる。自分が母さんに嫌われ、疎まれていることも理解している。壁に投げ飛ばされて、ぶつけた肩の痛みを思い出すまでもなく。

キースはそのまま暗くなるまで茂みの根元でうずくまり、空腹と寒さに耐え続けた。

日が沈んでどのくらい経《た》ったころだろう。

——キース！

自分の名を呼ぶ父さんの声が聞こえた。一緒に筒《ラン》灯《タン》の明かりが近づいてくる。すぐに飛び出して抱きつきたい。けれど同じくらいの強さで、このまま見つからず、石のようにうずくまったまま消えてしまいたいとも思う。

見つけて欲しいのに、見つかって家に帰るのは嫌。かじかんだ拳《こぶし》の中で、相反する気持ちがせめぎ合う。

——キース、どこにいる？　キース！

父の声には心配の響きがある。息子の身を案じて探しにきてくれた。その声と、チラチラ瞬く灯火の暖かそうな色に心が揺れる。

このままひとりで生きていこうと決めたのに。

——キース？

父の声が近づいてくる。

茂みが揺れて、頭上に灯火の明かりが落ちた。

Ⅰ　†　天の国《パラディス》の野生児

「キース！」

大きな声で呼ばれて、キースは夢から醒《さ》めた。

思わず両手を上げて開いてみる。

そこににぎりしめていた木の実はなく、寒くかじかんだ感覚もない。

当たり前だ。夢の中ではいつ雪が降ってもおかしくない晩秋だったけれど、今は夏。木陰にいても、風がなければ少し蒸し暑い。

キースは改めて樹上から森を見わたした。

天の国《パラディス》の森は自分にとって遊び場であり、命の糧《かて》を恵んでくれる場所であり、つらいことや悲しいことがあったときに逃げこめる場所でもある。

森は深く危険も多い。

邑人の多くは未知の場所を恐れて、奥深くまで足を踏み入れることはない。見慣れた安全な場所だけで暮らす邑人を尻目《しりめ》に、キースは森に入り浸っている。それは孤独をまぎらわす代替行為だと自覚しているけれど、同時に「それがどうした」と開き直ってもいた。

邑にいても、居心地の悪さと孤独を否応《いやおう》もなく突きつけられるだけだ。彼らはキースを嫌っている。キースも、彼らに受け入れて欲しいと願ったり努力することなど、とうの昔にやめている。

「……」

久しぶりに幼いころの夢を見たせいか、いつもは意識の隅に押しやっている感情が湧《わ》き上がってくる。

あれは妹が生まれた年の秋だから、九年前か。

あのとき五歳だったキースは十四歳。もう、両親の庇護《ひご》がなければ生きていけない、か弱く頼りない存在ではない。

梢《こずえ》の合間から空を見上げて小さく息を吐いたとき、静けさを破って近づいてくる無粋な足音が聞こえてきた。

「キース、どこにかくれてるんだ！　出てこい。親《おや》父《じ》…じゃねえ、邑長《むらおさ》が呼んでるぞ！」

茂みをがさごそと派手《はで》に揺らして現れたデミルが大声を上げる。その様子を、キースは樹の上から醒めた目で見下ろし、長い髪をかき上げながら邑長の家の厨房《ちゅうぼう》からくすねてきた椎《しい》の実パンをかじった。

邑長のひとり息子デミルはキースより二つ年上の十六歳で、身体が大きく、声と顔と態度も大きい。肌は邑の皆そうであるように、椎の実を煮出したような褐色で、髪は赤味を帯びた茶色だ。

邑の男は髪を長く伸ばし、成人すると編みこみや飾り玉で美しく彩る慣《なら》わしがあるので、デミルの頭も凝った編み込みとゴテゴテした色玉で派手に飾り立てられている。子どものころは結《ゆ》っても後頭部にひとつくらいだが、成人すると両脇を何本も三つ編みにしたり、飾り玉を使って凝った編みこみをしたりして、美麗に彩るのが特徴だ。

キースも今年十四歳で成人になるが、まだ通過儀礼がすんでいないので髪はただの伸ばしっ放し。飾り気はいっさい無い。代わりに草の葉や種、木くずなどをからみつかせているため、きれいとは対極、控えめに言っても汚らしい。それにはきちんとした理由があって、わざとそうしているのだが、デミルは顔を見るたびに「もっときれいにしろ」とか「俺が髪を結ってやる」などと気色の悪いことを言う。

キースはデミルが嫌いだ。

嫌いな理由はいくらでもある。デミルは二年前、キースが流行り病で両親——といっても血はつながっていないので、正確には養父母——を亡くしたあと、キースを引き取ってくれた邑長の息子だ。

幼なじみとか義兄弟と言えば聞こえがいいが、実際は子どものころから何かとからかわれ、絡まれ、いじめられてきた。

それだけでも嫌うには充分だったが、嫌悪が決定的になったのは養父母が亡くなって邑長の家に引き取られたその晩に、夜這《よば》いをかけられた瞬間だ。

デミルの邪《よこしま》なたくらみは股間《こかん》を思いきり蹴《け》り上げて阻止したけれど、それ以来側《そば》に寄られると虫唾《むしず》が走るようになって避けている。

避けるだけでなく、はっきり「嫌いだ、寄るな触るな」と言っているのに、言葉が通じないのかと思うくらいべたべたとつきまとってくる。さらに隙《すき》あらば抱きついて物陰に連れこもうとするので、最近では殺意まで湧いてくる始末だ。

「おおーい、キース！　出てこなけりゃ、成人の儀は無しにするって親父が言ってたぞ、それでもいいのか!?」

「……ちっ」

キースは思わず舌打ちを洩《も》らして身を起こした。

今さら、子どもだましのような通過儀礼を行う必要性など感じない。けれど、儀式をすませると贈られる鉄の小刀《こがたな》は欲しい。鉄は貴重品だからだ。

キースはデミルが遠ざかったのを確認してから地上に飛び降り、邑長の家に向かって走りはじめた。

その足音を耳聡《みみざと》く聞きつけたデミルが、背後から猛然と追いかけてくる。

「なんだキース、やっぱりいたんじゃねぇか。いるなら返事くらいしろよ」

息を弾ませながら伸ばしてきた腕を素早くふりはらい、冷たく言い放つ。

「触るな」

「おまえときたら、相変わらずなんて格好してるんだ。ちゃんと家に帰って風呂《ふろ》に入れよ。せっかくきれいな顔してるんだからさ」

「きれいとか言うな、気色悪い」

オレが汚い格好をしているのは、おまえみたいな色魔野郎たちを避けるためだ。

キースは、褐色の肌と薄茶か赤茶色の髪を持つ邑人たちの中で、たったひとりだけ白い肌と黒い髪をしている。瞳《ひとみ》も、他《ほか》は緑か青味がかった灰色なのに、自分だけが夕闇《ゆうやみ》せまる空の色、混じりけのない濃い紫だ。しかも感情の動きで濃さが変わる。ふだんは濃い紫なのに、怒ったり興奮したりすると底から光を当てたように鮮やかな青紫色になる。

茶色い野うさぎの群れに迷いこんだ白うさぎ。もしくは、矮鶏《ちゃぼ》の群れで孵化した家鴨《あひる》。

それが自分だ。

そのせいで幼いころから嫌な目に遭ってきた。からかわれ、仲間外れにされ、邑で何か忌《い》み事《ごと》が起きると「お前のせいじゃないか」と疑われて、白い目で見られてきた。

嫌われているのは見た目のせいだけでなく、自分が『テイコク人の子ども』だからと知ったのは、妹が生まれて母に疎まれはじめた五歳のとき。

テイコク人が何を意味しているのかそのときは分からなかったが、今は理解している。邑の連中にとってテイコク人は、忌み嫌い憎むべき存在だ。

だからキースも嫌われている。そんなことにはもう慣れた。仲間外れも、悪意を込めた眼差《まなざ》しも、嫌味や罵詈雑言《ばりぞうごん》も。こちらが気に留めなければいいだけの話だ。

我慢ならないのは、キースのことを無視したり嫌がらせをしたりする一方で、性的な目で見たり襲おうとする男どもがいることだ。油断していると物陰に連れ込まれて裸に剝《む》かれそうになったり、剝き出しにした性器を見せつけられて迫られたりする。

前に一度ひどい目に遭ったことがあるので、それ以降は用心に用心を重ねて、危険そうな場所には近づかないようにしているし、複数が相手の場合はとにかく逃げる。捕まった場合に備えて、目潰《つぶ》しや刃物の携帯も怠らない。

父さんが生きていたころに護身術や剣技、槍《やり》、弓など、ひと通りの手ほどきを受けてからは、毎日鍛錬を怠っていない。

その甲斐《かい》あって、今では一対一でキースに敵《かな》う者はほとんどいない。相手が四、五人でも、よほどの不意打ちか、罠《わな》でもしかけて捕縛しない限りキースをつかまえることは不可能だろう。

デミルに言わせると「邑の女におまえより美人はいない。だからみんな狙《ねら》ってる」らしいが、目が腐ってるか性根が爛《ただ》れてるとしか思えない。

「本当のことだろ。髪だってそんな脂じみたまんまにしてねぇでさ、ちゃんと洗って昔みたいに手入れしろよ。そうすりゃ邑の女なんか誰《だれ》も敵わねぇくらいきれいなんだからよ」

デミルの脳天気な大声に苛立ったキースは、眉間《みけん》に皺《しわ》を寄せながら言い放った。

「いい加減、オレのこと女あつかいすんのやめろ」

ふり向き様、目にも止まらぬ素早さで腰に差した木剣を引き抜く。鮮やかな手つきで鋭い切っ先を喉《のど》元《もと》に突きつけると、顔と声と態度がでかい男はようやく口を閉じ、降参するように両手を上げた。

ふたつ年上で背丈も頭ひとつ分以上大きいのに、いざ喧嘩《けんか》となればキースには敵わないと、これまでの経験で思い知っているからだ。

「……わかったよ。だけど、親父んとこ行ったらどうせ同じこと言われるぜ。――みんな驚くだろうな。身繕いちゃんとしたキースがどんだけきれいか知ったらさ。おまえ昔っから汚ねぇ格好してたから、素顔見たことあるやつって案外少ねぇんだよな。待てよ、そうすっと、やっぱその格好のまんまのほうがいいのか。おまえがすげぇ美人だってばれたら恋敵が増えるもんな」

ガハハと笑うデミルの阿呆面《あほづら》を無視して、キースはひたすら歩きつづけた。手には油断なく木剣をにぎったまま、決して気を許さずに。

茂みをかき分けて森の小道に出ると、そこから半時ほどかけて邑にもどった。キースにとっては半月ぶりの帰還だ。

邑の名前はアルカ邑。戸数は三〇。人口一五〇にも満たない小さな共同体だ。

小さな、といってもキースを含めた同年代以下の子どもたちはアルカ邑以外の集落を見たことがないので、大人たちが言う「小さい」に実感が湧かない。キースを含めた子どもたちにとって、世界はアルカ邑と邑を取り巻く広大な森。それがすべてだった。

天の国《パラディス》と名づけられた大地に広がる森は豊かで、人々の暮らしに必要なほとんどのものを与えてくれる。家を建てる木材、食糧、鏃《やじり》や小刀になる鋭い石、布を織るための繊維、陶器を作る質の良い土、そして豊かな真水。森を切り開いて開墾した土地は養分が豊富で作物の出来がいい。

森は豊かな恵みをもたらすと同時に、怖ろしい場所でもある。無闇に木を伐《き》り開墾すれば、二年前に起きた流行り病のように逆襲される。森の奥には毒虫や凶暴な動物も多い。安易に森へ踏みこめば、そこかしこに口を広げた落とし穴のような亀裂《きれつ》に落ちたり、道に迷って死ぬこともある。だから人々は森を畏《おそ》れ敬いつつ、もたらされる恵みに感謝して暮らしている。

天の国《パラディス》で手に入らないものは塩と、鉄や銅といった金属くらいだ。それらも一年に一度〝選士〟たちが〝境界〟を越えて、怖ろしいテイコク人がうようよしている外界に行き、森で採れた薬草や珍しい植物、貴石、女たちが織った繊細な飾り帯などと交換して帰ってくる。

選士というのは邑で最も勇気があり、口が固くて秘密を守れる、強くて賢い男だけに与えられる称号だ。現在、邑には選士が五人いる。

境界は文字通り、邑と外界を隔てる境のことだ。

大人たちはことあるごとに言う。

『ここは地上の楽園だ。ここより素晴《すば》らしい場所は他にない。外界は怖ろしく残酷な世界――地獄だ。我らはその地獄から、残虐で魔物のようなテイコク人の迫害を逃れて、この天の国《パラディス》にたどりついた。もう二度と、あの地獄には戻りたくない』

『テイコク人は悪の権化だ。彼らは底なしの貪欲《どんよく》さですべてをむしり取ってく。俺たちが寝る間も惜しんで働いた蓄えのほとんどを奪っちまう。俺たちが冬に着る服もなく、暖を取る薪《まき》もなくて寒さに震えているとき、テイコク人は薄物一枚で過ごせるくらい暖《あった》っけぇ部屋で寝起きして、たらふく飲み食いしながら湯水のように薪を燃やしてた』

『テイコク人を養うための供物が足りないと、娘や息子を売った。それでも足りなければ家族で身売りして奴隷になるしかない。不服従の見せしめで鞭《むち》に打たれて命を落とす者もいた。だから俺たちは逃げ出した。理不尽な支配から』

年長者の言葉には逆らいがたい重みと実感がある。それを聞いて育った子どもたちも、テイコク人は悪の権化。見つかったら殺される。外界は怖ろしいところだ、ここから出たら生きていけないと、疑うことなく信じている。

そして、テイコク人の子どもであるキースを無条件で嫌っている。養父母亡きあと、邑長が後見人に名乗りを上げなければ、集団いじめの標的にされて命を落としていたかもしれない。

そういう意味では邑長に感謝している。

本来なら勝手に森を探索したり、一年の大半をひとりで過ごすということは許されない。キースがそれを許されているのは、邑の誰よりも——それこそ選士たちよりも——森の奥深くまで分け入って、珍しい貴石や薬草類を見つけてくるからだ。陽《ひ》にかざすとまばゆく輝く色のついた石は、邑長や選士たちにとても喜ばれる。赤子の拳大の石ひとつあれば、外界で塩の塊ふた抱え分と交換できるという。

薬草類も喜ばれる。選士たちが何日もかけてようやく一本見つけられるかどうかという稀少《きしょう》な薬草や茸、木の根などを、キースはわりと簡単に見つけることができる。

キースはその能力を盾にとって、邑長と選士たちと交渉し、ある程度の自由を手に入れた。

ただし〝境界〟に近づくことは禁じられている。

邑には厳しい掟《おきて》があり、それを破れば容赦ない制裁が科せられる。中でも一番厳しい掟は、無断で〝境界〟を越えてはいけないというものだ。勇敢で用心深い選ばれた男たち以外が無闇に外界へ出たりすれば、怖ろしいテイコク人に襲われるだけでなく、邑の場所を知られてしまう危険がある。だから決して無断で〝境界〟を越えてはいけない。

興味を持つことすら忌避されている。

それは生まれたときからくり返され、骨身に沁《し》みるよう言い聞かされてきた絶対の掟だ。それを邑の子どもたちは疑うことなく信じているが、キースは彼らのように素直ではない。禁じられたからといって無闇に従うつもりもない。

〝境界〟は選士たちの警戒が厳しい場所以外なら、案外簡単に近づける。

探索ついでに何度も足を運んだことのあるその場所で、キースはいつも外界に思いを馳《は》せてきた。

外の世界がそんなにも怖ろしい地獄だと言うなら、年に一度選士たちが物々交換で手に入れてくる家畜や家禽《かきん》の仔《こ》や雛、それに鉄器や細々とした貴重品や珍品——繊細な飾りのついた櫛《くし》や針、鏡、紙、練り香、色とりどりの形をした菓子など——を作っている人たちはどうやって生き延び、そして天の国《パラダイス》に住む自分たちよりはるかに優れた技術を維持しているのだろう。彼らは悪の権化だというテイコク人に迫害されたり、殺されたりしないのだろうか。

それとも、素晴らしい品々を作り出しているのは、テイコク人たちなんだろうか。

そうだとしたら彼らに会ってみたいと思う。

邑では極悪非道な人でなしだと忌み嫌われているけれど、同じ血を引く、同じ色の肌と髪を持つ自分のことは受け入れてくれるだろうか…。

そこまで考えたキースは、頭をひとふりして淡い期待を追い払った。

期待などするな。

この世に信じられる人間などいない。

母さんは、死んだ我が子の代わりにオレを拾って育てようとした。けれど新しい子どもを身籠《みご》もったとたん、オレが邪魔になって疎んじた。娘に近づくなと詰《なじ》られ、追い払われ、最後はいないものとして無視された。

父さんは母さんみたいにオレを無視したり嫌ったりしなかったけど、やっぱり実の娘の方が可愛《かわい》くて仕方ないのは、嫌というほど感じた。妹とオレが流行り病に罹《かか》ったとき、ひとり分しかなかった薬は、迷わず妹に与えられた。

皮肉なことに、見捨てられたキースが助かって、薬を与えられた妹は命を落としてしまったけれど…。

その流行り病で父さんも母さんも死んでしまった。

キースひとりが生き残ったあと、住んでいた家は厄落としという名目で焼き払われた。家財道具は、すべていったん邑長の預かりとなり、そのあと改めて邑人たちに配分された。

家を焼かないでくれと、泣いて頼んだキースの訴えは無視された。慣れ親しんだ食器や服、戸棚や寝台、机や椅子を「返せ泥棒!」と叫んだら、見せつけるように叩き壊した椅子の脚を投げつけられた。

「流行り病はおまえのせいだ! 忌々しいテイコク人め! 魔物め!」

口々に叫んだ邑人たちに包囲され、欠けた茶杯《コップ》や火のついた木切れ、石、腐った野菜まで投げつけられた。邑長が現れて、キースを養い子として引き取ると宣言しなければ、たぶんあの場で殺されていた。

流行り病では邑の一割が命を落とした。すでに終息に向かっていたとはいえ、いつ自分や自分の家族も罹って死ぬか分からない状況のせいで、邑人は正気を失なっていた。だから恨むなと邑長に諭されたけれど、うなずくことなどできなかった。

数日が過ぎると、彼らはまるで憑《つ》きものが落ちたように自分たちの所業を忘れたようだった。

けれどキースは忘れない。

十二歳の夜。誰ひとり味方がいないまま、責められ罵倒され、殺されかけた夜のことを。

Ⅱ † 成人の儀式と、光る石

アルカ族の成人の儀――大人の仲間入りを認めてもらうための通過儀礼はそれほど難しくない。

少なくともキースにとっては簡単なことだ。

鬱蒼《うっそう》と茂った森の小道を抜けると、二本の柱を建てた邑の入り口が見えてきた。そこで待ちかまえていた邑長がキースに気づいて眉根《まゆね》を寄せる。

「やっと戻ってきたか。相変わらずひどい姿だな」

邑長の背後に並んだ五人の選士たちも、厳しい表情でキースを見つめている。

長は五十に差しかかり、髪に白いものが目立ちはじめているが、肉体が衰える兆しはまだない。精神はさらに頑健で、邑のまとめ役として強靭《きょうじん》な意志力を発揮している。


キースは臆《おく》することなく無言で彼らを見つめ返し、自分の格好を見せつけるよう胸を反らした。それを見て、邑長があきらめたようにふう…と息を吐く。

「まあいい、湯屋で身を清めて仕度をしろ」

「このままでいいだろ」

「成人の儀式は神聖なものだ。勝手は許さん」

邑長の声に含まれた苛立ちを察して、キースはそれ以上反発することなく、言われたとおり湯屋に向かった。

両親亡きあと自分を引き取ってくれた邑長に対して、当然感謝していると思われそうだが、ことはそれほど単純ではない。

流行り病で家族全員を失ったのはキースだけだったが、邑長がキースを引き取って後見人になったのは、孤児になったキースを哀れんだわけでも、情が湧いたわけでもない。単に利用価値があると認めたからだ。六、七歳のころから、キースは森に入ると、大人たちには見つけられない稀少な薬草をいとも容《た》易《やす》く見つけたし、毒虫や毒蛇に咬《か》まれることもなく、獣に襲われることもなかった。

　邑長だけがそうした能力に気づいていた。だから、邑中の嫌われ者だったキースを引き取って後見人になると決めたとき、賛成する者は誰もいなかった。むしろ反対する者ばかりで、それは選士たちも同じだった。

　しかし、逃げ隠れするのが得意な、ただの小汚い餓鬼という選士たちの認識は、キースが邑長の家で暮らしたひと冬の間に変わった。春が来るころにはキースの身のこなしや物覚えの良さは、彼らの間で一目置かれるようになっていた。

　テイコク人でなければとっくに選士見習いとして推薦していたという話は、彼らの会話を盗み聞きしたときに知った。

　選士たちは定期的に邑長の家に集まってさまざまな——外界に降りたときの注意点や道の様子、取り引きのときに使う単語や身ぶり手ぶりの意味などの——話をするので、キースはこっそり床下にもぐり込んで盗み聞くようにしていた。

　そうした会話の中に、たまに自分の話題が混じることがあった。それによるとキースの知力や身体能力は、邑の子どもたちに比べてかなり抜きん出ているらしい。

『長に心から忠誠を捧《ささ》げられるなら、テイコク人であっても取り立ててやる価値はある』

　そう主張する選士もいた。

『あの子は頭がいい。テイコク語もすぐに覚えられるだろう。うまくすれば、通訳や仲買人なしで取り引きできるようになるかもしれない』

『いや駄目だ。あいつが俺たちや長のことを芯《しん》から信用することはないだろう。あの瞳を見ただろ。誰も信じるものか、自分以外は全部敵だって瞳だ』

『さんざん、いじめられてきたからな』

『そういう人間ほど、一旦《いったん》信用を得れば堅いぞ』

『落とせるか？』

『これまでいじめに荷担してなかったやつなら、できるんじゃないか。クラール、どうだ？』

『俺はだめだ。あの子が井戸向こうの親父に手籠めにされかけたとき、見て見ぬふりをした。あの子もそれを覚えてる。俺を見る目は氷みたいに冷たい』

『ダールは？　おまえは面倒見《めんどうみ》がいいから、うまく手なずけられるんじゃないか』

『そう思って試してみたんだが、だめだな。下心を見抜かれてるようだ。声をかけるたびに鼻で笑われるから腹が立つ』

『じゃあヘレンデは？』

ぼそぼそと答える声が聞こえたが、内容は聞き取れなかった。けれどなんと答えたか察しはつく。

ヘレンデも、キースが邑の子どもたちから仲間外れにされたり、大人たちからひどい言葉を投げつけられたりする姿を何度も見ていたのに、助けてくれたことは一度もない。

『見ているだけで助けなかった人間も、あの子にとっちゃいじめてきたやつらと同類だろう。ここにいる全員、あの子を助けてやったことは一度もない』

最年長のカラムの言葉に、選士たちの間に沈黙が落ちる。やがて、ダールが再び口を開いた。

『もっと早くから目をかけてやっていればな』

『そのあたり、長はさすがだな。早くからキースの能力に気づいて目をつけてた。邑の連中のいきすぎたいじめも、ときどき諫《いさ》めてやってたから、キースも長の言うことなら聞く』

『信用はしてなさそうだけどな』

「あたりまえだ」

記憶の中の会話に思わず突っ込みを入れながら、キースは湯屋に足を踏み入れた。

風呂に浸《つ》かるのは何ヵ月ぶりだろう。

二年前から、冬以外は森で暮らしている。夏の間は川の水を浴びるだけだし、邑長の家で過ごす冬の間は、夜這いを警戒してわざと風呂に入らない。

もしかしたら数ヵ月どころか年単位で入ってない

かもしれない…などと考えながら髪を洗い、身体《からだ》の汚れを落として湯船に浸かる。

　温かな湯の刺激で肌がぴりぴりする感触を久しぶりに堪能《たんのう》しながら手足を伸ばすと、幼いころ母と一緒に風呂に浸かったことを思い出す。まだ妹が生まれる前で、キースの人生で一番幸せだったころだ。

　湯屋を出ると、脱衣所に新しい衣服がひとそろえ置いてあった。服はリンネという木から採れる繊維を紡いで織ったものが使われている。夏は一重。冬は二重の生地の上から毛皮の上衣をまとう。足は基本的に裸足だが、森に入るときは革製の編み上げ靴《サンダル》を使い、冬はリンネ布を内張した革靴を履く。

　普段着はごわごわしていて肌に馴染《なじ》むまで時間がかかるが、今回用意されていたのはそれより上等なものらしく、肌触りもいいし身体にぴたりと馴染んでくれる。

　髪を伸ばして飾り玉で彩る分、男の服は女物に比べて装飾が少なくすっきりしている。

　女は成人になると子ども時代に伸ばしていた髪を短く切り、以後はこまめに切って短く保つ。男のように髪形に凝らない代わりに、女たちは服に手をかける。色とりどりの染め糸を使って細かい模様を織ったり、美しい刺繍《ししゅう》で襟《えり》や袖《そで》を飾る。

　男も女も、服の形は基本的に膝丈の貫頭衣で、裾《すそ》は足さばきをよくするため両横に切れこみを入れてある。貫頭衣の生地は単色の無地だが、腰に巻く帯は女たちが腕によりをかけた豪華な刺繍や模様織りが使われる。帯一本は指一本分ほどの幅で、それを何本か連ねて使う。

　子どもたちは男女ともに帯一本。大人になると女は帯二本、男は三本が基本だ。男でも女でも何か役職につけば一本増えて三本と四本になる。帯五本は邑長の奥方の印。帯六本が許されるのは選士だけ。そして帯七本は邑長の証《あかし》だ。

　キースは儀式用に用意された新しい服と腰帯を身につけ、編み上げ靴を履いて湯屋を出た。

成人の儀式は邑中で出立を見送り、出迎えるのがしきたりだが、テイコク人の子どもである自分のためにわざわざ足を運ぶ者はいないだろう。

というキースの予想は外れた。

どうやら邑長に命じられて集まったらしい。広間に近づくと、出された祝い酒や料理に舌鼓を打っている人々のざわめきが聞こえてきた。

あからさまな文句はさすがにないものの、嫌味や当てこすりを口々に言い合っていた邑人たちの声が、キースが姿を現したとたん消えた。代わりに風を受けた梢のようなざわめきが広がる。

「誰だ、あれ？」

「誰って、キースだろ。あの生っ白い肌を見ろ」

「信じられん…あいつ、あんなにきれいな顔してたのか」

「あの細い腰を見ろよ。それに邑一番の器量良し、エメアより美人じゃねぇか」

「ありえねぇ…」

「デミルの野郎が血相変えて、やつの尻ばっかり追いかけまわしてんのを笑ってたけど、やっと理由がわかったわ」

「あれで乳さえありゃ、肌が白かろうが髪が黒かろうが、邑中の男が嫁に欲しがるぞ」

「いや、あんなにきれいな顔してんなら乳なんぞなくても、男でも充分…、なあ」

「ああ。あの細い腰をぐっとつかんで揺さぶってやったら、どんな声出して喘《あえ》ぐか楽しみだ」

広場のそこここで好色そうな笑い声が上がる。

邑の女は総じて体格がいい。大柄でがっしりした女が多いせいか、美人の規準には細く華奢《きゃしゃ》であることがまず挙げられる。

若い娘を見れば品定めに興じ、下卑《げび》た会話で盛り上がるのは男の習性のようなもの。それが自分に向けられる不愉快さに眉根を寄せながら、キースはざわめきに混じる下品な言葉には気づかないふりで、発言した男たちの顔をしっかりまぶたに焼きつけた。

今後、警戒すべき危険人物として。

「準備はできたか？」

邑長に訊《たず》ねられてキースはうなずいた。

背中に背負った携帯袋にはしきたり通り一日分の食糧——蜜《みつ》を塗った堅焼きのパンと燻製《くんせい》肉、塩がひと欠片《かけら》と、火打ち石に火口《ほくち》、養父母の形見の把手つき鉄製茶杯、寝具にも袖無しの外套《がいとう》にもなる薄い毛布が一枚入っている。

成人の儀式というのは、これだけの物資を頼りにひとりで森へ入り、天の国《パラディス》の〝境界〟を見て帰ってくる小さなひとり旅のことだ。そして旅の途中で見つけた特別な品を『成人の印』として持ち帰る。

『成人の印』は本人にとって意味があると思えるものならなんでもいい。美しい色だったり珍しい形の石や木片、蜂《はち》の巣や草花の株、仕留めた獣の毛皮という者もいた。

たいていは行きに一日、帰りに一日で一泊二日の行程だ。帰りの食料は自力で探さなければならないが、自信のない者は一日目の食料を半分残して二日目にまわしたりする。

道に迷うと三日や四日かかる場合もあるが、五日を過ぎると選士が捜索に出て見つけ出してくれるので、遭難して行方不明になることはない。ただしその場合、儀式は失敗したとみなされ、後日やり直しをすることになる。

木々が鬱蒼と茂り、起伏が激しい森の地形は見通しがきかず、方向を簡単に見失う。足場がもろく、落とし穴のような亀裂もいたるところにある。馴染んだ川から離れてしまえば、水を見つけるのも苦労するだろう。

大型の肉食獣はいないが、油断すれば毒虫に咬まれたり刺されたりする危険がつきまとう。それに、ひとりきりで夜の森を過ごすのは、かなり勇気が必要だ。邑の家でいつも人の気配を感じながら暮らしてきた子どもにとって、闇夜の森は何よりも怖ろしく感じるだろう。

邑の子どもは、森に入るといってもごく浅い部分だけなので、深部に分け入る成人の儀式は、ある意味命懸けな部分もある。

そうした心配がキースにはいっさいない。真剣味が足りないと言われるのは、簡単すぎるせいだ。

〝境界〟も、すでに何度も見たことがある。そういう意味では、もう立派な成人《おとな》なのかもしれない。

背中に背負った携帯袋などなくても平気。あった方が助かるのは火打ち石と塩くらいだろうか。

「では、幸運を祈る」

邑長のあっさりとした祝福の言葉を受けて、キースは住み慣れた森に足を踏み入れた。

本来なら夜明けとともに出立するのが慣わしだが、キースは遅れて正午《ひる》近くになった。事前に邑長から説明を受けた目印に添って進んでも、最寄りの〝境界〟にたどりつくのは夜中になるだろう。

キースは最初の目印、二股《ふたまた》に別れた針槐《ハリエンジュ》の大木からわざと道をそれて進んだ。成人の儀式に使われる道の目印が昔から変わっていないとしたら、デミルや他の男たちが、よからぬことを企《たくら》んで待ち伏せしている可能性がある。それを避けるためだ。

それに、どうせ〝境界〟に行くなら、これまで見たことのない場所を探してみたいと思う。冬季を除いた二年間、様々な場所を探索しながら暮らしてきたが、森の全貌《ぜんぼう》はまだつかめていない。

「成人の儀式…って言うなら、一応それらしく冒険っぽいこともしないとな」

キースは小さくつぶやいて森の深部へ向かった。

背後に人の気配を感じたのは、日が傾いて薄暗くなり、そろそろ野営の準備をはじめるころ合いだ。

薪と寝床作りのための枝葉を集めながら、慎重に気配を探る。数はひとつかふたつ。一定の距離を保って近づいてくる様子はない。デミルや邑の男たちなら気配を消すこともできず、もっと分かりやすく物音を立てているはず。

では誰か？

来る途中で見つけた自生の人参と玉葱《たまねぎ》を火で焙《あぶ》り、最後の堅焼きパンと燻製肉をかじりながら考える。自分を追跡する理由と意味、損得を比較するうちに、ふっと閃《ひらめ》いた。

「なんだ、選士か」

成人の儀式で道に迷い、帰れなくなった者を生かして連れもどすために、最初からこうやって追跡しているのだろう。

見当がつくと気が楽になり、キースは木の上に作った即席の寝床に身を横たえて眠りについた。

翌日は川魚と野草と野苺で腹を満たしつつ、一日歩きつづけて、夕暮れ前に〝境界〟にたどりつく。

それまでどこを向いても同じような樹々と茂みばかりだった視界が、突然開けてどこまでも果てしなく続く青空が目に飛びこんでくる。

足元は鉈《なた》で割ったような断崖《だんがい》。さえぎるもののない垂直の絶壁が、大人の背丈五〇〇人分ほどもありそうな、はるか下方まで続いている。

終点は広大な森。濃い緑色の深い森はかなり遠くまで広がり、その向こうは明るい緑と黄色い大地が斑《まだら》模様をくり返している。

人が登り降りするのは到底不可能に思える、この切り立った垂直の崖が〝境界〟だ。

天の国《パラディス》と外界を別《わか》つ、境目。それが外界から忍び寄る魔物のようなテイコク人から天の国《パラディス》を守っていると、子どもたちは教えられて育つ。

けれどキースは知っている。〝魔物のようなテイコク人〟というのは方便に過ぎない。邑長や選士たち大人が本当に恐れているのは、重税の過酷さに耐えかねて逃げ出してきた故国からの追っ手なのだと。

それをそのまま子どもたちに説明するのは何か具合が悪いのか、外界に興味を持たせないようにするためか、大人は子どもにくり返し教え込む。

『テイコク人に見つかれば、アルカ邑の住人は皆殺しにされ、骸《むくろ》の一部は残虐な王が支配する故国に運ばれて辱めを受けるだろう』

そして、人々をこの地に導いた邑長が最初に決めた掟を言い添える。

『ゆえに天の国《パラディス》の存在は誰にも知られてはならぬ。無断で〝境界〟を越えようとした者は死をもって贖《あがな》わねばならぬ』

そこまで厳しい掟を作り〝境界〟越えを戒めるということは、過去に〝境界〟を越えようとした者がいたということか。いたとしたら、その人はどうなったんだろう。

「選士になってあそこに降りることができるなら、やつらを信じて、忠誠を誓うふりをしたほうがいいのか…」

銅色《あかがね》を濃くしながら落ちてゆく太陽と、その下に広がる西の地平を見つめると心が揺らぐ。

選士になるためには、邑長と先輩選士に絶対服従を誓わなければならない。見習い期間は短くても五年。その間、彼らの言いなりになり、命じられればどんなことでもやらなくてはならない。女の代用品として身体を差し出せと言われることくらい、簡単に予想がつく。

「嫌だ」

あんな気色の悪いことをまたされるくらいなら、死んだほうがましだ。

思い出したとたん口中にこみ上げた苦いものを吐き出しながら、キースはきつく目を閉じた。

邑に自分の居場所はない。そんなことはもう分かっている。

外界に行くことができたら、自分と同じテイコク人を見つけられるかもしれない。——仲間を。

『なに甘い夢を見てる。仲間なんて期待するな』

自分の中にいる、用心深く不信に満ちたもうひとりの自分が、するどく警戒をうながしはじめる。

『たとえテイコク人が見つかったとしても、おまえを迎え入れてくれる保証なんてない。もしかしたら今よりもっと悲惨な目に遭うかも。そんなあやふやなもののために、あいつらに身体を差し出すのか？

足の指や、逸物を舐《な》めろと言われて従えるのか？』

キースは小さくうめき声を洩《も》らして目を開けた。

太陽は地平線の彼方《かなた》に沈みきり、空は闇色に塗り潰されつつある。進むべき己の道を照らす明かりは、見当たらなかった。

その夜は崖《がけ》に一番近い樹の上に即席の寝床を作り、眠りについた。

夜中に一度、誰かに呼ばれた気がして目が覚めた。背後からずっとついてきている選士だろうかと、一瞬緊張が走ったものの、どうやら思い過ごしだったらしい。警戒を解き、何気なくあたりに視線をめぐらせると、森の奥の一点が妙に明るいのに気づく。

「……？」

なんだろう。焚《た》き火の明るさとはちがう。もっと清々《すがすが》しく独特の煌《きら》めきがある。同時に、なんともいえない温かみもあり、強く惹《ひ》きつけられる。

キースは寝床の上に立ち上がり、目をこらしてみた。どんなに目をこらしても光の正体は分からない。仕方がないので方角だけしっかり確認すると、キースは不思議な光を見つめながら眠りに落ちた。

翌日は東の空がかすかに白みはじめると同時に起き上がり、夕食の残りの焼き魚と玉葱で腹を満たして、すぐに出立した。来た道をそのままもどって帰途につくのではなく、道をそれて森の奥へ向かったのは、昨夜見た光の正体を探すためだ。

キースが道を大きくそれ、邑がある方向とは真逆に進みはじめたとたん、それまで気配を消して一定の距離を保っていた選士のクラールが姿を現した。

「どこへ行くつもりだ」

問う声には不審が色濃くただよっている。表情も険しく、キースの答えによっては、掟破りの罪人としてすぐさま捕縛しそうな勢いだ。

キースは落ちついて、険しい目をした選士に向き直った。

「昨夜《ゆうべ》、森の奥で何かが光るのを見つけた。気になるから探しに行ってみる」

「光？」

　選士は眉根を寄せながら背後をちらりとふり返った。それに答えるように、もうひとりの選士ダールが近くの茂みをかき分けて現れる。ふたりは視線と小さな仕草で確認しあうと、キースに向かって「光など見えなかった。でたらめを言うな」と凄《すご》んだ。

「本当だ。疑うのは勝手だけど、オレの好きにさせてくれよ。この先にきっと、オレが見つけるべき『成人の印』が待ってるはずだ」

　そう訴えると、クラールとダールは互いに目配《めくば》せを交わした。『成人の印』を出されては強引に禁じることもできない。ふたりはそう言いたげに、キースに向かって渋々うなずいてみせた。

　キースはそこからさらに半日近く進んだところで、再び光を見た。

　鬱蒼と茂った木々の合間から、まるで焚き火が爆《は》ぜて舞い上がる火の粉のように、光の粒が天に昇ってゆく。同時に、昼間なのに夜空の星のように煌めく光が空から降ってくる。

　これまで見たことのないあまりの美しさに、思わず立ち止まって見入ってしまう。

「どうした。何をしている」

　不審そうなクラールの問いに、無理やり光から目をもぎ離してふり返る。

「あれが見えない？」

「何が」

「あそこの光」

　キースが指さしてみせると、ふたりの選士は怪訝《けげん》そうに顔を見合わせた。

　正午近くとはいえ森の中は薄暗い。いくら遠くても、あんなに輝いている光が見えないわけはない。

　彼らがわざと気づかないふりをしていると思い、キースは小さく首をふって再び歩き出した。これまでの歩調とちがい今度はかなり早足だ。

　後ろで「待て」とか「止まれ」と叫ぶ声が聞こえ

たけれど、早くあの光の正体が知りたくて無視した。苔生《こけむ》した岩や朽ち葉ですべりやすい悪路を急ぐ。岩を乗り越え、朽ち木が落とし穴のようになっている場所を身軽に飛び越えて進んでゆく。そうして現れたのは、森の中にぽかりと開けた小さな空き地。

樹々の梢が丸く途切れた空間から燦々《さんさん》と降りそそぐ陽射しを受けて、空き地全体がきれいな花の群生に覆われている。その中央がこんもりと小さく盛り上がっていた。

「…なんだ、あれ」

抗《あらが》い難い好奇心に惹かれて、キースが花の絨毯《じゅうたん》に一歩足を踏み入れたとたん、雲間から太陽が顔を出したように、あたり一帯が光に包まれる。

驚いて空を見上げても、晴れわたった青空には最初から雲ひとつない。

じゃあいったい、このまぶしさはなんだ？

首を傾《かし》げながらさらに一歩進むと、まばゆい光はすう…っと弱くなり、今度は中央に盛り上がった小さな塊から、風に吹かれた蒲公英《たんぽぽ》の綿毛のように光の粒が舞い上がる。

「…あの光の正体は、これだったのか」

思わずつぶやくと、まるでそうだと答えるように、再び空き地全体がやわらかな光に包まれる。――いや、光源は中央のあの塊だ。まるで鳥の卵が巨大化したような。キースの肌色によく似た白い表面に、小指の爪《つめ》くらいの金色の斑《ふ》が無数に散っていて、溜息が出るほど美しい。こんなにきれいなものを見たのは生まれて初めてだ。

キースが近づくにつれ光の明滅が早くなる。舞い上がる綿毛のような光の粒も、天から降りそそぐ星のような光も、大盤振る舞いと言いたげに空き地を埋め尽くしてゆく。

「いったい…なんなんだ」

わけが分からないまま、それでも、まるで最初からこうすると知っていたような気持ちで楕円形の塊の前にひざまずき、そっと両手で触れてみた。

「温かい…」

言葉と同時に視界全体が光に包まれて、身体中が歓喜で満ちあふれた。胸の深い場所からふくれ上がった光は身体のすみずみまで満たして流れ出し、卵が発する光と混じり合う。――それが卵だということは、触れた瞬間に確信できた。

これは間違いなく、何かの命を宿した卵だと。

唐突に得も言われぬ幸福感に満たされて、キースはためらいなく卵を持ち上げた。そうして胸に抱き寄せ、そっと唇接《くちづ》けてから語りかける。

「オレに会えたのが嬉《うれ》しい？」

卵が綿毛のような光を撒《ま》き散らす。キースは自分でも驚くくらい、とろけるような笑みを浮かべて、もう一度卵に唇接けた。こんなふうに笑ったのは何年ぶりだろう。それから抱きしめた卵に頬を寄せ、しみじみとささやく。

「オレも嬉しいよ」

気のすむまで幸せな気持ちを味わうと、キースは卵を毛布にくるんで携帯袋に入れた。それを背中ではなく腹に抱く形で肩紐《かたひも》をかけ、美しい小さな空き地をあとにした。

岩と朽ち木の悪路をたどって元の場所にもどるとクラールとダールが苦虫を噛《か》み潰《つぶ》したような形相で待ちかまえていた。どうやら彼らはぐらついて安定しない岩と、亀裂だらけの朽ち木の悪路を進むことができなかったらしい。

キースが近づくと開口一番、ふくれあがった携帯袋を指さして詰問された。

「なんだそれは」

「成人の証」

「だから、なんだと聞いている」

「――…卵」

「卵？　見せてみろ」

キースは嫌々ながら携帯袋の口を開け、毛布をずらして見せた。

そして驚いた。

「これが卵だって？」

「ただの石じゃないか」

呆れ口調で男たちが言う通り、それは石にしか見えなくなっていたからだ。質感も色も、黒味の多い花崗岩《かこうがん》そっくり。さっきは確かに白地に金色の斑を散らし、派手に光りまくっていたのに。この変わりようはなんなんだ。

驚きのあまり絶句しているキースの手から、クラールがひょいと携帯袋を持ち上げ、すぐにもどした。

「大きさのわりには軽いな」

「軽石ってやつだろう。形は確かに卵に似てるが」

「まあいい。『証』が手に入ったなら邑にもどれ。今度は寄り道なしだ」

クラールとダールはあっさり興味を無くしてそう言い残し、再び監視役に徹するため姿を消した。

キースはとっさに木剣を抜いてクラールを刺しそうになった腕を、なんとか意思の力で押しとどめ、代わりに携帯袋の口をしっかり閉めた。そうして肩紐に予備の紐を通して腰に巻きつける。こうしておけば、さっきのように突然携帯袋を持ち上げられても、そのまま奪われたりすることはない。

そのまま左手で携帯袋を軽く抱え、足元に気をつけて歩き出しながら、卵に向かってささやきかける。

「おまえ、なんでそんな色が変わるんだよ」

携帯袋の中をのぞきこむと、毛布の隙間から見えた卵は、やっぱり白地に金の斑が散っている。

「おまえ…」

絶句しかけ、はたと気がつく。

「——もしかしてそれ…、変装のつもりか？」

卵は『当たり』と言いたげに一度だけ淡く明滅した。そのあとは石のふりに徹することにしたらしい。

それ以後、卵が白地に金の斑という美しい姿にもどることは二度となかった。


翌日。邑にもどったキースは、成人の儀式を無事果たしたと認められ、人差し指一本分ほどの小さな刃身だが、鉄製の小剣をもらって、名実ともに子ども時代に別れを告げた。

その日は邑長が祝いの宴《うたげ》を開いてくれたので、『成人の証』として持ち帰った卵――表向きは石――を皆に披露する羽目になった。唯一の救いは、披露した『証』は見るだけ、他人が触れるのは禁じられているという点だ。

それまでザンバラで伸び放題だったキースの髪は、毛先を軽く整えられ、邑長自らの手で編みこみを施された。派手にしないでくれ、地味でいい、飾り玉は一個か二個で充分だと訴えたのに、恩でも売るつもりなのか、稀少な色水晶玉まで使って飾り立てられ、うんざりする。

貫頭衣は髪色に合わせたらしく濃い墨色で、白糸で裾と袖口に若葉の縫い取りがされた上等なものだった。帯は鈍紫色の三連。夏場なので靴はなく、裸足だ。

宴の会場は邑長の家だ。祝い客は時間をずらしながら次々と訪れ、酒食を楽しんでは帰ってゆく。邑人の目的はキースを祝うためではない。邑長に招かれたから、そして酒食目当てに足を運んだだけだ。

それでも、キースが若々しい成人の装いで宴の席に現れたとたん、その場にいた邑人たちは皆一様にポカンと口を開けた。それから小波《さざなみ》のようにざわめきが上がりはじめる。儀式に出立する日も驚かれたが、今日はそれ以上だ。

若い女たちの中には頬を染め、ちらちらと視線を絡ませようとする者もいたが、年嵩《としかさ》の女たちはそれまでずっと、流行り病の元凶、忌み子などと罵《のの》り、目の仇《かたき》にしていた汚い格好のキースが、若いころの自分や自分の娘よりはるかに美しいという事実に、どう反応していいか分からないようだ。

男たちは酒で赤らんだ顔ににやけた笑いを浮かべ、となりの仲間と肘《ひじ》をつつきあったり、耳打ちしながら唇を好色そうに歪《ゆが》めたり、舐めるようにキースを見つめたりしている。

そうしたすべてにうんざりしながら、キースは今日を耐えれば明日からは自由だと己に言い聞かせ、不愉快なだけの宴をやりすごした。

夜も更けてようやく義務から解放されると、キースは森に作った夏用の小屋に帰《ねぐら》りついた。

小屋は高い樹の上にあり、昇り降りには細い梯子《はしご》を使う。梯子はキースの体重をぎりぎり支えられる華奢な作りで、万が一、邑の男たちや選士が使おうとしても壊れるようにしてある。上ったあとは樹上に引き上げ、降りたあとは巧妙に隠すことも忘れない。

森には他に春用と秋用の小屋もある。夏用の小屋は簡単な作りで、もし誰かに見つかっても放棄しやすいため、他とくらべて邑近くにあるが、春用と秋用はどちらも邑人が立ち入らない深部にある。さらに、樹の洞や自然の洞窟《どうくつ》を利用した石室《いしむろ》など、食糧貯蔵庫も充実させている。あとは冬を越せる安全な場所を見つければ完璧《かんぺき》だが、これがなかなか難しい。とはいえまるきり望みがないわけでもない。

天の国《パラディス》の冬はかなり雪が降るのだが、そのわりにあまり積もらない。地熱のおかげで解けてしまうからだと、教えてくれたのは邑長だ。

地熱は地下の水脈を温め、温泉として地上に噴き出す。そうした場所は冬でも暖かく過ごしやすい。アルカ邑もそういう場所に作られた。

森の中を探せば、他にも似た条件の土地があるかもしれない。キースはそれを探している。

「冬を越せる温かい場所、おまえ知らないか？」

キースは携帯袋から取り出した卵に向かって話しかけてみた。答えは無反応。そのことに少しがっかりしながら、幼子に対するように笑いかけ、石そっくりに変わってしまった表面をやさしく撫《な》でた。

「もう夜遅いもんな。寝る時間だ」

そう言って一度寝床の上に置き、壁側の棚から開《あけ》実《び》の蔓《つる》で作った籠《かご》を取り出して中に入れてみる。

「ぴったりだ」

言ってから、自分が卵相手にうきうきと話しかけていることに気づいて、少し息を呑《の》む。

誰かに向かって、こんなふうに無防備に話しかけるのは何年ぶりだろう。考えてから、自分はこんなふうに、誰かに語りかけたかったんだと気づく。

話しかけても罵倒や石を投げつけられたりしない。代わりにやわらかな光で返事をしてくれる。そんな相手はこれまでいなかった。

キースはもう一度卵を撫でてから、太い紐で籠を棚に固定した。籠はかなりしっかりした作りなので、うっかり転げ落ちる心配もない。何度か微調整をして棚の中央にしっくりおさまると、キースは満足して寝床に横たわった。

そうしてしみじみと卵に見入る。

森で様々な鳥や爬虫類《はちゅうるい》の卵を見る機会があるけれど、こんなに大きなものは見たことがないし、聞いたこともない。

——今度ダールに訊《き》いてみようか。いや、へたに訊ねて変に興味を持たれたら嫌だ。せっかく石だって思ってくれてるのに。

とはいえ、鳥の卵なら温めなければならないし、爬虫類なら、日の当たる温かい場所や地熱がある場所に置く必要がある。

キースは卵があった場所を思い出してみた。日当たりがよく、そこだけ花が盛大に咲いていた。ということは、やっぱり温めた方がいいってことか。

キースはむくりと起き上がり、棚に鎮座させた籠から卵を持ち上げた。それから少し考えて、予備の肌着に卵を入れて裾と首を縛り、卵がちょうど鳩尾あたりに当たるよう袖を腰に縛りつけた。そして改めて横たわる。

「寝返り打ったら割れたりしないよな…」

卵の表面を指で軽く叩いてみる。見た目が石そっくりなせいか、かなり厚みがあるように感じる。

「大丈夫だよな」

自分に言い聞かせるつもりでつぶやいたとたん、肯定するように卵が光る。まるで初冬に吐いた息のように、やわらかな光だ。

「そっか。大丈夫なんだな」

常識で考えればありえない。けれど、まるで言葉が通じているような気がして嬉しくなる。

これまで感じたことのない喜びに満たされながら、キースは胸と腹のちょうど間にある卵を両手でやさしく抱きしめ、目を閉じて静かに声をかけた。

「おやすみ」

卵は眠りに落ちる寸前の子どもが瞬《まばた》きするように、もう一度だけやわらかく光った。まぶたの裏でそれを感じながら、キースは卵に対するたとえようもない愛《いと》しさと、長い間胸を蝕《むしば》んできた孤独が癒されてゆく安らぎに包まれ、微笑《ほほえ》んで眠りに落ちた。

Ⅲ　†　孵化《ふか》

秋がきて冬が訪れ、春がきて夏が過ぎる。季節が三度ずつめぐってキースは十七歳になった。

その年の晩夏。

星々が最後の煌めきを放つ夜明け前。

石室《いしむろ》に閉じこめられた猫が壁を引っ掻《か》いているような、くぐもったカリカリという音が聞こえる。それともピンと張った複数の糸を爪弾《つまび》く音だろうか。

——妹が生きていたころ、よく遊んでいたっけ…。

オレが触ろうとすると、母さんに追い払われたけど。

もう夜が明けたのか、閉じたまぶた越しに朝陽が射しこんでまぶしい。光は一定の間隔で強くなったり弱くなったりしている。まるで呼吸をしているかのように。

半分夢の中で微睡《まどろ》んだままそこまで考えて、キースはパチリと目を覚ました。そして小屋の中を満たす光の豊かさに息を呑む。

「！」

光の出所は枕元《まくらもと》の棚にくくりつけてある籠の中身。

そこからあふれ出る光には見覚えがある。三年前にこれを拾ったときと同じ輝きだ。

カリカリ…という細い音はまだ続いている。音の出所を探してぐるりと小屋を見まわしてから、キースはハッと気づいて起き上がり、棚にくくりつけてある籠をのぞきこんだ。さらに頭を傾けて耳を押し当てると、やはり音は中から聞こえてくる。

「もしかして…孵《かえ》るのか？」

口にしたとたん胸が高鳴った。

拾ったときから三年も経っている。さすがにキースもこれは卵ではなく、ときどき光る石だと思いはじめていたのに。

「おまえ、本当に卵だったのか…」

嬉しさと期待が同時に湧き上がり、胸が痛いほど脈打ちはじめる。キースはあわてて卵を籠から取り出し、上掛けを寄せ集めて作った寝床の中央にそっと置いた。

「がんばれ」

自然にそんな言葉が口から突いて出る。

キースの声に力を得たように、カリカリという音が大きくなり、卵自体も小刻みに揺れはじめた。

「いいぞ、その調子だ。がんばれ、待ってるから」

卵は一層大きく揺れ、バリバリと、まるで乾いて固まった鳥の巣を割るような音とともに、卵殻の一画に割れ目ができる。

次の瞬間、中から濃い灰色をした前肢《まえあし》がにょきりと突き出た。ふっくらとした桃色の肉球に出しっぱなしの小さな爪がひとそろい。

「え…？　おい、鳥…じゃないよな？　なんで卵からこんな獣みたいな手が――」

混乱するキースの目の前で割れ目をこじ開けるように、二本目の前肢が勢いよく飛び出す。そのまましばらく二本の前肢をもぞもぞ動かしていたかと思うと、突然バリンと音を立てて卵が割れ、全身がしっとりと濡《ぬ》れた獣の子が姿を現す。

「――犬…？　……いや、穴熊《あなぐま》…？」

獣の子の姿は、全身が濃い灰色のムクムクとした毛玉のようで、大きさは生まれたての人間の赤子ほどもある。獣の子としてはかなり大きい。

獣の子は何かを探すように、身体と同じくらいありそうな大きな頭をぐらぐらさせながら、しきりに鼻を蠢《うごめ》かせている。目は開いているけれどまだほとんど見えていないのか、しばらくすると今度はゆらりゆらりと左右に首をふりはじめ、そのまま前肢を卵の殻に引っかけて体勢を崩してしまう。

「危ない！」

あわてて手のひらを差し出すと、その上にぽてりと倒れこんで「きゅぅ…！」と鳴く。

手にひらに伝わるしっかりした重みと、鳴き声を上げるために踏ん張った筋肉の動き。それらが愛しさとなってキースの全身を満たしてゆく。

「…可愛《かわい》いな」

正直な気持ちがそのまま言葉になり、自然に笑みが浮かんだ。両手でしっかり抱え上げて鼻先にちゅっと唇接けてやると、獣の子はびっくりしたように目を丸め、短くて太い手足をわきわきと動かしながら鳴きはじめた。

「くぅ！　ん…きゅぅ！」

可愛いけれどどこか切迫した声。胴より少し短い湿った尻尾《しっぽ》をたどたどしくふりながら、何かを切望している。

その瞬間、頭の中になぜか滴り落ちる血の情景が浮かんだけれど、気のせいだと脇に押しやって籠にもどしかけた。けれど獣の子は四肢をばたつかせて手にしがみつこうとする。出しっぱなしの爪が肌に食い込むかすかな痛みに、何やら切ない気分がこみ上げて、盛大な庇護欲が生まれる。

「ああ、そうか。腹が減ってるのか…」

困ったな。鳥の雛なら虫や木の実をすり潰したもので用が足りるが、獣の子なら乳がいる。

キースは邑にいる家畜を思い浮かべてみた。

犬、猫、山羊《やぎ》。たぶん、山羊の乳なら手に入る。

「待ってろ、今、乳をもらってきてやる」

そう言って獣の子の頭にそっと触れると、短い前肢でしがみつかれた。出しっぱなしの爪を懸命《けんめい》に引っかけて、中指にカプリと吸いついてくる。

「……っ」

幼獣はキースの指先に薄いけれど温かくて弾力のある舌をくるりと巻きつけて、ちゅうちゅうと必死に吸いはじめた。

中指の先端には、昼間川魚をさばいたとき、うっかり刃先で突いてできた小さな傷がある。ほとんどふさがりかけていたその傷が、幼獣の吸いつく力でピリッと破れたのが分かった。

「痛…ッ」

とっさに指を引き抜くと、獣の子は涙で潤んだ瞳をいっぱいに見開いて、短い両手を必死に伸ばした。

「くぅー…！　んきゅーっ！」

まるで母親から引き離されたようなその声に負けて、キースは血が出ていない中指を小さな口吻《こうふん》に突っこんでやった。

「どんなに必死に吸っても、指から乳は出ないぞ」

小さく溜息をついて言い聞かせても、獣の子は気にしない。さっきよりいっそう力強く指に吸いついたかと思うと、すぐに、これじゃないと言いたげに首をふって指から口を外した。そして、ひときわ大きな声で鳴く。

「んぅ——‼」

声音の響きで、それが抗議だということはすぐに分かった。同時に、大きな頭をぐらぐらさせながら獣の子が必死に求めているものがなんなのかも。

「血が欲しいのか…」

吸血性の獣とは。

邑の連中に知られたら厄介だな。

最初に思い浮かんだのはその一点。

何かあったら全部こいつのせいにされる。流行り病や忌み事が、全部オレのせいにされてきたように。

数々の仕打ちを思い出したとたん、猛烈な決意が生まれる。

——させるものか。絶対に。この子には指一本触れさせない。この子はオレが守る。

一瞬のうちに、ありとあらゆる最悪の可能性が頭を過《よ》ぎり、同時にそれらをはね除《の》ける強い決意を胸に刻みながら、キースは血がにじんだ人差し指を獣の子の口に含ませてやった。

灰黒の毛玉は喜びに身を震わせながら、ちゅっ…ちゅっ…と勢いよく吸いついて、指先からあふれ出た温かな血潮をコクリと飲みこんだ。

「……美味《うま》いか？」

卵から孵化して、すぐに血を飲む獣。

そんな生き物は、これまで見たことも聞いたこともない。けれど不思議と怖ろしさは感じない。それどころか、胸には誇らしさが満ちている。

それは目に見える光となってあふれ出し、目の前に光の糸で描《えが》いた美しい模様が鮮やかに広がった。光の糸の一端は獣の子から、もう一端は自分の胸から伸びている。

「なんだ…？」

思わず空《くう》を仰ぐと、光の糸でできた模様は世界を覆い尽くすほど巨大に広がったように見えた。それからあっという間に収縮し、拳ほどの光の玉になってキースの胸に飛びこんだ。その光が胸の中で弾《はじ》けたとたん、ひとつの名前が閃く。

「——フェンリル」

「ん、きゅう！」

すかさず獣の子が顔を上げ、得意気に鳴く。まるで自分の名を呼ばれたと理解している素早さだ。

「フェン」

名を呼びながら、指先でちょんと鼻先に触れると、嬉しそうに「くぅ！」と鳴く。

呼べば応《こた》える。

ただそのことに、どうしようもなく胸が震えた。

今この瞬間、自分たちの間には確かな絆《きずな》が生まれた。

ただの獣の子に対して、どうしてこれほどと思う

くらい深い愛しさと、何があっても絶対に守ってやるという強い気持ちが湧き上がる。胸から広がった光と熱が指先まで満ち満ちてしびれるほどだ。

喜びと愛おしさのあまり小さく震えるキースの手の中で、フェンリルは小さな口をぱかりと開けて欠《あく》伸《び》をした。そのまま安心しきった顔で口と目をとじると、手のひらの指のつけ根に鼻先を埋《うず》めて眠りに落ちる。

すぐに「すぅすぅ」という健やかな寝息が聞こえてきた。やわらかな腹部が、呼吸に合わせてゆったりと上下するのが見える。もこもことした産毛に覆われた背側にくらべて腹側の毛は薄く、ほんのりと薄紅色が透けて見える。

よく見ると背中には鳥の翼のような突起がふたつあった。鳥の雛と同じように産毛に覆われているだけで羽はまだない。それが本当に翼なのか、単なる突起なのかは成長してみなければ分からないけれど、呼吸のたびに小さく揺れるそれはとても可愛らしい。

「……」

キースはその場にゆっくり腰を下ろし、手の中で安心しきっているフェンリルの寝顔を眺めながら、己に言い聞かせるようささやいた。

「フェンリル、おまえをオレの相棒にしてやる」

「くー…ぅ」

可愛い寝言なのか返事なのか判断しかねるが、了承したとみなしてキースは続けた。

「おまえのことは一生大切にするし、何があっても守ると誓う。おまえを傷つける者はオレの敵だ。だからおまえも、オレ以外の奴に尻尾はふるなよ」

フェンリルは目を瞑《つむ》ったまま「きゅ…」と鳴き、小さな尻尾を揺らした。これも了承の証と受け取る。

キースは最後に、やわらかな産毛に包まれた身体にそっと顔を埋め、愛しさをこめて言い聞かせた。

「早くでっかくなれよ。走れるようになったら一緒に狩りに行こう」

未明に孵化したフェンリルを見守りながら、いつの間にか眠りに落ちたキースが二度目に目覚めたのは、本物の朝陽が昇ってしばらく経ってからだった。

「くぅっ…きゅ――っ！」

派手な鳴き声と、胸の上でじたばたと暴れる温かな毛玉の動きに眠気が吹き飛んだ。

「わかったわかった。腹が減ったんだな」

人の子はもちろん、家畜の子すら育てたことはなかったのに、フェンリルの鳴き声は不思議なほど理解できる。そのことに誇らしさを感じながら起き上がろうとしたキースの胸の上で、幼い獣はもぞもぞと動きまわり、鎖骨から喉元にすべり落ちた。そのままちょうどいい窪《くぼ》みだとばかりに座りこもうとした毛玉を両手で持ち上げると、フェンリルは不満気に「きゅぅ」と鳴いた。声と一緒に、短くて太い四肢が元気に動く。

「喉の上に座るのはナシだ。オレの息の根が止まっちまう」

笑いながら言い聞かせると、フェンリルはじっとキースを見つめてから、了解したように尻尾を左右にふった。なかなか聡くてよろしい。

小さな獣の賢さに相好を崩して、灰黒の額にちゅっと唇接けてやると、小さな尻尾がさっきよりさらに大きく左右に揺れる。

「ふふ」

額に唇を押しつけたまま笑い声をもらすと、頬をぺろりと舐められた。一回だけでなく二度三度。

小さな舌は温かく、おどろくほど柔らかい。

他にたとえようのないその気持ちよさに心ゆくまで浸っていたかったが、もう一度「きゅう！」と鳴いたフェンリルの、切迫した状況が伝わってきて我に返る。

この子がオレの頬を舐めるのは、親愛の情もあるだろうが、それよりも何よりも空腹だからだ。

「まずは飯だな」

キースはフェンリルから視線を外して自分の人差し指を見た。傷はほとんどふさがりかけている。強く押しても、もう血は出そうにない。

少し考えてから枕元の棚から小剣を取り上げ、よく研いである刃《やいば》を治りかけの傷に当てて軽く引くと、熱さによく似た痛みとともに血が盛り上がる。それがこぼれ落ちる前にフェンリルの鼻先に近づけてやると、予想に反して幼獣は顔を背けた。

「？　なんでだよ」

孵化した直後はあんなに必死に吸いついたのに。

「遠慮するな、飲んでいいんだぞ」

背けた鼻先に指を近づけると、今度は反対側に顔をそらす。もう一度指を口吻に含ませようとすると、天を仰ぐようにして身をよじる。

「嫌…なのか？」

「くきゅぅ」

尻尾が力なく揺れる。

「そうか」

嫌なら無理強いしても仕方ない。

「…ってことは、やっぱり乳だよな」

邑に行って頼み込めば山羊乳が手に入るはずだ。

問題はフェンリルをどうするか。

置いていくか。連れていくか。

キースはフェンリルを左手で抱えながら立ち上がり、狭い小屋の中をぐるりと見まわしてから、もう一度、生まれたばかりの幼い獣を見つめた。

置いていくのも心配だが、連れていくのも心配。けれど野生の獣なら親が餌《えさ》を獲りにいっている間、子は巣穴で待っている。それを思えば数刻くらい置いていっても大丈夫だと思いたい。

「――いや、やっぱり心配だ」

樹上とはいえ、生まれたばかりの幼獣の匂《にお》いをかぎつけた猛禽や蛇、肉食の齧歯《げっし》類が入りこむかもしれないし、籠に入れておいてもフェンリルが暴れて怪我《けが》をするかもしれない。

一瞬のうちにあらゆる危険を想像してしまい、結局連れていくことにした。

籠をふたつつなぎ合わせた即席の容《い》れ物を作り、中にやわらかな布をふんわりと敷きつめてから、フェンリルを入れる。——入れようとした。

けれどフェンリルはキースの手から離されそうになったとたん、血を飲もうとしたときと同じ必死さで、腕にしがみついてきた。

「んぅー！」

「ちがう。置いて行くんじゃない。一緒に連れていってやるから、おとなしくこの中に入ってくれよ」

「ん——っ」

嫌だと言っていることだけは分かる。分かるが、ここは心を鬼にして無理やり籠の中に入れ、手足と尻尾を挟まないよう注意しながら素早く閉じる。

「くぅ——…んぅー」

くぐもった抗議の声を聞きながら、ひと抱えほどもある籠を背負子《しょいこ》にくくりつけて布で覆い、しっかり背負って地上に降りると、背中ではなく腹側に抱え直して邑に向かった。

邑が見えてくると再び背中に背負いなおし、森を歩いている間中、抗議と思《おぼ》しき悲しそうな鳴き声を上げ続けていたフェンリルに小声で言い聞かせる。

「邑に入ったら静かにしてくれ。連中の注意は引きたくないんだ。おまえだってオレ以外のやつらにじろじろ見られたり、籠の隙間から指を突っ込まれたりしたくないだろ」

邑では家畜や家禽は共有財産という決まりがある。フェンリルのことは森で捕まえた穴熊の子だと言い張るつもりだが、万が一にも興味を持たれ、面白《おもしろ》半分に欲しがられでもしたら面倒だ。

キースの声に含まれた不安と用心深さが伝わったのか、フェンリルは小さくひとうなりしたあと、静かになった。

「いい子だ」

ここぞというときの聞き分けのよさに感心しながら、キースは邑人共有の家畜小屋に行き、乾燥させた夢見茸《ゆめみだけ》と引き替えに山羊乳を手に入れた。

夢見茸は滅多《めった》に手に入らない珍品で、煎《せん》じて飲むと、酒とは比べものにならないほど上質な酔い心地を味わえる。疲れや気鬱も晴れる。いつでも誰でも欲しがる人気の嗜好品《しこうひん》なので、キースが邑で必需品を手に入れるとき大いに役立っている。

家畜の世話の監督役を任されているヨエルは五十を過ぎても若い女の尻を追いかけまわし、キースにまで色目を使う節操なしのいけすかない男だが、夢見茸には目がない。他のものと交換で山羊乳をゆずってくれと頼んでも、なんだかんだと文句をつけて足元を見られるところだが、夢見茸だけは別だ。

交渉の結果、毎日、夢見茸ひと欠片と引き替えに、小袋一杯の山羊乳をゆずってくれることになった。

さっそく今日の分をもらうと、キースは急いで森にもどった。邑から充分離れると木陰に腰を下ろし、細い革袋に小さな穴を開けて吸い口にしたものに山羊乳を入れ、待ちかまえていたフェンリルの口に近づけた。

喜んでかぶりつくだろうと思っていたのに、予想に反して、フェンリルは乳の匂いをかいだとたんためらうことなく顔をそむけた。生まれたばかりのあどけない鼻面に精一杯の皺まで寄せて。

「どうした、腹が減ってるだろ？　美味いぞ、遠慮しなくていいから飲めよ」

やさしく言い聞かせながら、山羊乳のつまった革袋の先端を口吻に軽く押しつけると、嫌々と言いたげに顔を左右にふる。吸い口を右から近づけると左に、左から近づけると右に顔をそらしてしまう。

かたくなに口を閉じたまま。

「頼むから飲んでくれよ。飲まなきゃ大きくなれないぞ」

乳を飲まなければ、獣の子などあっという間に衰弱してしまう。キースは少し焦って、嫌がるフェンリルの顔を固定して、しっかり食いしばった口を無理やり開けて吸い口を押しこんだ。そのまま革袋を押して乳を喉に流しこんでやったとたん、喉奥から聞くも哀れな悲鳴が上がった。

「ぐ…きゃぅ！　――けっ…！　けほっ…！　けっ…！　けぇ…っ」

苦しげな喘鳴《ぜいめい》とともに、無理やり流しこんだ山羊乳を懸命に吐き出すフェンリルの目には涙が浮かび、鼻からも逆流した白い乳が泡になって流れ落ちる。

ひときわ大きく咳《せ》きこんだ瞬間、涙がぽろりとこぼれて落ちた。涙だけでなく、乳と一緒に吐き出された大量の涎《よだれ》と鼻水で、フェンリルの顔はあっという間にぐちゃぐちゃになる。

「ご…ごめん！　気道に入ったのか？　ごめんな」

キースは己の不手際に歯噛みしながら幼い獣に謝り、やわらかな布で顔をきれいに拭いてやった。

そうしてフェンリルがなんとか落ちつくのを待ち、もう一度山羊乳を与えようとしてみたが、幼い獣は渾身《こんしん》の力でそれを拒んだ。手足を突っ張り、顔を背け、まだ歯が生えてない口を食いしばり、鼻面に皺を寄せ、不満と懇願が入り交じったような切ないうなり声まで上げて。

「うー…、うるるぅー…ッ！」

それは死んでも飲みたくない。

そう訴えられた気がして、キースは山羊乳を与えることをあきらめた。たまたま気道に入って苦しい思いをしたから嫌がっているわけではない。最初から嫌がっていたのに。無理強いして悪かった。

「乳で育つんじゃないのか」

考えてみればこの子は卵から孵った。見た目は獣だが、食性は鳥なのかもしれない。

「――…ってことは」

餌は虫や獣肉、魚。もしくは、木の実や草の種か。

考えているうちに、フェンリルは授乳の攻防で疲れてしまったのか、くったりと目を閉じて丸くなってしまった。その様子がどうにも不安を誘う。心なしか、手にふれた産毛から伝わってくる体温が熱く感じる。

「フェン、だいじょうぶか？」

顔の近くまで抱き上げてささやくと、フェンリルは鼻をひくつかせて小さく尻尾をふった。

とにかく早く食べられるものを見つけなければ。

キースはもう一度フェンリルを籠に入れ、布で覆って背負うと、小屋へもどる道すがら新鮮な食材を探して歩きはじめた。

最初は鳥の雛が好みそうな虫を何種類か。

羽虫の類《たぐい》は、近づけただけで顔を背けられた。

地中を這う長虫類はもっと嫌がられた。

川で捕らえた小魚は、丸ごとでも、小さな肉片にしたものも、喉奥からうなり声を上げて拒絶された。

最後に一縷《いちる》の望みをかけて与えようとした兎《うさぎ》の生肉は、他の何よりも激しく拒否された。

そのたびに悲しそうな鳴き声を上げ、救いを求めているのに期待を裏切られて傷つき、落胆のあまり涙に濡れた瞳でじっと見つめられて、こちらの胸が張り裂けそうに痛んだ。

「いったい、何なら食べてくれるんだよ…」

孵化してからもう半日以上が過ぎている。このままでは本当に死んでしまう。

「…そうか！」

キースはふと気づいて、兎の生肉を自分の口に含み、十分に咀嚼《そしゃく》してやわらかくしてから口移しで与えようと試みた。獣の親がやる吐き戻しの要領だ。

疲れ果てて半分眠っていたフェンリルはキースの唇を感じたとたん、それまできつく食いしばっていた口吻をうっすら開けてくれた。

そのことに心底ほっとしながら、やわらかくした生肉を少しだけ口移ししてやると、おどろくほどすんなりと飲みこんでくれた。

しかし。

二口目を与える前に、フェンリルは山羊乳のときと同じように、盛大に身体を突っ張らせて咳きこみ、涎と鼻水と涙と一緒に、飲みこんだばかりの生肉を勢いよく吐き出した。

「ぐっ…きゅ、うぅ…げっ…、け…っ、け…っ！」

そのまま力尽きて絶命してしまうのではないか。

そんな恐怖で指先がしびれるほど、フェンリルは全身に力を込めて異物を吐き出すと、呆然としているキースの腕の中にぐったりと身を伏せ、目を閉じてしまった。

「フェン、フェンリル…！　だいじょうぶか!?」

――このまま死んでしまったらどうしよう。

キースは祈る思いで天を仰いだ。

――誰か…。

こんなとき、救いを求めて祈る存在がキースにはない。アルカ邑の人々が信じている神は、彼らの神で、キースを助けてくれたことはない。

手の中でフェンリルの息は浅く頼りなくなってゆく。孵化したときはあんなにも元気に動きまわっていた四肢が、今はだらりと投げ出されたまま、ぴくりともしない。

「フェン…！」

思わず名を呼ぶと、尻尾の先端だけがかすかに動く。それもいつまで保《も》つか分からない。

最初に欲しがった血もだめ、肉も乳もだめ。

それなら何が…と思いかけ、そういえばまだ木の実や草の種は試してなかったことを思い出す。穴熊か犬の子みたいな外見のせいで肉食だと思い込んでしまったが、もしかしたら山羊のように草食なのかもしれない。

それまでの思い込みを捨てた瞬間、ふっ…と果物が食べたくなった。新鮮な野苺、山葡萄《ぶどう》、すぐり、山桃、桑の実、イチイの実。それに、花の甘い香りと色とりどりの花びら。

それから蜜。黄金色に輝く、甘い蜜の情景がなぜか脳裏に広がって、たまらなく食べたくなる。

キースは急いで立ち上がり、あたりを探しはじめると、すぐに熟した桑の実が見つかった。

それをひとつ採って口元に近づけてみると、フェンリルは目を閉じたまま鼻をひくつかせ、小さく口を開けたかと思うと、舌を出してペロリと舐めた。

やわらかな桑の実は手の中であっけなく潰れて、濃い紫の汁がキースの指を染める。フェンリルはそれを名残惜しげに何度も舐めてから「もっと」と言いたげに顔を上げた。

「気に入ったのか？　わかった。欲しいだけやるから、ちょっと待ってろ」

キースは襟元を広げて服の中にフェンリルを放《ほう》り込むと、両手を使って桑の実をもぎはじめた。急いで片手に山盛り一杯もぎ終わると、籠につめていた布を一枚取りだして桑の実を包む。そして汁がしたたるまで指で何度か揉《も》みこんでから、鼻をひくつかせているフェンリルの口吻に押し当ててやった。

「きゅ…ぅ」

フェンリルは最初はおずおずと、それから勢いよく、濃い赤紫色の果汁を滴らせた布に吸いついていく。

「んっく、んっく」と音を立てて嚥下《えんか》しはじめた。

今度は吐き出す気配はない。

そのことにキースは心の底から安堵《あんど》した。

手のひら二杯分の桑の実の汁を飲み終わるころには、動きがずいぶん緩慢になり、最後に紫色に染まった口をカパリと開けて欠伸をしたかと思うと、フェンリルはようやく安らかな眠りに落ちた。


孵化から三日。

その間に、フェンリルが口にするのは果実や甘くてやわらかな木の実や花のしぼり汁、そして花の蜜だけだということが判明した。

草食の山羊ですら赤子のときは母乳で育つのに、最初にキースの指から血を舐めた以外、動物性のものはいっさい口にしようとしない。給餌《きゅうじ》用の吸い口に革袋や腸を使うと拒絶されるくらい、完璧な草食系、もしくは果実花系とでも呼ぶべきか。

穴熊の子のような顔で、キースが摘んできた花の山に鼻からつっこみ、黄色い花粉にまみれて喜んでいる。花びらを舐めたり歯のない口で食べようとするので、こまかくちぎって果実に混ぜ、しぼり汁を作ってやると、上機嫌で飲む量が増えた。

果物に花、そして蜜。

蜜はとにかく大好物で、与えれば与えただけ舐めてしまう。キースが昨年ひと夏かけて蓄えていた小さな壺《つぼ》ひとつ分など、あっという間に消え果てた。

フェンリルが孵化した晩夏から晩秋まで、キースはひたすら花と果実を集め、蜜を求めて蜂や蟻《あり》の巣を探して歩いた。

目は孵化したときから開いていたが、最初はほとんど見えていないようだった。代わりに鼻で匂いをかぎ、さまざまなものを知覚しているらしい。十日もすると、大雑把だがものの判別がつくようになり、同時に動きまわる範囲も広がってきた。

腹が減ると目を覚まし、食べて遊んで寝る。

毎日がそのくり返しで、またたく間に過ぎてゆく。

一ヵ月が過ぎるころになると、起きているときは一時もじっとしていることがなく、動きが止まるのは眠るときだけ、という状態になった。

窓や出入り口に格子を嵌《は》めても、風通しを重視した夏用の小屋では落下の危険が大きすぎるので、早々に岩穴を利用した秋用の小屋に移動した。

何もないところで転んだり、動きはたどたどしいものの、遊びに夢中になると戸板に激突したり、窓格子によじ登る勢いは日に日に増してゆく。

最初の給餌に失敗したせいか、フェンリルはよく熱を出した。遊びすぎて疲れると消化する力が弱まるらしく、すぐに吐いたり下痢をしたりする。そのたび湯を沸かして汚れを濯《すす》いでやり、身体を冷やさないよう肌着の中に入れて眠った。

「んきゅ…！」

夜中に腹を空《す》かせて目を覚ますと、フェンリルは服の中でくぐもった声を上げ、手足をばたつかせて遊びはじめる。生まれてまだ間もない、細く頼りないとはいえ、出しっぱなしの爪で素肌を引っ掻かれるとさすがに痛い。

「こら、そんなに暴れるな」

妊婦のようにぽこりとふくれ上がった布の下の塊に向かって言い聞かせても、獣の子はジタジタと動き続ける。ひと眠りして元気になったのか、きゅうきゅうと鳴きながら、腰高に巻いた帯沿いに腹から脇、そして背中までもぞもぞと動き、そこからまた脇を通って胃の腑《ふ》の下に戻ってくる。

素肌に当たる感触はふかふかの毛玉。温かくてやわらかく、はちきれんばかりに煌めく命の鼓動が伝わってくる。

「腹をこわしたばかりなんだから、今夜はおとなしくしてろ」

「んぅっ…きゅぅ！」

フェンリルは嫌だと言いたげな声を上げた。遊んでという催促と、腹が減ったという訴えだ。夕方遊べなかったせいで、今ごろ動きまわりたくなったらしい。

「だめだ。今夜はちゃんと眠って、明日になったら遊んでやる」

服の中から抱き上げて言い聞かせると、フェンリルは小さく首を傾げてみせる。一応、こちらの言うことを聞く気はあるらしい。

小さな灯火を受けてきらきら光る瞳の色は、体毛よりは薄い灰色。生まれたときより薄くなっているので、この先どんな色になるのか楽しみだ。

「くっきゅ…ん！」

聞き分けのいい返事なのか食事の催促なのか、判断に迷うところだが、とりあえず頭をひと撫でしてから、花びらと果実を漬け込んだ蜜を少し与える。あげすぎるとまた腹を壊しそうだったので、いつもの三分の二で切り上げて寝かしつけた。

この調子だと、明け方にまた目を覚まして催促されそうだが、手間を惜しむつもりはない。

成長速度は見本がないのでよく分からないが、十日ごとに身長と体重を量るたび、きちんと増えているので大丈夫だと思いたい。

孵化から二ヵ月半。

秋は深まり、もういつ初雪が降ってもおかしくない季節になって、キースは仕方なく邑にもどった。今年も、森の中には冬を越せそうな場所が見つからなかったからだ。

邑に戻ったといっても長の家ではない。成人後は、長の家を出て、邑外れに穴蔵のような小屋を作り、冬の間はそこで過ごしている。成人した年の夏から秋、翌年の春から秋までほぼ丸一年かけて、石の土台も木組みも土塀も全部、自分ひとりで作り上げた。

誰かが近づいてもすぐに分かるよう、周囲には砕いた胡桃《くるみ》の殻を敷きつめてある。無断で家に押し入ろうとすれば、くしゃみ茸――丸二日くしゃみが止まらなくなる――やしびれ茸の粉を吸い込む羽目になるし、痛みと熱で七転八倒する毒針が襲いかかる仕掛けを作ってある。

この家で暮らしはじめた最初の冬は、夜這いをかけにくる男たちが何人もいたが、皆ひどい目に遭って懲りたらしく、次の冬にはがくんと回数が減った。そして去年はひとり。懲りないその男は、今年も小さな家の前でキースを待ちかまえていた。

「よお。今年もぎりぎりまで粘ったな。もう今夜にも初雪がきそうだぜ」

十九歳になったデミルは、体格も顔つきもすっかり一人前の男臭くなっている。相変わらずキースに対する執着心は強く、あわよくば襲おうと隙をうかがっているのが鬱陶しい。

次の春には選士に抜擢《ばってき》されるのでは、という噂《うわさ》がまことしやかに流れているが、噂の出所はデミル自身だとキースは予測している。

デミルは大柄で体力もあるが、選士となるには考えが浅く感情の起伏が激しすぎる。邑長の息子という恵まれた立場でありながら、父が息子の名前を選士候補に挙げないのは、要するに向いてないからだろう。

本人はそれが不満で、いつも文句を言っているが、できの悪い息子とちがって邑長には見る目がある。

「邪魔だ、退《ど》け」

扉の手前に立ちはだかり、キースの視線を捕らえようと身を屈《かが》めたデミルに冷たく言い放った瞬間、背中で「くきゅん！」と鳴き声が上がった。

キースの声音に含まれた嫌悪と苛立ちをかぎとって、加勢したつもりなのだろう。気持ちは嬉しいが、今はデミルの注意を惹きたくない。

「なんだ？　変な鳴き声が聞こえたぞ」

予想通りデミルが怪訝そうな、そして玩具《おもちゃ》を見つけた悪ガキの顔で、キースが背負った籠をのぞき込もうとする。キースはさりげなく身体をずらして、フェンリルを見られないようにした。籠はあたたかな羽毛をつめた布団で覆ってあるから、これ以上フェンリルが騒がなければ、たぶん誤魔化《ごまか》せる。

――フェン、いい子だから今は静かにしてくれ。

心の中で言い聞かせてから、ちらりとデミルをにらみつけた。

「山犬の子だ。森で拾った」

「…ふうん」

「冬は温石の代わりになる」

「へえ？　寒いなら俺があっためてやるぜ。獣の子なんかよりずっと熱いアレでさ」

下卑た物言いがひどくなる前に腰の小剣に手をかけた。脅しではない。キースの本気を悟ったデミルは、忌々しそうに目元を歪めながら、それでも脇に退いた。それでは安心できず、抜いた刃先を向けて遠ざけようとしたキースの目前で、デミルは小さな袋を掲げてみせた。

なんだと目で問うと、デミルは得意気に笑う。

「蜜。おまえが最近、あちこちで欲しがってるって聞いてさ」

「……」

小剣をにぎった腕が自然に下がってゆく。デミルは大嫌いだが蜜は欲しい。

そんなキースの気持ちが伝わったのか、蜜を掲げたデミルが一歩距離をつめる。

「欲しいんだろ？」

欲しいさ。だけどどうせ見返りを要求される。

キースは唇を噛んだ。夏から秋にかけて森を探しまわり、採れる蜂の巣からはすべて採った。ただしそれだけでひと冬越せるかは心許《こころもと》ない。邑にも養蜂《ようほう》人はいるが、彼らが採取した分は厳重に管理され、必要に応じて分配されるため、キースの自由にはならない。

「——…見返りはなんだ」

結局、フェンリルのために己の好悪は無視すると腹をくくった。

「へえ」

デミルが驚いた顔で小さく口笛を吹く。

「本当に欲しいんだ。そんなに甘いもんが好きとは知らなかった。おまえが素直にこっちの要求呑むんなら、これからも持ってきてやるぜ？」

邑長の息子という特権を活《い》かし、養蜂人から優先的に手に入れることができるのだろう。

「見返りはなんだ」

キースは辛抱強く同じ問いをくり返した。この先、蜜が定期的に入手できるなら、ある程度譲歩してもいい。

デミルは嫌な具合に口角を上げ、右手の親指でキースの唇をねっとりとぬぐう仕草をしてみせた。

「おまえの唇」

もっとひどい内容を予想していたキースは拍子抜けしつつも、表情には出さずデミルをにらみつけて悩むふりをした。簡単に要求を呑めば、次はもっと多くを求められる。おそらく、いずれは身体を。それを少しでも先にするためには駆け引きが必要だ。

キースはわざと顔を歪めて、デミルが手に持った小袋を交互に見くらべてから、ようやくうなずいた。

「わかった。待て、先に蜜をよこせ」

「だめだ。先にさせろ」

「嫌だ。ならせめて蜜がちゃんとあるか見せろ」

「ちっ…信用ねーな。わかったよ。ほら、これだ」

デミルは袋の中から小さな壺を取り出し、ふたを開けて中の蜜をすくい取ると、キースの唇に塗りつけた。

「ん」

ちゃんと甘い。本物の蜜だ。

舌で蜜を舐め取りながら、了承の意味を込めてかすかにまぶたを伏せ「唇だけだ」と念を押すと、首のうしろをぐいと引き寄せられた。

「――…ッ」

厚ぼったい唇がべちょりと重なり、そのまま食いつく勢いで歯列をこじ開けられる。熱くぬめった舌が無遠慮に入りこみ、口腔《こうこう》内を我がもの顔で蹂躙《じゅうりん》してゆく。唇だけだと言ったのに、デミルは蜜壷の入った袋を地面に置いて、自由になった左手でキースの背中を抱き寄せ、背筋から尻へと手でまさぐりはじめた。そのまま強く押しつけられた股間の昂《たか》ぶりと熱さが気色悪い。

自分の中で許した一線を越えた瞬間、背負った籠の中でフェンリルが「きゃぅん！」と大きく鳴いた。同時に男の舌を思いきり噛んで身をもぎ離す。

「痛《い》て…ッ」

血が出るほど舌を噛まれてデミルが一瞬ひるんだ隙に、さらに向こう脛《ずね》を蹴りつけてやる。体勢を崩したデミルの脇から蜜壷を拾い上げ、素早く身を退いて距離をとる。

「あにすんだよ！」

デミルは痛そうに顔を歪めて、血の混じった唾《つば》をベッと地面に吐き出して叫んだ。舌を噛んだときの感触だと、五日くらいは物を食べるのに苦労するだろう。

「唇だけだって言っただろ」

男の唾液《だえき》で汚れた唇を服の袖でこれ見よがしにぬ

ぐいながら、居丈高に言い返すと、デミルは悔しそうに目元を歪めた。それでもすぐに気を取り直し、「また来る」と言い残して去って行った。

Ⅳ † 春の訪れと初変化《へんげ》

邑で過ごす冬の暮らしは、毎年同じことのくり返しで変化に乏しい。天気のいい日中、男たちは温水路の補修や石垣の補修に駆り出される。天気が悪い日は家の中で鏃作りや弓作り、農具の手入れなどに勤《いそ》しむ。女たちは機織り、編み物が主な仕事だ。

キースも邑の一員として補修作業に出るのだが、そのときはフェンリルも必ず一緒だった。

最初は留守番をさせようとしたのだが、ひとりで家に置いておくと、寂しくて退屈らしく、家中の棚をあさられて参った。箱も壺も籠もすべて引きずり出して、角をかじりふたを開け、穴を開けて中身をぶちまけてしまう。天井からつり下げた網の中にしまっておいた蜜壷を、どうやってか床に落として、中身をすべて舐められたのを見つけたときには、思わず目眩《めまい》がしたほどだ。

家の惨状より、一度に大量の蜜を舐めすぎて腹を壊したフェンリルの粗相の痕《あと》だとか、汚れがこびりついた腹や背中を震わせていた姿に胸が痛んだ。

「おまえは食べ過ぎたら腹を壊しやすいって、いいかげん学習しろよ」

口では厳しいことを言いながら、キースは急いでフェンリルを抱き上げ、肌着をめくって胸に抱いてやった。汚れがついてもかまわない。家の中は熾火《おきび》で暖かく保っているが、腹を下して震えているフェンリルをなぐさめ温めてやりたい一心だった。

フェンリルは黒い鼻をすんすんと蠢かせてから「きゅん…くぅん…」と実に切なげに鳴いて、尻尾を力なくふってみせた。

寂しかったよ。お腹《なか》が痛いよ。

汚してごめんなさい。

そばにいて。ひとりにしないで。

たぶん、言葉にすればそんな感じだろう。幼い獣の気持ちが一気に流れ込んでくる。キースは何も言えなくて、ただフェンリルを抱きしめた。

温水路から引き込んだ湯を桶《おけ》に溜《た》めて、フェンリルの身体を洗ってやり、水気をぬぐって火の側でしっかり乾かしてやってから、自分の身体を洗い、汚れた床の掃除をする。その間、フェンリルは背中に背負ったままだ。炉前に置いた居心地のいい籠に寝かせても、キースが離れると起きてついて歩くので、背中にしがみつかせる形で背負っている。

夏に生まれたフェンリルは、四ヵ月が過ぎるころには、邑で飼ってる成犬ほどの大きさになっていた。ただし見た目はまだ幼い。産毛に覆われた手足は太いが短く、蜜や果汁を腹一杯飲んだあとで四肢をふんばると、膨れた腹の先が地面をこすりそうだ。

毛の色は孵化直後より少しずつ薄くなっている。黒い産毛をかき分けて見ると、地肌に近い部分は白く羽毛のようにやわらかな毛に覆われている。

背中にふたつある翼らしき突起も身体に比例して少しずつ大きくなっているけれど、まだまだ和毛《にこげ》に覆われたまま。意のままに動かすこともまだ難しいらしく、手を動かすと一緒に動いてしまう様子は、見ていてなんとも微笑ましかった。

邑人たちの前に連れて出るのは気が進まなかったが、無闇に動きまわるようになったフェンリルをひとりで留守番させるのは危険すぎる。仕方なく、邑の賦役《ふえき》に出るときには一緒に連れて行くようにした。

フェンリルは孵化したときに言い聞かせたとおり、キース以外には懐かず、尻尾もふらない。

好奇心旺盛《おうせい》で、初めて見るものは何にでも興味を示すが、警戒心も強く、何よりも賢いので、邑人が玩具や珍しいものを餌におびき寄せようとしても、捕まるようなへまはしない。逃げ足も速い。

邑人は皆キースの申告どおり、フェンリルを少し変わった山犬だと思い込んでくれた。大人たちの大半は、キースに対するのと同じようにフェンリルも遠巻きにして近づこうとはしない。

子どもたちの中には触ろうとしてうまくいかず、癇癪《かんしゃく》を起こして石を投げる者もいたが、そういう悪童はキースが殺気を放って遠ざけた。邑の子どもはどの子も親の教えがよく染み込んでいて、皆キースのことを嫌っている。

彼らの親が、災厄の運び手であるキースから子どもを守りたいと願うように、キースもフェンリルを理不尽な攻撃から守りたいと思っている。理由もなく傷つけることは絶対に許さない。たとえ彼らにとって正当な理由があっても、フェンリルに手を出すことは許さない。

ひと冬の間にフェンリルはぐんぐん大きくなり、体長も体重も倍近くに増えた。孵化したときは矮鶏《ちゃぼ》二羽分くらいだった大きさが、春が近づくころには四羽並べたくらいになった。

天空に浮かんだふたつの月のうち、小さい方が欠けては満ち欠けては満ちをくり返し、キースが邑に戻って来てから五度目の満月を迎えると、天の国《パラディス》にようやく春が訪れる。陽射しがやわらいで、森に積もった雪も嵩を減らしてゆく。そろそろまた森で暮らす準備をはじめるころ合いだ。

ちょうど半月になった大きな月が天頂で輝きはじめた早春の宵《よい》。

キースは家の外に作った氷室に乾果を取りに出た。秋に蓄えた様々な果実を氷らせ、冬中かけて水気を飛ばしたフェンリルのための保存食だ。

小月は欠けはじめたばかりで夜は明るい。雪はだいぶ解けたが、まだ日陰にはうず高く残っている。黒い土が見える地面も、霜が降りてきらきらと輝いている。

吐く息もまだ白い。キースが息をするたび、青白い月明かりに照らされた濃紺色の夜空に、雲のような淡い塊が流れ消えてゆく。

「くっ…しゅん！」

寒いから家の中にいろと言ったのに、キースについて外に出てきたフェンリルが、まるで人間のようなくしゃみをする。キースは思わず笑いながらふり向いて――、驚きのあまり息を呑んだ。

そこにいたのは、灰黒色のふかふかした毛皮に包まれた獣の子ではなく、一糸まとわぬ裸身で、あぶなっかしく立ち上がろうとしている幼い子どもの姿だった。

膝と手のひらが泥で黒く汚れている以外は、キースとよく似た白い肌に、灰黒の髪、瞳の色はフェンリルと同じ金色が混じりはじめた灰色。

「……フェン？」

そんなわけはないと冷静に考えながら、思わず名を呼んだとたん、全裸の子どもの背後でふっさりとした太い尻尾が左右に揺れるのが見えた。

「フェンリル？」

もう一度さっきよりしっかり呼んでみると、おっかなびっくりなんとか二本の足で起ち上がった幼子がくっきりと顔を上げ、嬉しそうに声を発した。

「キース！」

幼子はそのまま危なっかしい足取りで駆け寄ると、キースの膝頭にしっかりとしがみついた。

「――……ッ」

よく見ると寝癖で跳ねた髪の塊だと思ったものは垂れた耳だった。その耳と、腰のつけ根に生えた太い尻尾は見間違えようもなく、そして手触りからしても間違いなく、フェンリルのもの。

「フェン、おまえ…どうして」

「キぃ…っくっしゅん！」

何か言おうとして再び盛大なくしゃみをした幼子を、キースはあわてて抱き上げ、毛皮の上衣で覆いながら急いで家の中に戻った。

暖かな炉の前に下ろそうと手の力を抜いたとたん、フェンリルは腕を蹴立てるように床に飛び降りた。同時に、雪が湯に溶けるように姿がゆらいで幼子の姿から見慣れた幼獣の姿にもどる。

「！」

　絶句するキースの目の前で、フェンリルはトトト…と数歩進んで、それからようやく己の変化に気づいたらしい。立ち止まって前肢を上げ、しばらく眺めてからキースの方へ駆けもどった。そのまま足の周囲をドタンバタンと興奮しながら駆けまわるうちに、またしても幼い子どもの姿に変わる。ただし、垂れた厚ぼったい耳と、毛玉を伸ばしたようなムクムクした太い尻尾つきの。

「キース！　あね！　のあっ、なんな！」

　フェンリルは人の姿になれたのが嬉しいのか、両手で耳を押さえながら、その場でぴょんぴょんと飛び跳ねて、何かをしきりに訴えている。言葉は意味をなしてないが、嬉しい気持ちだけは伝わってきた。

「わかった。わかったから、まずは服を着よう」

　外より暖かいとはいえ、真っ裸で過ごすには寒い。ただでさえフェンリルは身体が弱く、少しの不調ですぐに熱を出す。

　着古してやわらかくなった肌着を選んで取り出し、フェンリルに近づくと、フェンリルは瞳を煌めかせ「きゃふーっ！」と興奮した声を上げて走り出した。狭い家の中とはいえ、小さな子どもならそれなりに動きまわれる。小卓《つくえ》や椅子の下、行李《こうり》の上、寝台の上を逃げまわり、キースに捕まるとはち切れそうな笑い声を上げた。

「きゅふ、きゃっふぅ！」

「こら、暴れるな。服を着るんだ。そんな丸裸でいたら熱を出したり腹を壊すぞ」

　フェンリルはきゃたきゃたと笑いながら、しきりに自分の手足を見つめたり触ったりする。その合間にキースに向かってとろけるような笑みを浮かべる。

　いったい何がどうして卵から孵った獣の子どもが人の姿に変わるのか、説明はまるでつかないが、幼いフェンリルの輝く笑顔を見ていると、理屈などどうでもよくなった。

「フェン」

「くゅふっ」

「フェンリル」

「なぁな？」

名前を呼べば、嬉しくてしかたないと言いたげな声が返ってくる。それを何度もくり返しながら、服を着せ終わるころには、胸の中がなんともいえない温かさで満たされていた。陽射しをいっぱいに浴びた綿毛をつめたように、身体の内側から明るく温かな光が広がってゆく気がする。

着せるというよりも、服で包んだ状態で抱きしめ、可愛らしい子どもの顔のフェンリルを見つめる。

額と目元にかかった灰黒の髪をかき上げ、頭を何度も撫でてやると、フェンリルは気持ち良さそうに目を閉じて「くぅ…」と喉奥から声を出した。

服の中で尻尾がゆさゆさと揺れる。

「よしよし。いい子だな」

邑の女たちが子どもをあやすときの様子を思い出し、見よう見真似でフェンリルを胸に抱いたまま、ゆっくり揺すってやると、フェンリルは眠そうに瞬きをはじめ「くわっ」と大きな欠伸をして、そのまま糸が切れたように眠りに落ちた。

翌朝。幼獣の姿で服に絡まった四肢を抜こうと、暴れているフェンリルを救い出してやったキースは、脱ぎ着がしやすい子ども服を作りながら、しごく真面目《まじめ》な顔と口調でフェンリルに言い聞かせた。

「いいかフェンリル、オレ以外の人間の前で、絶対に人の姿になったらいけない」

「ん」

今はまた耳と尻尾つきの子ども姿になったフェンリルも、大真面目な表情でこっくりとうなずく。

先年の夏に孵化してから、ほぼ八ヵ月が過ぎた。人の姿になるときは一歳半から二歳の間くらいに見える。

こちらの言いたいことはだいたい理解しているし、本人もあれこれ訴えてくるが、まだ人の言葉というより鳴き声の変形じみたものが多い。それでもキースがあれこれ触らせたりして物の名前を教え、せっせと話しかけているうちに話せる語彙《ごい》が増えてきた。

「空、星、月、雲。雨、雪、泥。森、帰る場所」

抱き上げて、ひとつひとつを指さして教えてやると、フェンリルは先端が垂れた耳を前に向け、熱心にキースの言葉に聞き入るのだった。

†

春の最初の雨が降りはじめた。

もうすぐキースは森に帰ってしまう。

デミルは焦っていた。

冬の間中、蜜や保存状態のいい果物、それに女たちが湯屋で育てている花を携えてキースの家――というのもおこがましい穴蔵のような棲処《すみか》――に足繁く通った。手土産の報酬は、ひと冬かけて尻穴を指でまさぐるところまで譲歩させた。あともう少しで己の逸物をぶち込んで、あのきれいな顔を歪ませ喘がせるところまで来ていたのに。

森に戻れば、キースは自力で花や果物を見つけるだろう。蜜も、新しく採ってきた薬草や貴石と交換することで、デミルに頼らなくても入手できるようになる。

「くそっ」

気位が怖ろしく高く、容易なことでは隙を見せないキースが、この冬はなぜかデミルの要求を渋々とだが受け入れるようになった。

最初は蜜や花や果物など、そんなに欲しがってどうするのかと不思議だったが、頻繁に家を訪れるうちになんとなく分かってきた。蜜も花も果物も全部、あの穴熊みたいな山犬の餌だ。

「あの山犬…」

キースが唯一無防備な笑顔を向け、己の命よりも大切にしている獣。たかが獣に勝てない自分を認めることができず、デミルは苛立った気分のまま屋敷の奥に向かった。

苛立ちの原因はキースと山犬のことだけではない。何度頼んでも、懇願しても、脅しても暴れても、邑長である父親《おやじ》が自分の選士入りを許してくれないからだ。

デミルは今年二十歳になった。妻もいるし子どももひとり――妻の腹にいるのも数えればふたり――いる。身体は頑健で、選士としての資格なら充分あるはずなのに。

「糞親父め」

苛立ちつつも足音をひそめ、この冬偶然みつけた秘密の通路を使ってかくし部屋の裏に出る。このかくし部屋は、親父と選士たちがこそこそと秘密の話をするのに使っている。

そこで盗み聞きした内容は、半分くらい意味不明だったが、残りの半分は理解できた。

選士たちはキースが飼っているあの山犬が、境界の外で『聖なる獣』と呼ばれ尊ばれているものではないかと疑っている。もし本当に『聖なる獣』だった場合、外の密売人に売れば一生遊んで暮らせる大金が手に入るらしい。

うまく捕獲できればあの山犬を盾にして、キースの身体を要求できる。一石二鳥だ。

選士たちが語る地上の様子――たくさんの人がひしめく賑やかな市場や、大きな建物、若く美しい女たち、珍しい食べ物、様々な武器。そうした話はデミルに限りない憧れと、都合のいい甘い夢を見させてくれる。

年寄りたちがありがたがっている〝天の国《パラディス》〟の暮らしは、ぬるま湯のように刺激が少ない。平穏ではあるが変化に乏しく、これから先、死ぬまで同じような日々が続くのかと思うと到底我慢できない。

若い女の数も限られている。気軽に遊べる相手となると、さらに少ない。誰もが顔見知りの共同体の中では、ささいなことがすぐ噂になる。

選士になれば堂々と外――地上へ出て行ける。彼らが父親に報告した『聖なる獣』を捕まえて差し出せば、きっと功績を認められ願いを叶《かな》えてくれるはず。もし『聖なる獣』ではなかったとしても、キースの身体は手に入る。

デミルは都合のいい夢を描いて仲間三人に声をかけ、キースの飼い犬を捕まえることにした。

丸一日かけて隙をうかがううちに、山犬が時々ひとの子どもの姿に変わることに気づいて驚いた。

耳と尻尾だけは獣のままというふざけた姿だ。

キースの方はごく自然にそれを受け入れているが、人の姿に変化する獣など聞いたことがない。

——いいや。確か、盗み聞きした親父と選士たちの会話の中に出てきた。『聖なる獣』は人の姿にもなれる、と。

「やっぱり…」

あの山犬が選士たちの言っていた『聖なる獣』だ。生け捕りにして売り払えば、一生遊んで暮らせる金が手に入るという。

デミルはゴクリと唾を飲み込んだ。なんとしても、選士たちより先に捕まえてやる。

強い決意は翌日叶った。

朝早くにキースがひとりで家を出たのだ。

デミルは三人の仲間を使って家に押し入り、怯《おび》えて泣きわめく子ども姿の山犬を捕まえた。家の鍵《かぎ》をこじ開けたときに降ってきた芥子《からし》草の粉でひとりが目をやられ、中に入ったときに飛んできた複数の矢で、残りふたりがそれぞれ腕と腿《もも》に怪我をしたが、デミルは無事だった。被害を被った仲間たちは腹を立て、八つ当たりに耳と尻尾がついた子どもを叩こうとしたが、デミルが止めた。

「止《よ》せ。それは大事な人質…いや、犬質か？　とにかく、俺の許しなく勝手に手を出すな。それより早くもどるぞ」

キースの棲処では、他になにが仕掛けられているか分からない。こちらに有利に事を運ぶためには、場所を自分たちの縄張りに移す必要がある。

デミルは仲間を急《せ》かして、自分の家の一角にある納屋に向かった。

†

キースが異変に気づいたのは森の中で薬草を探しているときだった。突然、棘草《とげそう》に刺されたときの何倍もの衝撃が背筋を走り抜け、脳裏にフェンリルの泣き顔が浮かんだ。本能的に、フェンリルの身に危険が迫り助けを求めているのだと分かる。

苦労して見つけた貴重な薬草も貴石も放り出し、急いで邑に駆け戻る。小さな家にフェンリルの姿はなく、複数の足跡が乱雑に残っているだけ。

逆上しそうになる自分を抑えて、キースはフェンリルの気配を探った。目を閉じて意識を集中すれば、ぼんやりと明るい光のようなものを感じる。これのおかげでこれまでも何度か、迷子になりかけたフェンリルを見つけることができた。

今回も同じように光の気配をたどりながら邑中を捜し歩き、たどりついたのは邑長の納屋だった。

しかも戸口の前にはデミルの子分、ルガウが立っていて、嫌な予感しかしない。

息を切らしたキースが近づくと、ルガウは待ってましたと言わんばかりににんまりと笑い、戸を開けて中に入るようあごをしゃくってみせた。

戸口に立って中をのぞき込むと、デミルが大きな網袋を掲げ持っているのが見えた。キースの目の前で、袋の一部がもぞりと動いて小さな鳴き声を出す。

「……！」

フェンリルは細いけれど滅多なことでは切れない、丈夫なリンネ紐の網に捕らえられていた。人型のまま手足を伸ばすこともできず、耳や尻尾が無残に押し潰された状態で、小さく身をちぢめて恐怖に震えている。

「フェン！」

キースが駆け寄るより早く、デミルが網にかかった魚を自慢するように左手でフェンリルを持ち上げ、右手に持った小剣を突きつけた。

「おっと…それ以上近寄ると、おまえの大事な可愛子ちゃんが大変なことになるぜ」

小剣の切っ先をフェンリルのつぶらな瞳に向けられて、キースは息が止まるほどの怒りと焦燥に襲われた。言われた通り動きを止め、浅い呼吸をくり返しながらデミルが何を望んでいるのか慎重に探る。

「はは、目の色が変わったたな。おまえのその目、俺は大好きだぜ。そうだ。そうやって大人しくしてれば無体な真似はしない。ルガウ、バンドン」

興奮すると変わる瞳のことを揶揄《やゆ》されて、キースは拳を強くにぎりしめた。この瞳のせいで、災いをもたらす魔物だとさんざんいじめられた。だからあまり好きではないと知っているくせに、わざと指摘する男の底意地の悪さが大嫌いだ。

デミルに名を呼ばれ目配せされたルガウとバンドンが素早く近づいてくる。ルガウはデミルの太鼓持ちで子分体質とでもいうのか、なんでもデミルの言いなりの太った男。バンドンは体格のいいデミルよりさらに大柄で、動きは鈍いが怪力の持ち主だ。

両腕を後ろ手に縛られ、両足首もそれぞれ縄で縛られた。足首を縛った縄の端はそれぞれルガウとバンドンがにぎっている。

デミルがさらに顎《あご》をしゃくって納屋の奥を示す。キースは捕らわれた家畜のように追い立てられ、冬用の薪の上に突き飛ばされた。積み上げられた薪の上には使い古された毛布が数枚放置され、簡単な寝床になっている。おそらくデミルがふだん仕事をさぼって昼寝でもするのに使っているのだろう。突き飛ばされた勢いで突っ伏した鼻腔に、毛布に染みこんだデミルの体臭を感じて吐き気がこみ上げる。

「……ッ」

キースは素早く顔を上げ、デミルと奴《やつ》の手に捕らえられたフェンリルの姿を目で追った。その隙に、両脚を広げた形でそれぞれ大きな薪の束に縛りつけられる。後ろ手にされていた両腕も、頭上に上げた形で縛り直され、大きな薪の束にくくりつけられてしまった。

急所をいくつも無防備にさらして仰向けにされた時点でなんとなく察しはついた。フェンリルを捕らえた網袋を仲間に手渡したデミルが、小剣を右手で弄《もてあそ》びながらゆっくり近づいてきたときも、欲情にぎらついた顔を見るまでもなく、何をされるか予想ができた。

薪の山に膝で乗り上げたデミルは、キースに覆い被《かぶ》さりながら、小剣の刃で腰帯を持ち上げてささやいた。

「おまえがもっと早く俺のものになってれば、こんな乱暴な真似はしなくてすんだんだぜ？」

自分の悪事を人のせいにしながら、腰帯を切り落とし、次は小剣を逆手に持って襟口から裾まで一気に切り裂いてしまう。キースは唇を食いしばり、男の無体を黙ってにらみ続けた。

「おいデミル。本当にそんな小汚ねぇの犯《や》るつもりかよ。いくら元は美少年だったっつってもよぉ、今は臭《くせ》ぇし汚ねぇし…」

「ふん、おまえらはこいつに騙《だま》されてんだよ。成人の儀のときに着飾ったのを見てなかったのかよ？汚ねぇのも臭ぇのも、こいつが自分を守るための擬態さ。まあ見てろ」

ふたりにデミルが答えたとき、納屋の外で口笛の音がした。

「サバナだ。開けてやれ」

ルガウが扉を開けると、湯で一杯に満たされた桶をふたつ抱えたサバナが現れた。サバナは背が低く痩《や》せた貧相な顔つきをした男だ。気弱そうな外見通り非常に用心深く、自分より強い相手には弱腰だが、自分より弱い相手には強気になるという厄介な性格をしている。

「デミル、持ってきたぜ。湯と石鹸《せっけん》と布。こんなのどうすんだよ」

「まあ見てろ」

湯が入った桶と石鹸と布を受け取ったデミルは、それを使ってキースの顔や身体にこびりついた汚れを手早く落としてしまった。下帯も解かれ、性器とその周辺は特に念入りに洗われ、後孔《こうこう》には指まで突っこまれた。

怖気《おぞけ》の走る感触にキースは身をよじり、我慢できずにデミルを口汚く罵った。

「くそッ…！　人でなし！　男の風上にも置けない卑怯者《ひきょう》の糞野郎！　地獄に落ちろッ!!」

冬の間中、蜜のために同じ行為を許してきたけれど、幼いころに悪戯《いたずら》されたせいで嫌悪しか感じない。

それまで黙って堪えていたキースが突然暴れて大声を出したせいだろう。バンドンがつかんでいた網袋の中で息をひそめてじっとしていたフェンリルが、「く…きゅぅん！」と甲高い鳴き声を上げた。それからまだ舌足らずな声で「キィ…ス、キィス！」と名を呼びながら小さな両手で懸命に網を破ろうと暴れる。けれどキース以外の誰も、悲痛なその声を気にしたりしない。

風呂に入ったあとほど完璧ではないが、茶褐色に見えていた肌が本来の白さを取り戻すと、さっきまで文句を言っていたバンドン、ルガウ、それにサバナの三人は目を瞠《みは》り、ゴクリと唾を飲みこんだ。

仲間たちの反応に気をよくしたデミルは、汚れた布を放り捨て、すでに前が見苦しいほど突っ張っている服の裾をたくし上げ、下帯を解いてキースにまたがった。

「そっちの足の縄だけ解いてくれ。それから犬っころ小僧をこっちに。逃がすなよ」

デミルに命じられたルガウがキースの左足の縄を解き、サバナが網の中で暴れるフェンリルを側まで連れてきた。

「いいか。暴れたり抵抗したり逃げようとしたら、おまえの大事な子犬ちゃんの目を抉《えぐ》ってやる。脅しじゃないぞ。それが嫌なら大人しく俺を受け入れろ。腰をふって、嬉しがれ」

手を伸ばせば届く位置で、フェンリルを持ち上げたサバナがデミルから受け取った小剣を突きつけている。脅しではないと分からせるためか、それとも嗜虐に酔っているのか。サバナは鋭い切っ先を網目からはみ出た尻尾のつけ根に軽く突き立てた。

「きゃ…んッ！」

「フェン！」

我が身に剣を突き立てられるよりひどい痛みが胸に走る。キースは目を剝いてデミルをにらみつけ、「やめろ！」と叫んだ。

「やめろ！　おまえの言うことは何でも聞くから。逆らわないし大人しくする。腰をふれっていうならふってやる。だからフェンには手を出すなッ！」

「ふんっ…そんなにこの犬っころ小僧が大事か」

デミルは忌々しそうに嗤《わら》いながらも、仲間にそれ以上手出しはするなと命じてくれた。サバナは弱い者いじめができる絶好の機会を奪われて不満そうだったが、従順になったキースをいたぶれると分かったとたん上機嫌になる。

最初にデミルがキースを犯した。

キースは両手と右脚を縛りつけられ、左足だけ抱え上げられた形で正面からデミルに犯された。長年積もりに積もった劣情は激しく、果てがないように思えた。どんなに堪えようとしても激しくゆさぶられるたびに声が洩れた。自分が声を洩らすと、納屋のすみに放置された網の中でフェンリルも悲痛な鳴き声を上げる。

「きゅん！　キース…！　キースぅ！　きゅぅん…くぅん、きゅぅ——…！」

細く甲高く鳴きながら、網を破ろうと必死に引っぱり続けたせいで、まだ幼くてやわらかな手指の皮が擦り剝けて血がにじみはじめている。

「フェ…ン…ッ…」

「キースぅ…！」

首筋をデミルの湿った暑苦しい舌で舐め上げられながら、それを避けるように顔をそらし、フェンリ

ルを安心させようと声をかけると、フェンリルは余計じたばたと身をよじらせて鳴き声を大きくする。

「くっきゅぅ――……ッ！」

「うるせぇッ!!」

キースの中に積年の想《おも》いをほとばしらせ、そのまま二度目の抽挿をはじめていたデミルが堪えかねたように身を起こし、昂ぶったままの男根を無造作に引き抜いてキースから離れた。そのまま納屋のすみへ行き、フェンリルが入った網袋を頭上まで持ち上げる。

「これ以上うるさく鳴きやがったら、このまま床に叩きつけるぞっ」

脅迫はフェンリルにではなく、キースに向けられていた。

「おまえはこれの飼い主だろうが。だったら静かにさせろ！」

理不尽きわまりない要求に胃の腑が灼《や》け爛れそうな怒りと憎しみ、殺意にまみれながら、キースはことさら静かな声でフェンリルに言い聞かせた。

「フェンリル、鳴くな。オレがいいと言うまで目を閉じて、耳もふさいで静かにしてるんだ」

いつもより深みのある独特の声音で命じたとたん、フェンリルは「……きゅ」と小さくうめいて静かになった。網のなかで身を丸め、小さな両手で耳を押さえて目を閉じる。

従順な態度に怒りが鎮まったのか、デミルは叩きつけることなくフェンリルを床に下ろし、再びキースの上にまたがって腰を使いはじめた。

そのあと、デミルだけでなくバンドンとサバナ、それにルガウにも犯された。バンドンとルガウは一度で気がすんだようだが、サバナだけは二回も三回もやりたがり、デミルに殴られてようやく渋々と離れていった。


いくら強く耳を押さえても、間近で行われている蛮行の音は聞こえてしまう。ひときわ大きなキースのうめき声が聞こえたとき、あまりに辛《つら》くて身をよじった拍子に獣の姿にもどった。そのせいで耳を押さえることはできなくなったけれど、代わりに自分を縛める網をに歯を立てて無残な時を耐えた。

キースが嬲《なぶ》られている間中、言いつけ通り声も音も立てず、ひたすら網をかじり続ける。ちょうど最近歯が生えはじめ、むず痒くて、なんでもかじりたくなっていたからちょうどいい。

自分の歯がもっと鋭く強ければ、キースをいじめている悪者たちを噛み裂いてやるのに。そう心に強く念じながら、無力な己の自由を奪う網に、怒りとやるせなさをぶつけるしかない。

キースは時々痛みにうめき声を上げる以外、弱音はいっさい吐かなかった。それが、自分を心配させないためだということが分かるから、なお切ない。けれど鳴き声を上げたところで、事態がよくなるわけでもないことは学習済み。今は胸の痛みを堪えながら、自分にできることをする。

幼い頭でせいいっぱい考えて行動した結果、フェンリルは自分がくぐり抜けられるだけの穴を開け、キースの合図に合わせて飛び出した。

キースはずいぶん前からフェンリルが網をかじっていることに気づいていた。そして男たちが油断して目をそらした隙に、飛び出したフェンリルを抱えて納屋から走り出た。

「先に行け！　木の洞《うろ》だ」

野菜が植わった庭先に放り投げられながら、自分たちにしか分からない場所をささやかれる。

フェンリルは勢いよく地面に着地して、そのまま駆け出した。途中、背後で男たちの「ギャッ」とか「人殺しッ」「ヒィ…ッ」という悲鳴が聞こえて足を止め、ふり返りかけたけれど、

「止まるな、走れ！　ふり返るな!!」

キースに怒鳴《どな》られて再び走り出し、邑を突っ切って森に逃げ込んだ。そのまましばらく走り続け、秘

密の隠れ処《が》――木の洞に身を潜めてキースを待った。待っている間中ぶるぶると身体が震えて、油断すると情けない悲鳴が洩れそうで辛かった。

そのままどのくらい待っただろう。たぶんそれほど時間は経ってない。いつもより少し重い足音が聞こえて、キースがやってきた。

「フェン、いるか？」

かすれきった声が聞こえて洞をのぞき込まれたとたん、堪える間もなく喉奥から「ひぃ…ひゅ…ん」という情けない悲鳴が洩れた。

いつもより少し冷たい両手が差し出される。手のひらにも腕にも、赤黒い汚れがこびりついていて、そこからとても嫌な臭いがしたけれど、抱きつきたい衝動には勝てなかった。

「ひぃ…ん！」

しがみついて抱きしめられると、世界がぐるぐるとまわりながら、溶け崩れてゆくような気がした。

「よくがんばった。ごめんな、オレの不注意で」

頭から背中にかけてやさしく何度も撫でてもらうと、安心したのと嬉しいのと、悲しいのや悔しいので胸がいっぱいになって涙がこぼれた。

「くぅ…きゅん」

自分よりキースの方がずっと辛い目に遭ったはずなのに、ちっともそんなそぶりは見せない。

フェンリルを見つめるキースの瞳には、ただひたすらに強い愛情と、フェンリルを危険にさらした己を責める険しさしかない。

「もう大丈夫だ。二度とあいつらを近づけたりしない。このまま森で生きていこう、ふたりで。邑には二度ともどらず――」

強く抱きしめられたキースの胸からも、むせ返るような血の臭《にお》いがする。キースのじゃない。あの男たちのだ。全部で四人分。

嫌な臭い。気持ち悪い。キースは平気なの？

心配になって目を開けようとしたけれど、まぶたは糊《のり》で固めたように開かない。

頭が痛い。吐き気がする。

キースが何か言っているのに、意味が理解できない。心配しないでと返事をしようとしたところで、フェンリルの記憶はぷつりと途切れた。

Ⅴ † 森の野生児と聖なる獣

その年の冬がくる前に、森の深部でわずかに温泉の湧き出る地熱帯を見つけたのはフェンリルだった。

キースひとりではおそらく見つけられなかった。そう言って褒めちぎると、獣姿のフェンリルはちぎれて飛んでいきそうなくらい尻尾を盛大にふりまわしながら、キースに何度も身体をこすりつけたり、その場で飛び跳ねたり、挙げ句の果てには温泉の湧き出し口の近くにせっせと穴を掘りはじめた。

どうやら、これまで足手まといでしかなかった自分が、生まれて初めてキースの役に立てたことが嬉しくて、興奮しすぎて、それをどう表現していいか分からなかったらしい。

穴はそのあとキースが掘り足して浴槽にしたので、無駄にはならなかった。けれどその夜、フェンリルは心配した通り熱を出した。成長するにつれて数は減ってきているが、油断するとすぐに体調を崩すところは変わらない。

フェンリルの身体の弱さは、孵化直後にあれこれ食性に合わないものを、無理に食べさせたせいだと思う。それに関してキースは深く悔いているが、他にどうしようもなかったことも理解している。

春から秋にかけてフェンリルはぐんと成長した。獣の姿でも人の姿でも。冬が近づくころには人の姿で三歳くらいになり、言葉もだいぶ覚えた。人の姿を保っていられる時間も長くなってきた。

さらに、卵から孵ったときは黒に近い毛玉のようだった髪は色が抜けて薄くなってきた。今では光に透かすと銀色に見えなくもない濃灰色だ。

孵化から一年で三歳程度になったということは、

人より三倍成長が早いということになる。この調子でいくとあと七年くらいで自分の歳《とし》に追いつかれる計算だが、果たしてどうなるのか。

　今でもことあるごとに「キースはおれが守る！」などと宣言して、微笑ましい気分にしてくれるのに、成長した暁にはどんな大人になるのだろう。

　そんなふうにのんきな想像を膨らませるようになったのも、越冬できる地熱地帯をフェンリルが見つけてくれたからこそだ。

　この住処を見つけるまで、邑から逃げ出した春から秋にかけては、ひたすら森の深部を目指して移動を続けた。邑長の息子であるデミルとその仲間たちを傷つけた咎《とが》と、勝手に邑を出奔した罪で追っ手がかかっていたからだ。

　選士たちの追跡は執拗《しつよう》で、彼らの目を欺きながら足跡を残さないよう細心の注意を払い続けた。その甲斐あって初雪が降る前に、彼らは追跡をあきらめて邑にもどっていった。

　このまま、二度と自分たちに関《かか》わらなければいいのに。キースは心からそう願いながら、冬越えの隠れ処をせっせと作った。大きな岩盤が二枚支え合ってできた洞窟のような空間を利用して、背後をふさぎ、出入り口を補強し、保存食と防寒具を運び込む。食糧は外に作った氷室にも貯蔵して冬を越した。

　次の年も、その次の年も、春になると早々に冬越えの隠れ処を出て、さらに森の深部を目指した。決まった場所に定住すれば追跡者に見つかる危険が高まるからだ。

　長くても十日は留《とど》まらない移動つづきの暮らしは、慣れてしまえばそれなりに楽しかった。

　フェンリルは夜眠るときと、キースと言葉を交わしたいとき以外は、ほとんど獣型ですごした。獣型なら天然の被毛に覆われて服がいらないからだ。

　邑の女たちが長い時間をかけて織り上げた布が手に入らなくなったせいで、服についてはフェンリルだけでなくキースにとっても切実な問題だった。夏はほとんど裸で過ごしても問題はないが、それ以外の季節は毛皮くらいしか利用できない。

兎や鼬鼠《いたち》の毛皮を縫い連ねて、フェンリル用の小さな上衣と脚衣を作ってみたこともあったが、鞣《なめ》しかたが不十分なせいで「生臭い」と不評だった。

フェンリルは血が苦手だということは、邑を脱出するときの騒動で証明済みだ。

あの脱出行でフェンリルは明らかに体調を崩して、いっときはこのまま死んでしまうのではないかと思うほど衰弱した。その原因が、デミルたちを斬《き》りつけた返り血のせいだったと知ったのは、フェンリルが回復してから人の姿になり、

「血はきらい…。キースにくっついてた血にさわったら、からだがしびれて動かなくなった。気持ち悪くて吐き気がした」

という内容を、たどたどしく訴えてくれたからだ。

「オレが狩ってくる獲物の血は平気なのか？」

食糧としての肉を得るために、弓や罠《わな》で獣を獲り、皮を剝《は》いで血を抜く。そうしたことはこれまでも行ってきたけれど、とくに具合を悪くしたことはなかったはず。

そう訊ねると、フェンリルはこっくりとうなずいてから、子供らしからぬ、申し訳なさそうな表情で言い添えた。

「かみついて、ころしたりするのはヤだけど」

獣型のときの体格だけなら、立派な成犬ほどにも育ったのに、まだあどけない鼻筋に小さく皺をよせたフェンリルを、キースはじっと見つめた。

蜜と果実と花を食べて育ち、狩りはできないと言う、人の姿にもなれる獣。肉食獣のような外見に惑わされず、最初から草食獣だと思えばいいのか。

そんなこちらの内心を表情から察したのか、フェンリルは小首を傾げてキースを見上げた。

「でも、キースがどうしてもって言うなら、がんばってみるよ？」

そう言って、乳歯を剝き出しにして獲物に嚙みつ

く真似をしてみせる。

「無理するな。本能的に気が向かないことはしなくていい」

つぶらな瞳で一心に自分を見つめる愛らしい子どもを、キースは抱き寄せて頬を寄り添わせた。

幼い子どもなりに、せいいっぱい自分を助けようとしてくれる気持ちがいじらしく、愛おしい。

フェンリルから寄せられる愛情はまっすぐで、汲《く》めども尽きぬ豊かさが伝わってくる。身体はこんなに小さいのに、与えられる愛情の大きさと強さに胸が震える。

抱きしめると、腕の中で太い尻尾をパタパタとふりはじめる。嬉しいときのふり方だ。その振動が伝わると、キースまで嬉しくなって自然に笑みがこぼれる。

この子がいるから、邑を捨てひとりで——いやこの子とふたりで生きる覚悟が持てた。

「キース」

腕の中でフェンリルが身動《みじろ》ぐ。

「なんだ？」と顔をのぞき込むと、はにかんだ笑顔で「だいすき」と言われた。

「おれ、もっとつよくなってキースを守るから！」

勇ましい宣言がなにやらこそばゆい。感謝の気持ちを鼻先にちゅっと唇接けて伝えると、フェンリルはくるんと寝返りを打つように獣型になり、桃色のやわらかな舌でぺろりとキースの唇を舐め返したのだった。

森での日々は食糧を手に入れる狩りと採取、冬に備えたさまざまな貯蔵品の準備で過ぎてゆく。

邑を出た翌年の一年で、フェンリルの垂れた耳は次第に起ち上がり、立派な三角形を描くようになった。ふかふかの産毛に覆われていた翼にも羽が生えはじめた。翼といっても形ばかりで、飛ぶ力はまだない。本人は早く飛びたいらしく、一日に何度も翼を広げて羽ばたく仕草をしたり、油断していると岩や木の枝から飛び降りようとするので気が抜けない。

孵化から二度目の夏には、人の姿で六歳ほどになった。

フェンリルの性格を端的に表現するなら『おっとりした向こう見ず』だろうか。

好奇心旺盛で、初めて目にしたものにはなんでも興味を示すのはいいけれど、怖いもの知らずで——デミルたちに捕まるというひどい目に遭ったにもかかわらず、そうした部分が損なわれなかったのはよかったが——穴蜂の巣に鼻を突っ込んで蜜を舐めようとしたときには、どうしようかと思った。

キースが「やめろ」と叫ぶより早く、フェンリルは「きゃん！」と甲高い悲鳴を上げて飛び退《すさ》り、前肢で懸命に鼻先を掻こうとした。獣の肢ではうまくいかないと悟ると人型になり、鼻の頭に刺さった蜂の針を抜こうとして、痛みのあまりもう一度悲鳴を上げ、泣きながらキースに駆け寄ってきた。

「キース、痛い…キース…ぅ」

「どうしておまえはそう向こう見ずなんだ」とか、「もう少し注意深くなれ」とか、「警戒心のふり分け方が間違ってる」とか、言いたいことは山ほどあったけれど、小言を言う代わりに小さな溜息を吐《つ》き、ぷくりと腫《は》れ上がったフェンリルの鼻から針を抜いてやる。

「ふ…ぅえ…ぇえ、うぇ…っ」

泣きたくなくて我慢してるせいで、変な具合に息を乱した鼻先に、間髪入れずに「ちゅっ」と吸いついて毒を吸い出してやると、金色がかったきれいな瞳からぼろぼろっと大粒の涙がこぼれ落ちる。

孵化したばかりのころは、体毛と同じ濃い灰色だった瞳の色は、成長するにつれて色が薄くなり、だんだん金色が目立ってきた。光の具合によっては夏の朝陽の色に見える。

穴蜂の毒はたいしたことはないが、痛みは二、三日つづく。キースがここで今回の不注意を咎めなくても、フェンリルは痛い目に遭ったことで学び、次からは慎重になるだろう。

キースは言葉の代わりに、裸の背中をぽんぽんと手のひらで慰撫《いぶ》してやった。

翌年の夏には人齢で九歳くらいになった。やはり人の三倍の速さで成長している。そして髪の色もいっそう薄くなり、明るい灰色になってきた。このまいけば、やがて真っ白になるかもしれない。冬はともかく夏は目立って困るだろうが、雪のように白いフェンリルを想像すると微笑ましくて頰がゆるむ。

この年は選士たちの追跡が比較的少なく、花の群生地を見つけたこともあって、わりと余裕のある日日を過ごせた。

大きな事件は、フェンリルが羽の生えそろった翼で初めて空を飛んだこと。——正確には、木から飛び立ってそのまま真下には落ちず、滑空しながら着地に成功したと言うべきか。

地面から脚力と翼の羽ばたきだけで飛び立てるようになったのは、冬に入ってから。自在に空を飛べるようになったのは、春になってからだった。

邑を捨て、森で暮らしはじめて四度目の夏がきた。

フェンリルはさらに身長が伸び、キースの背丈にあと拳ひとつ分にまで迫っている。

獣の姿はもう立派なおとなに見えないこともないが、これまでの成長速度から計算すると人齢は十二歳相当のはず。人の姿はまだまだ少年らしさが目立つが、邑で目にしていた同い年の子どもよりは大人びて見える。

さすがにもう、抱きしめて添い寝してやるような歳ではない。そう言って寝床を別に用意しようとしたことがあるが、フェンリルは「いらない。キースと一緒に寝るのの、なにがいけないわけ?」と、本気で首を傾げていた。

「人間てのは兄弟でも親子でも、大人になったら一緒の寝床じゃ寝ないもんだ」

そう説明すると、フェンリルは小首を傾げつつ獣の姿に変化して、これならいいだろと言いたげに尻尾をパサリとふって見せた。

「……」

確かに。自分より少し背がひくいだけの、骨格や肉づきならすでに自分を越えつつある少年の裸身を、抱きしめて眠るのは育ての親としてどうかと思うが、相手が獣の姿なら、本能的な背徳感が一気に薄れてどうでもよくなる。

キースの構えがゆるんだのを敏感に察したのだろう。フェンリルは口角をわずかに上げて、尻尾をさらに大きくふりながら、キースの身体に寄り添う形で身を伏せた。それから前肢を×の形に組み、その上に長い顎を乗せて満足気に小さく息を吐く。

夏の寝床は樹の枝と草の葉を敷きつめた上に、梢を引き下ろして即席の屋根にしたものだ。夏といっても夜は少し肌寒い。キースは毛皮をつないで作った毛布を腰まで引きあげると、フェンリルのふっかりした被毛にぴたりと身を寄せて眠りについた。

フェンリルの体毛と人型になったときの髪の色は、孵化したときからは想像もつかない、透明感のある美しい銀灰色に変わりつつある。獣の被毛は見た目より硬いことが多いが、フェンリルの体毛は見た目を裏切らない、やわらかさとしなやかさがあった。

夏の終わりはいつも、いくばくかの寂しさと実りの秋への期待で、複雑な模様の織物をながめるような心地になる。

雨が増えて沢の水量が増し、魚が捕まえにくくなる代わりに、苔苺や蔓葡萄が色づき、山芋や玉葱が地中で太りはじめる。

苔苺は酸味が強すぎてキースの口には合わないが、フェンリルは平気でよく食べた。森で一番よく見かける果実だからという以上に、腹を満たすことが先決で、味は頓着《とんちゃく》しない。ひとつひとつが親指の先程度しかないので、満腹するまであちらの群生で色づいたもの、こちらの群生で色づいたもの…と、半日くらいかかったりする。

獣姿の長く伸びた鼻先で、葉をかきわけてひと粒ひと粒舌でもぎ取るのは効率が悪いので、フェンリルは群生を見つけるとその場で人型になり、せっせと摘み集めて小山を作る。そのあとで獣姿にもどって、果実の小山に鼻面を突っ込んで一気に食べるのが好みだ。

「ひと粒ひと粒食べてると、いつまでたっても満腹した気分にならないから」

というのがその理由。

秋になって人の姿——要するに裸——で長い時間を過ごすのが難しくなると、フェンリルの代わりにキースが小さな果実をせっせと摘み集めてくれる。フェンリルは代わりに川で魚を捕まえたり、兎や雉《きじ》を捕ってきたりする。魚も小さな獣たちも鳥も、フェンリルはほとんど傷つけずに捕ってくる。それを受けとって命を絶つのはキースの役目だ。フェンリルは殺傷行為を厭《いと》う気質で、キースのためでなければ小魚一匹獲ろうとは思わない。

ときどき、自分が生まれてきた意味を考える。

キースを守る。それだけは、呼吸をするよりも確かな事実として自分の中にある。

けれどもうひとつ、大切な役目があったはず。

幼いころは知っていた気がする。そんなことはあたり前すぎて、わざわざ考える必要もないほど。

けれどいつからか分からなくなった。たぶん、邑を捨てて森に入ったころから。

それまで声を出さなくても伝わっていた気持ちが、明確な言葉にしなければキースに伝わらなくなった。

幼いころは強く思っただけで、キースが察してくれた。ときどき間違えたり勘違いすることはあっても、フェンリルが何かを伝えたがっていることを、見逃すことはなかったのに。

「……」

フェンリルは梢にさえぎられた青い空を見上げた。

昔は、この空ももっと違う色に見えた気がする。もっとさまざまな色に満ちあふれ、美しい音色がいつも響いていた気がするのに。今でも別の意味で美しい空や森の姿を見ることはできるけれど。

ときどき、色とりどりの光の糸で編んだ繊細な刺繍のような世界を、もう一度取り戻したいと思ってしまう。懐かしい、卵の中でまどろみながら見た夢のような世界を――。


ひと雨ごとに森が色づいてゆく秋の朝。

明け方まで降っていた雨が上がって陽が射すと、靄《もや》が出て、土と木々の匂いが強くなった。

キースが目を覚まして起き上がると、フェンリルも続いてねぐらを抜け出し、朝靄の中で身震いした。それからふと顔を上げ、南の方角を仰いで鼻を蠢かす。靄の微細な水粒の中に不穏な気配がある。

考えるより先にするりと人型に変化して、背後からキースを抱くように耳元でささやいた。

「キース、追跡者《やつら》の匂いがする」

キースがふり向いて目を瞠ったのは、危険を告げる言葉に驚いたのもあるけれど、久しぶりに変化したフェンリルの背が、またしても伸びているのに気づいたせいもある。

秋になって寒さが増すと防寒のために昼でも獣型のままでいることが多くなった。人型に変化したのはひと月ぶりくらいだ。

一年前は膝を曲げてもらわなければ、耳打ちなどできなかったのに、今は少し爪先立ちしただけで簡単に届く。たぶん次の春にはキースの背丈に追いつくか、追い越しているだろう。

キースの瞳が一瞬まぶしげに細められ、すぐに緊張感をみなぎらせた険しい表情に変わる。

「人数は？」

「選士たちと、九〇…か一〇〇人近い」

キースの表情が驚きと警戒の色に染まる。これまでも二、三十人規模の追跡を受けたことは何度かあるが、これほど大規模な山狩りは初めてだ。

「それから犬が何頭も。みんな南から来る。上に出て、様子を見てきたほうがいい？」

樹上を飛んで偵察してくるかと提案すると、キースは少し考えてからすぐに首を横にふった。

「――いや。おまえが飛べるってことは知られない方がいい。とにかく移動しよう。獣型にもどれ」

その指示にフェンリルは素直に従い、素早く荷物をまとめたキースを守るようぴたりと寄り添い、森の端に向かって走りはじめた。

人型になると言葉で交流できる代わりに、獣型のときにくらべて格段に嗅覚《きゅうかく》聴覚、それに五感以外の探査能力が落ちる。追跡者たちから逃れるためには、獣型のときの能力が必要不可欠だ。一年くらい前から、追跡者の気配や凶暴な獣など、危険を察知する能力はフェンリルの方が高くなっている。

キースとふたりで生きてゆくために、自分の能力がなくてはならない状況に、フェンリルは昂揚《こうよう》感を覚える。

幼いころは守られるばかりで、時には足手まといになることもあった。それが辛くて悔しくて、早く大きくなりたいと心から願いつづけてきた。

今年の夏あたりから、少し視線を上げれば目が合うくらい身長が伸び、身体つきもキースと同じくらいになると、自分を見るキースの目が少し変わった。可愛いばかりの保護対象から、対等な伴侶《はんりょ》へ。

――…いや、まだ対等とは言い切れないけど。

目線が近くなるのは大事だと思う。春先まではまだ子どもあつかいしていたのに。特に獣型から人の姿に変化すると、決まってまぶしそうに目を細められ、成長ぶりを確認される。そのたび、

『生まれたときは、こんなに小さかったのにな』

両手で水をすくうように、孵化したばかりの幼い子どもの大きさを示してみせるキースに、フェンリルも決まって言い返す。

『もっともっと大きくなるよ』

自信たっぷりに、不敵な笑みを浮かべて宣言すると、キースは親バカそのものの表情で嬉しそうに何度もうなずくのだった。

「北の剃刀岩《かみそり》へ避難しよう。あそこなら見つかっても足場がもろいから追ってこれない」

走りながら小声で告げたキースに、フェンリルはわずかに顔を傾けて了解を示した。

森に逃れてから三年半。邑人と選士たちの追跡は年々きつくなっている。追われる理由を、キースは自分が邑長の息子を殺しかけたからだと言い張っているけれど、他にも理由があるのをフェンリルは知っている。自分たちを追っている選士たちの会話を、聞いたことがあるからだ。

『あの山犬を無傷で捕えたら、どえらい財産になるぞ。〝下〟の仲買人が買い手を募ったら、一万ソル出す御仁が現れたそうだ』

一万ソルというのがどれくらいの価値なのか、フェンリルには見当もつかないが、他の選士たちが色めき立った反応から、よほどのものだと思う。

『キースはどうする？　デミルが欲しがってるが』

『くれてやれ。あいつがキースを拘束しておけば、俺たちが山犬を売り払うのが楽になる』

自分たちのことを物のようにあつかう男たちから、そっと離れてキースの元にもどったフェンリルは、前よりいっそう警戒を強めるようになった。

追われる理由は自分にもある。だからといって、自分が身を差し出せば済む話でもない。

おまえの命を差し出せばキースは助かると言われれば、迷わず差し出す覚悟はあるけれど、信用ならない悪者に自分から捕まりに行き、代わりにキースを追いまわすのはやめてくれと頼んだところで、約束が守られる保証など微塵もないことくらい分かる。

半日近く移動しつづけて、昼前には北の剃刀岩にたどりついた。しかし。そこにはすでに選士のひとりが待ちかまえていた。

フェンリルはキースよりずっと早くそのことに気づくと、歩きつづけるキースの服の裾を噛んで引っ張った。

「どうした？」

「ガゥワゥ」

待ち伏せされてると伝えたくても、獣の姿では言葉が使えない。人の姿に変化しないと駄目か…と思いかけたとき、キースの顔に諒解《りょうかい》の色が広がる。

「待ち伏せか？」

「わう！」

フェンリルは思わず尻尾をブンとふって、空吠《からほ》えで応えた。それから、追っ手がいない方角を訊ねるキースの視線に応えて、北西の方角に進みはじめる。

その日はそれから暗くなるまで、ひたすら追っ手を逃れて走り続けた。夜になるとさすがに追跡者の足取りは止まったが、翌日にはまた再開する。

追っ手は選士たちだけでなく、邑で動ける者は総動員したような規模だった。大半が手に鉈や弓といった武器を持ち、縄や網を携えている。

邑人だけなら隠れてやり過ごしたり、包囲網を突破することも可能だが、今回は選士たちがこまめに指示を与えているらしく隙がない。包囲線を強硬に突破しようとすれば、矢で射られる可能性が高い。

選士たちは三年半の間に、キースとフェンリルが森のどのあたりで休息をとり、どこにねぐらや貯蔵庫を作っているかを順々に探り当てている。森の北東部にある、冬越え拠点の地熱帯も、この分ではすぐに見つかってしまうだろう。

森は二〇〇人や三〇〇人の人間を養うには充分な広さと豊かさがあるけれど、無限に広がっているわけではない。〝境界〟という名の果てがある。

キースとフェンリルは森の中央部から北西の方角に向かって移動をつづけ、その日の昼過ぎには身を隠す樹々のない岩盤地帯に出てしまった。

岩盤のその先は〝境界〟。大人五〇〇人分ほども垂直に切り立った断崖絶壁だ。

「くそッ…」

やられた…とキースが口の中で小さく毒づく。選士たちの思惑通り、まんまと逃げ場のない岩盤地帯に追い込まれたことに腹を立てている。

「ガゥわぅ」

どうする？　と訊ねながら、フェンリルは知覚を研ぎ澄ませて追っ手の動向を確認してゆく。

包囲網はゆるい弧を描いて迫りつつある。彼らは手に持った網や縄で互いの間をつなぎ、隙間を走り抜けて逃げるのを阻んでいる。

フェンリルひとりなら空を飛んで逃げられるが、キースを連れてというのは不可能だ。フェンリルの翼にそこまでの力はない。

「わぅ？」

もう一度、どうする？　と訊ねながらキースの顔を見上げたとき、首筋の毛がチリッと焦げるような危険を察知した。

考えるより早く、キースに飛びかかって地面に押し倒す。その上を二本の矢が間髪入れずに通り過ぎ、近くの茂みに突き刺さった。

「…ッ」

キースは無言で息を呑み、フェンリルと視線を合わせると、森の外を指で指した。

「がぅるる…！」

森から出るのは危険だ。そんなことはキースも分かりきっているはずなのに。フェンリルの抗議を、キースは視線で制し中腰で駆け出した。遅れずフェンリルもあとを追う。

岩盤地帯は所々に深い亀裂が走っている。どれも底が深く、落ちたらまず助からない。

フェンリルは足場のもろさと亀裂の有無を確認するために、グッと脚を速めてキースの前に出た。背後でキースが何か言いかけたけれど、尻尾のひとふりで抗議を封じる。射矢の攻撃を避けるため、なるべくまっすぐ走らないよう注意して移動していると、背後で森から出た追跡者たちが雄叫びを上げるのが聞こえた。

フェンリルがちらりとふり返ると、キースは迷わず絶壁の縁を指さした。

「突端へ」

「……」

どうするつもりなんだろう。ここへきて初めて、キースの判断に対する不安が湧き上がる。

「止まれ！」

「それ以上進んでも逃げられないぞッ」

「おとなしく俺たちのものになれ」

「悪いようにはしない」

邑の男たちが、口々に信用ならない言葉を吐きながら近づいてくる。最前面に選士たち。そのうしろにデミル率いる粗暴で浅慮な男たちが十数人。さらにその背後から続々と、縄と網で互いをつないだ邑人たちが現れる。男たちの三人にひとりは矢をつがえ、鋭い鏃《やじり》をキースに向けている。

「がぅるる…ッ」

フェンリルはキースの前に立ちはだかり、追跡者たちをにらみつけた。鼻筋に深く皺が寄り、自分でもびっくりするほど低く険しいうなり声が喉奥から響く。首筋から背骨にかけて、毛が逆立ってゆくのが分かる。絶体絶命の危機を前にして、ふだんはちらりとも湧かない人への攻撃欲が増してゆく。

――あの矢が一本でも飛んできてキースを傷つけたりしたら、瞬時に飛びかかって喉笛を切り裂いてやる。

本能に反した決意を込めて、鋭く男たちをにらみつけていると、背後でキースがささやいた。

「フェン、今からオレの言うことをよく聞け」

「？」

前を向いたまま、耳だけうしろに向けると、キースはおちついた口調ではっきりと告げた。

「おまえは飛べる。崖縁《ここ》から下へ降りて逃げろ」

何を言ってるんだ。

フェンリルは尻尾を斜めにふり下ろして否定した。

俺だけ逃げてキースはどうするんだよ。

「あいつらが欲しがってるのはおまえだ。おまえが珍しいから売り払おうとしてる。自分たちの欲のために」

「……（知ってる）」

フェンリルは右耳をピッと小さくふって伝えた。

「おまえが捕まって盾に取られたら……オレは抵抗できない。だから先に逃げてくれ。オレも必ずあとから下へ行く。おまえが無事だって分かっていれば、オレはどんな目に遭っても耐えられるから。だから、頼むから――」

淡々としていた口調が最後の方は懇願になる。

同時に首筋に手がかかり、痛みを感じない毛房をつかまれて、後ろへ下がるよう引っ張られる。

「フェン」

「ガウッ…！（嫌だ！）」

自分が捕まれば、キースの足手まといになることは分かってる。嫌というほど思い知ってる。けれど、こんなところにキースひとりを残して、自分だけ逃げることなどできない。絶対にできない。

「フェンリル！」

子どもを叱《しか》りつける親の声で名を呼ばれ、腹の底から怒りが湧き上がった。キースを守りたいからこそ生まれた怒り。その強い奔流に押されて、フェンリルは岩盤に四肢をついたまま人型に変化した。

迫りつつある男たちがどよめいて、わずかに動きが乱れる。獣から人の姿に変化する様を目の当たりにして、さすがに驚いたのだろう。

その隙にフェンリルはキースに宣言した。

「分かった、飛び降りる。でも、キースも一緒だ。俺の背中にしがみついて。絶対に手を離さないで。キースが俺の背に乗ってくれなかったら、俺はこの場から動かない！」

動揺から立ち直り、ふたたび前進をはじめた男たちから目を離さないまま、フェンリルはわずかに後退して、脇に立ったキースの腰に腕をまわし、しっかりと抱き寄せた。

「オレを乗せて飛ぶなんて無理…」

「無理じゃない！　横に移動するのは無理でも、下に降りるだけならなんとかなる。——俺を信じて」

言いながら、腰をつかんだ指先が、毛皮の上衣を通して皮膚に食い込むほど強く力を込める。その指がかすかに震えていたことに、キースは気づいただろうか。

男たちの包囲が迫る。陽射しを受けて、突き出された剣先と無数の鏃がぎらりと光る。

前列のうしろで網を投げるために身を屈めた男が、腕をふり上げる前に、フェンリルはふたたび獣の姿にもどり、キースに向かって吼えた。

「がうぅう…ッ！（背中に乗って！）」

キースが動かなければ、腰帯を咥《くわ》えて一緒に飛び降りる覚悟だった。けれどキースはフェンリルの望みを叶えてくれた。仕方ないなと言いたげな、どこか晴れ晴れとした笑みを浮かべて。

『死ぬときは一緒』

背中にしがみついてくれた腕から、自分が決めた覚悟と同じ気持ちが伝わってくる。

フェンリルが翼を大きく広げると、ふたり同時に崖縁を蹴り、そのまま虚空へ飛び込んだ。

「止めろ…！」

「待て——ッ」

「キース……!!」

獲物に逃げられた狩人たちの絶叫が、瞬く間に遠ざかってゆく。

ふたり分の重みを支えかねた翼が、風を受けて大きくきしむ。フェンリルは無我夢中で羽ばたかせ、落下の速度をゆるめようと努力しつづけた。

ぐんぐん近づきつつある脚の下には、黒に近い深い緑と赤や黄色に色づいた樹木が延々と続く、広大な森が広がっていた。

Ⅵ　†　冬の森

背中が温かい。まるで雲の上にいるようだ。寝返りを打つと、温かな雲も一緒にもぞりと身動いだ。

「……?」

瞬きを何度かして、目を開ける。最初に見えたのは、夜の闇に浮かび上がった銀灰色の塊。

しばらくぼんやりとながめていると、銀灰色の塊は、ゆったりと上下する動きをくり返していた。記憶をたぐり寄せるように、手を伸ばして触れてみる。

「……フェン?」

返事の代わりに「ぴすぴす」というかすかな鼻息が聞こえた。聞き慣れたフェンリルの寝息だ。

「無事だったんだな…、よかった……」

そのままもう一度まぶたを閉じようとしたとき、突然吹きつけた風の寒さに震えて我に返る。

今度こそ本当に目を覚まし、身を起こしてフェンリルに声をかける。

「フェン、起きろ。怪我はないか?」

肩を軽くゆさぶりながら、夜目にぼんやりと浮かび上がる身体を素早く確認してゆく。どこかに血の汚れはないか。変に歪んだ場所はないか。

「……んう?」

くぐもった声とともにフェンリルが顔を上げる。そしてキースをみたとたん、ぱかりと口を開けて笑顔になった。

「そうだ、生きてる。オレの方に怪我はない。おまえは? どこか痛むところはないか? 翼が折れたりしてないだろうな」

訊ねながら問答無用で両手を伸ばし、首筋、肩、背骨、翼、そして四肢まで念入りに調べる。キースが手のひらで触れている間、フェンリルも鼻先をキースの身体のあちこちに押しつけて匂いをかいだり、舌で舐めたり甘噛みしたりして、怪我がないか確認していた。

腕と頬と右のふくらはぎを念入りに舐められたのは、どうやらそこに切り傷があったかららしい。

互いに気のすむまで無事を確認し合うと、キースはフェンリルにうながした。

「風が避けられる場所にねぐらを作ろう」

それに場所も移動しておいた方がいい。上のやつらが簡単にここまで追ってこれるとは思わないが、用心するに越したことはない。

起ち上がると驚くほど身体が重かった。数日つづいた逃避行と、崖からの落下——と言うのはフェンリルに申し訳ないが、正直、最後の方は繋った梢がふたりの身体を受け止めてくれなければ、お互い無事ではすまなかったと思う——で体力を相当消耗したようだ。

フェンリルの方はもっと疲れているらしく、身を起こした拍子によろめいたのを、キースは見逃さなかった。疲弊した体重を支えるように、キースはフェンリルの身体に寄り添い背中に手を重ねて力づけながら、風避けになる場所を探して歩いた。

しばらく歩くとすぐに理想的な地形を見つけた。

茂みの脇に人がふたり横たわれるくらいの小さな窪みがあり、反対側には大きな岩がある。

「フェンは休んでろ。すぐに用意するから」

キースはそう言って、近くの常緑樹から大ぶりの枝葉を数本切り落として窪みに敷きつめ、別の樹から葉を落とした枝を集めて囲いを作り、そこに常緑樹の枝葉をくくりつけて壁と天井にした。

わずかな時間で、寝心地のよさそうなねぐらが完成した。

休んでいろと言ったのに、枝を運んだり、枯葉をかきあつめて寝床に敷きつめたりと、ねぐら作りを手伝ってくれたフェンリルと一緒に、さっそくもぐり込むと、互いにぴたりと抱き合って目を閉じた。

夜中に一度、盛大に鳴り響いた腹の虫の音で目が覚めたけれど、それがフェンリルのものなのか自分のものなのか、分からないまま再び眠りに落ちた。

秋の盛りに地上に降り立ってから、初雪が降るまでの間は比較的順調に過ぎていった。

フェンリルの鼻は下界でもよく利いて、果実や花、蜜蜂や穴蜂の巣をしっかり探し出した。外界の森は天の国《パラディス》ほど豊かではなかったけれど、天の国《パラディス》にはなかった大ぶりの果実が何種類もあったり、キースの食糧になりそうな大きな獣もいた。

初雪が降るまで、キースとフェンリルはひたすら秋の実りを蓄え、冬を越せるねぐら探しに勤しんだ。

フェンリルが待望の地熱帯を見つけたのは、初雪から十日後。充分に警戒しながら森の上空を飛びまわり、雪が見当たらない谷底を発見した。

翼を持つフェンリルなら往復四半日の距離。けれど地を行くキースの足では、どんなに急いでも十日はかかる。キースが地道に歩数を稼いでいる間に、フェンリルは秋の間に蓄えた乾果や干し肉、蜜、乾燥させた花の塊を細蔓で編んだ網につめ、谷底の地熱帯にせっせと運んだ。

そうして、大雪が降って歩けなくなる前に、なんとか地熱帯にたどりつくことができた。

黒々とした土と緑に覆われた谷底は、ところどころ半分乾きかけた湿地があり、そこを掘り返すとぬるい水が湧き出た。

古い川の跡に添って緑が広がり、小さな花が咲き、苔苺によく似た果実も実っている。蔓性の細い茎に鈴生りになった赤い実を試しに食べてみると、苔苺より甘みのあるやわらかな味わいだった。フェンリルはひと口で気に入り、ねぐら作りの作業の合間にときどきつまみ食いをしていた。

蔓苺と名づけたその果実は、谷底全体に群生していて、当分の間フェンリルが食糧に困ることはなさそうで助かった。何しろ、谷底の外は背丈を越す積雪で、たとえ空を飛んで移動しても、雪に覆われた森で果実や花を見つけるのは不可能だったから。

冬の間、フェンリルは秋に蓄えた乾果と乾花、そして蜜、それに谷底に自生する花と果実を食べて腹を満たした。

キースも秋の蓄えを消費しつつ、谷底に出没する鼠や鼬鼠《いたち》を獲ったり、地虫や野草など、食べられるものは何でも食べて飢えをしのいだ。

春になって森で狩りができるようになるまで食糧が保つよう、慎重に消費していたにもかかわらず、長い冬が終わる前に、秋の蓄えも小動物も、花も蜜も蔓苺もほとんど食べ尽くしてしまった。

予想よりずいぶんと雪解けが遅かったからだ。

食糧が完全に尽きる前に、天気がいい日を選んでフェンリルが探索に出ると言い出した。

「他にも地熱帯があるはずだから、必ず見つけて食べ物を運んでくる」

言葉を伝えるために身を屈めたまま人型になり、すぐさま獣の姿にもどったフェンリルは、青い空に銀灰色の翼を広げて悠々と飛び立っていった。そのうしろ姿を見送ったキースは、胸がうずくような誇らしさを感じていた。

冬の間にフェンリルはまた背が伸びて、たぶん並んで立てば自分より大きくなっているだろう。身長だけでなく、肩幅や胸板もずいぶん逞《たくま》しくなってきた。人齢ではまだ十三に満たないのに、この成長ぶり。この先どれだけ大きくなるのか楽しみだ。

「それなのに…。成長期だっていうのに、腹一杯食べさせてやれなくてごめんな…」

探索からもどってきたフェンリルが、食べ物を見つけられず腹を空かせている場合に備えて、キースは残り少ない蔓苺を摘んで集めておいた。自分の空腹は、野草の根を噛んで誤魔化しながら。

フェンリルは日暮れ間近になってもどってきたけれど、その日は何も収穫がなかった。集めておいた蔓苺を差し出すと、三口でぺろりと平らげ、そのあとでハッと気づいて『キースの分は？』と言いたげに視線を向けた。

「オレは先に食べた」

嘘《うそ》だ。当然フェンリルも嘘に気づく。とたんに、しおしおと耳が倒れる。人で言うなら肩を落としてうずくまる感じだろうか、後ろ肢で座り込んだまま、鼻先が地面に着くほど頭《こうべ》を垂れる。

「くぅう…ん」

「気にしなくていい。おまえは一日飛んで、明日もまた飛ぶんだろう？　だからこの場合はおまえが食べるのが正しいんだ」

「――きゅぅ」

深く垂れた首筋を、手のひらで強く撫でながら言い聞かせてやっても、フェンリルは己の過ちを悔いるように顔を上げない。そのままキースを抱き込むように身を丸め、尻尾の中に鼻先を突っ込んで目を閉じてしまった。

落ち込みすぎて拗《す》ねてしまった、というところか。図体《ずうたい》だけはおとな並みにでかくなっても、こういう反応はまだまだ子どもだ。

声を出してフェンリルがますます拗ねないよう気をつけながら、キースは笑った。そうしてフェンリルの体毛に身を埋め、腹の虫が鳴らないよう願いながら眠りに落ちた。

翌日もその翌日もフェンリルは探索に出たが、芳しい結果は得られなかった。谷底で食べられるものは、もう蔓苺の茎と葉くらいしかない。そんな状況になった探索四日目の夕刻。

起きているだけでも無駄な体力を消耗するので、温かな砂地に横たわっていたキースの傍らにフェンリルがもどってきた。

軽やかな羽音とともに着地する足音。そして、頭のすぐ横にどさりと置かれたのは、束ねた蔓苺の房と、蔦《つた》でがんじがらめにした雪兎だった。

「見つけたよ。南西の方角に温泉が湧き出す地熱帯がある。獣もいるし食べ物もちゃんとある」

人型に変化したフェンリルは、必要なことだけ伝えるとすぐにまた獣型にもどった。人の姿でいると危険を察知するのが遅れるし、裸体は寒さを感じやすい。毛皮をつないで作った毛布は、鞣しが足りないので長くは触れていたくないらしい。

翌日から南西に向かって移動をはじめた。

雪はまだ膝上まであり、一日に進める距離はあまり多くはない。そして半月後。凍死か餓死の二択と思われた厳しい旅の末に、キースとフェンリルはようやく新しい地熱帯にたどりつくことができた。

最初に目に飛びこんできたのは、もうもうと立ちあがる湯気。そして湯気を背に、ひっそりと地味に咲く小さな花の群生。半分はすでにフェンリルが食べたあとだ。そのまわりにはあちらにぽつり、こちらにぽつりといったまばらさで、雪スグリと蔓苺の葉が控えめに揺れている。旅の間中、フェンリルが往復してキースのために摘み集めてくれたものだ。まばらに点在する株で、実が残っているものはほとんどない。

自分の飢えを我慢して、キースのために小さな果実をせっせと集めて運んでくれた、フェンリルの思いやりの深さとやさしさに、少し泣きそうになる。

「わうあぅ」

そんなキースを急き立てるように、フェンリルが明るい声で吼え、上衣の裾を咬んで引っぱる。

「うん」

キースはうなずいて、青空を白く染めるほど景気よく湧き上がる湯気を目指した。歩いている途中で風向きが変わり、湯気がさぁ…と風下に流れて、目の前に大きな池が現れる。

「温泉だ！」

「わぅ！」

キースとフェンリルは同時に駆け出した。湯の熱さを心配して池の縁で立ち止まったキースを尻目に、フェンリルは迷うことなくザブンと飛びこんだ。

「フェン…！」

火傷《やけど》したらどうすると叫びかけたキースの目の前で、湯面がぐっと盛り上がり、豊かな銀灰色の髪を背中に張りつけた少年が浮かび上がる。

「キースもおいでよ！　ちょうどいい湯加減だからすごく気持ちいい！」

すでに少年と呼ぶには違和感を覚えるほど、背が伸びて肩幅もしっかりしてきたフェンリルが大きく腕をふる。

なんだか久しぶりに、人の姿になったフェンリルの顔を見た気がする。

節の形がきれいな長い指で、優美に額から流れ落ちる湯を払い、キースに向かってにこりと微笑む。

豊かな湯で汚れを洗い流した髪は、冬前よりいっそう色が抜けて、白に近いきれいな銀灰色。そこに光の加減で微妙に金色が混じっている。長さは腰に届くほどだが、一律同じ長さではなく、前髪から横、後ろへと、少しずつ段を入れたようになっている。そのせいで長さのわりに重い感じはせず、風になびく様は動きがあって美しい。

眉は髪より濃い銀色で、睫毛《まつげ》も銀。瞳の色は奥行きのある金色だ。じっと見つめていると、どこか別の世界へ誘われるような、不思議な磁力を持った瞳は獣型のときと同じ、昼と夜で濃さが変わる。

顔立ちはものすごく整っている…と思う。アルカ邑で一番の男前だと言われていた選士クラールより、はるかに好ましい顔をしている。

顎の線にはまだ少年らしさが残っているが、頬は鋭角的に整いつつある。きれいな形の額とまっすぐ通った鼻筋は知性を感じさせ、少し大きめの唇は大らかさを、そしてくっきりとした目元は意思の強さと、豊かな感受性を表していた。

「キース、早く！」

重ねて呼ばれたキースは「ああ」と答えて服を脱ぎかけ、どうせ洗うんだから一緒かと思い直してそのまま飛びこんだ。

冷えて強張っていた身体が、すみずみまで温かな湯に包まれてほぐれてゆく。湯の中で服を脱いでいると、となりにスイっとフェンリルがやってきて手伝ってくれた。湯の中で服がゆれるたびに、茶灰色の汚れが靄のように広がる。

「ぷはっ！　すごい、汚い！」

湯面から勢いよく顔を出して、フェンリルが笑いながら声を上げる。無邪気なその笑顔も、柔和な中にぐっと男らしさが増しつつある。キースも湯から顔を上げ、悪びれもせず認めた。

「あたりまえだ、三ヵ月分の汗と脂が染みこんでるからな」

「人の服って大変」

「おまえも毛皮がけっこう汚れてたぞ。ちょっと見せてみろ」

キースは自分からフェンリルに近づいて、動きを止めた。

「あれ…？」

「なに？」

キースは湯の中をのぞきこんで足元を確認すると、もう一度フェンの顔と頭を見つめた。

「やっぱり…追いつかれたか」

立っている場所に段差はない。

境界から飛び降りる前は、拳ふたつ分ほど下にあった目線が、今は真正面にくる。

思わず肩をぴたりと並べ、手のひらを頭頂に当てて高さを測っていると、フェンリルが小さく笑う。

「そうみたいだね」

うなずきながら答えた声は、当然だと言いたげに落ちついている。

「俺、もっと大きくなるよ。そのうちキースを乗せても軽々飛べるくらい」

「——…そうなのか？」

単なる希望ではなくて？

視線で問い返すと「うん」と力強く肯定される。

「へぇ…。そうなると、旅もぐっと楽になるな」

冗談のつもりでそう返すと、フェンリルは真面目な表情でもう一度、しっかりとうなずいた。

「うん。そうなったら、もうキースだけに辛い思いはさせないから」

まだまだ子どもだとばかり思っていた少年の顔に、大人の片鱗《へんりん》と男の覚悟らしきものが垣間《かいま》見えた気が

して、キースは妙に照れくさくなり、話題を少しずらした。

「ありがとう。それにしても、オレを乗せて軽々飛べるってことは、馬くらいでかくなるのか？　確かに移動は楽になるけど、人型になったときには巨人じゃないか。見上げても顔が見えないとか」

想像すると少し複雑だ。思わず眉間に皺を寄せて考えこんだとたん、となりでフェンリルが「ぶはっ」と小さく噴き出した。

「キースってば、なんてこと言うんだ」

何やら笑いのツボに入ったらしく、腹を抱えて「あはは」と大らかに笑い出す。

ついさっき、ずいぶん大人っぽくなったなと感心して、胸が高鳴るような誇らしさを感じたばかりなのに、こうやって手放しで笑う姿はやはりまだ子どもだなと思える。

黙っていれば端正な顔立ちで隙がなく見えるのに、笑うと、とたんに愛嬌《あいきょう》があって親しみやすい温《ぬく》もりが、表情だけでなく身体全体からにじみ出る。

「いや、だって」

キースはもごもごと言い訳しながら、池の縁に近づいて枯れ草をひと束むしった。それを丸結びにした即席の束子《たわし》をふたつ作ると、ひとつをフェンリルに手渡す。フェンリルはそれを受けとって、自分ではなくキースの肩を洗いはじめた。

「大丈夫。心配しなくても人型のときは、そんなに大きくならないよ」

「そうなのか」

あとで自分もフェンリルを洗ってやろうと思いつつ、キースは背中や腕に触れるフェンリルの大きく力強くなった手の感触にしみじみと溜息をもらした。

「うん。――あ、でも」

フェンリルはひとしきり笑ったあと、キースをくるりと反転させて正面から向き合った。

「もっと大きくなるのは本当だよ。背ももっと伸びるし、筋肉もついて、キースを守れるようになる」

守れるように、という部分だけひときわ熱を帯びた真剣な表情で告げられて、こそばゆいような、胸奥から無数の泡沫が湧《わ》き出して広がってゆくような、なんともいえない嬉しさに一瞬声がつまる。

「――…そうか。そうだよな。背だってもうオレとおなじだもんな。卵から孵化してまだ四年半なのに、成長が早くてびっくりする。もっとゆっくりおとなになってくれてもいいんだぞ」

幼いころの殺人的な可愛らしさを思い出して思わず本音が洩れる。フェンリルは獣型のときと同じように、鼻のつけ根に少しだけ皺を寄せて胸をそらした。

「俺はずっと、早くおとなになりたいって願い続けてた。早く、大きく強くなりたいって」

「ああ…。まあ、その気持ちはよく分かる」

信じられる人が誰もいない状況で、独りで生き抜かなければならなかった少年時代を思い出したキースは、湯から立ち上る湯気を見つめて、独り言のようにつぶやいた。

「オレも早く大人になりたかったから」

けれどフェンリルには自分がいる。だから、そんなに早くおとなにならなくてもいいよと伝えたくて、自分と同じ高さになったフェンリルの頭を自然に撫でていた。

その手をそっとつかんで引き寄せられ、熱量のある瞳でまっすぐ見つめられる。水晶の中に閉じ込めた金塊のような、美しい色に吸いこまれそうだと、しみじみ見惚《みほ》れて無防備になった耳に、低い声で告げられた。

「キースは俺が守るよ」

「……っ」

宣誓のような言い方に胸が熱くなると同時に、ふ…っと肩の荷が軽くなるのを感じた。それまで必死に独りで背負ってきたつもりの責任や覚悟という重い荷が、実はもう自分ひとりで背負うのではなく、一緒に背負ってくれる存在がいたのだと。

心の片すみでは、まだまだ子どもなんだからと戒める自分がいる。けれどその一方で、フェンリルの言葉をたとえようもなく喜んでいる自分もいる。

「ありがとう」

誰かに「守ってやる」と言ってもらったのは初めてだった。他の誰かに言われたら胡散臭《うさんくさ》くて鼻で笑い飛ばしたくなる言葉なのに、フェンリルだと素直に嬉しいと思えた。


春の訪れはふた月半後にやってきた。

雪解けでぬかるんだ地面が陽射しを受けて乾き、歩きやすくなるのを待って移動をはじめた。温泉の湧き出る地熱帯周辺の花や果実は、あらかた食べ尽くしてしまったからだ。

森を出たのはそれから半月後。小高い丘の上から見下ろした下界の大地は、高く低くうねりながら、どこまでも果てしなく続いていた。

フェンリルはしきりに北西の彼方を気にしていたけれど、そちら側は見わたすかぎり、まばらな緑が点在する荒野が広がっているだけ。食糧になりそうな花も果実も、そして獣の姿もなさそうだ。

これまでそうしてきたように、最優先すべきは食糧の確保だ。そう言い聞かせると、フェンリルは南西の方角に鼻先を向け、確固たる足取りで歩きはじめた。キースもそれに続く。

茂みと原野と小川、時々小さな森、そしてまた芽吹きはじめた野原に灌木《かんぼく》、細い川、湧き水、岩だらけの荒れ地、豊かな草地。数日おきに景色を変える地上を歩き続ける間、天の国《パラディス》の邑で言い聞かされていた、怖ろしい魔物に出くわしたことは一度もなかった。

森を出て十日ほどすぎると、人の手で整備された道に出くわした。警戒しながらたどっていくと、二日後には小さな邑を見つけたので、キースは姿を見られないよう注意して身を隠しながら、邑の様子を半日ほど観察してみた。

邑人の総数はアルカ邑の半分ほど。七十から八十人といったところ。皆、薄くてやわらかいのに丈夫そうな布の服を着ている。靴もきちんと足の形に合ったもので、男女や用途によって様々な形があった。

家の大きさは、どれもアルカ邑のものより大きく、窓には薄い氷のような透明な板が入れてある。形は大きさの違う四角い箱をいくつか連ねた感じで、どれも端正で造りがしっかりしている。壁は何を使ったのか白く塗られ、屋根は薄い石板らしきもので葺《ふ》いてある。ものすごい技術力だ。

何よりキースの気を惹いたのは、邑の周囲に林立する、氷のような板で覆われた透明な家だ。どうやらその中で花や果実を育てているらしい。人の大きさが小指ほどの距離にいても、甘い香りがするのか、傍らに身を伏せているフェンリルがしきりに鼻を蠢かせ、ときどきゴクリと唾を飲み込んでいる。

それが、危険を冒しても邑を訪れてみようと思った第一の理由だ。

第二の理由は、邑人たちが身にまとっている服だった。男たちは動きやすく身体に合った脚衣に中着を身につけ、上衣は短いものや長いものがあった。驚いたのは女の筒裳《スカート》が布をふんだんに使った長いものだったこと。足首がかくれるほどもある。

あの邑では、布はそれほど貴重品ではないのかもしれない。うまくすれば交換してもらえるかも。

そうあたりをつけたキースは、その場にフェンリルを残して邑を訪ねることにした。

もちろんフェンリルは反対した。

「俺も一緒に行く！」

「ダメだ」

「心配だからついてく！」

「ダ、メ、だ」

念を押し強くにらみつけると、フェンリルはぐっと唇を噛みしめて顎を引き、上目使いでキースをにらみ返した。

「そんな顔したって駄目なものは駄目だ。万が一、誰かに見つかったらどうする。おまえはここにかくれてるんだ。何かあったら助けを呼ぶから」

「じゃあ、この姿で行く」

「耳と尻尾つきの裸でか？」

「――…」

ぎぎ…と奥歯を嚙みしめる音が聞こえた気がする。それでも、甘い考えで連れて行くわけにはいかない。

「うまくいけば服が手に入る。そうしたら、次は一緒に行けるかも。だから今回は留守番」

「わかったか」と念を押すと、フェンリルは実に悔しそうな表情で唇を嚙みしめ、仕方なさそうに、嫌そうに、渋々とうなずいてみせた。

キースはやわらかく量の多いフェンリルの頭髪をくしゃくしゃとかき混ぜるようにひと撫でしてから、邑に向かった。

敵意がないと示すために、軽く両手を上げながらゆっくり邑に近づく。

最初に行き会った邑人は、籠に入れた野菜を運んでいた中年の女だった。足元には鶏《にわとり》と家鴨《あひる》が行き交い、忙《せわ》しなく地面を突いている。

女はキースを見たとたん、あんぐりと口を開けて動きを止め、それから籠を放り出して邑の奥へ走り去った。それからすぐに、複数の男たちが現れる。

「מי אתה?」

「מבו אתה בא?」

彼らは口々に何か話しかけてきたけれど、ひと言も理解できない。ただ、すぐに襲われるような雰囲気はなかったのでその場に踏みとどまった。

なんとか身ぶり手ぶりで、服と食糧が欲しいということを伝えると、相手もなんとなく理解したのか、キースが差し出す毛皮や、天の国《パラディス》から持ち出した貴石の粒を見て、自分たちが出せる品を見せてくれるようになった。

結果、親指大の透明な赤い石ひとつと雪兎十頭分の毛皮の束で、着古した服――脚衣《ズボン》、中着《シャツ》、上衣をそれぞれふたそろいと、透明な家の中で育てている樹の実——橙色《だいだい》と桃色と赤色で、それぞれ拳ほども大きい——を袋一杯、蜜を小壷ひとつ、初めて見る大輪の見事な花をひと束、パンをひとかたまりと、おまけに乳酪《バター》をひと欠片、手に入れることができた。

果実と蜜と花が欲しいと身ぶりで伝えたとき、邑人たちが互いに顔を見合わせ、キースに向かってしきりになにか「ハイリンベスタ」とか「ヘイリンビスタ」とか聞こえる同じ言葉をくり返したけれど、何が言いたいのかよく分からない。

キースが首を傾げていると、男のひとりが細い棒で地面に絵を描きはじめた。人のとなりに同じくらいの大きさの獣、その背に翼をつけ、その横に花と果物の絵を描いてみせ、キースの表情をうかがう。

「……」

キースは内心の焦りを悟られないよう、表情も態度も変えないよう細心の注意を払い、理解できないふりをつづけた。そして邑人たちを刺激しないよう気をつけながら、なんとか邑を出ることができた。

邑人たちは最後まで「ハイリンベスタ」「ヘイリンビスタ」と声をかけてきたが、キースのあとを追いかけようとまではしなかった。

Ⅷ　†　下界の春、ふたり旅

キースの帰りをひとりで待つ時間は、果てしなく長く感じられた。

フェンリルは何かあったらすぐに飛び出せるよう、獣の姿で茂みの陰にうずくまり、どうしたらキースの足手まといにならずにすむか考えつづけた。

子どもあつかいされて甘やかされる。以前はそれが嬉しくてしかたなかったけれど、今は苦しい。

早くおとなになりたい。もっと強く大きくなって、何があってもキースを守れるくらいに。

そんなことを際限もなく考えているうちに、砂利を踏むキースの足音がかすかに聞こえてきた。同時に、これまでかいだことのない甘い匂いに鼻腔がひくつく。顔を上げスンスンと鼻を蠢かせていると、キースが両手に果実と花を抱えて帰って来た。

下界の森を出て、最初に見つけた邑でキースが手に入れてきた果実と花は、どれも初めて見るもので、気が遠くなるほど美味《おい》しかった。特に花は香りが素晴らしく、匂いをかいだだけで頭がくらくらして、腰に力が入らず座り込んでしまったほどだ。

あとでキースに聞いたところによると「酔っ払い状態」だったそうだ。ぼんやりトロンとした顔で、花束に鼻や頬をこすりつけ、上機嫌でごろりごろりと地面を転がっていたらしい。……自分ではあまり覚えていない。

花と果実と蜜は気に入ったけれど、服の方は正直あまり嬉しくなかった。邑から充分離れ、小さな森を見つけて身を隠してから一度、泡の実と呼んでいる草の種を使ってしっかり洗濯はしたけれど、長く染みついた他人の匂いが取れなくて気になった。

キースの方は、古着だろうがなんだろうが気にならないらしく、毛皮と革で作った自分の服を脱ぎ、小川の水で身体と髪を洗うと、さっさと新しい服に着替えてしまった。腰回りも長さも合ってない膝がすり切れた脚衣に薄い中着、つぎ当てだらけの上衣なのに、キースが身につけたとたん垢抜《あかぬ》けて見えた。

ぶかぶかの脚衣は脛に布を巻いて補強し、中着と上衣は腰高に帯を巻いて動きやすくしている。

フェンリルの方も似たような格好だ。違うのは上衣の代わりに、目元まですっぽり隠せる頭蓋布《フード》がついた丈長の外套。動物の毛織り製で、元はかなり厚みがあったようだが、今はところどころ向こうが透けて見えるくらい着古してある。

フェンリルが服の匂いに鼻をしかめて、あちこちかぎまわっている間に、キースは木切れを削った即席の櫛で髪を梳《と》かし、編み込みを作ってきれいに整えはじめた。

器用な指先がこまやかに動いて作り出される編み

込みに目を奪われる。それ以上に、さっぱりとした衣服で髪を整えただけで、見違えるように美しくなったキースの整った横顔に、目が吸い寄せられて離せない。視線に気づいたキースが顔を上げ、即席の櫛を掲げて、

「フェンの髪も整えてやるから、こっちにおいで」

手招きされて、フェンリルは素直にキースの前に腰を下ろし、背を向けた。キースは膝立ちになって、フェンリルの髪を丁寧に梳かしながら、さらさらに整った髪をひと房手にとり確認してきた。

「獣の姿になったとき、引っ張られて抜けたりしないか？」

「……分からない。けど、たぶんこのあたりとか、こっちのあたりなら大丈夫だと思う」

こめかみから後頭部にかけてを手で示すと、キースの細い指先が地肌に触れ、髪をいくつかの房に分けて編み込みをはじめるのが分かった。

少しくすぐったいけど気持ちいい。

自分も覚えて、次はキースにしてあげたい。

そう思いついて、夜中にこっそり練習した結果、自分が細かい作業には向いてない——有り体に言えば不器用だということが判明したのだった。

道に沿って歩いていると、三日おきくらいに邑が現れた。そのたびキースはフェンリルを置いてひとりで邑に行き、食糧を手に入れて帰ってくる。

邑に滞在する時間は次第に長くなり、長いときは朝から夕方までということもあった。

「何してるわけ？」

我ながら拗ねた口調に嫌気が差しつつ訊ねると、

「仕事。あと、言葉を教わってる」

そう言って、労働力の対価として手に入れた果実や花を差し出され、覚えてきたという言葉を教えてくれた。言葉を教えてくれるということは、いずれ自分も邑に連れて行ってくれるんだろう。

そう思って我慢していたけれど、キースばかりが

働いて、自分はただぼんやりと待っているのは苦痛だった。

「気持ちは分かるけど、もう少し我慢してくれ」

邑で食糧を手に入れながら旅を始めて一ヵ月あまり。とうとう我慢できなくなり、次は絶対ついていくと言い張ったのに、キースは首を縦にふらない。

「少しずつこちら側のことが分かってきたところだ。これまで通過してきた邑の連中の話を総合すると、おまえと同じ、獣になったり人になったりする連中が他にもいるらしい。こっちの言葉で『ハイリンベスタ』とか『ヘイリンビスタ』って言われてる」

「俺と…同じ」

仲間がいるかもしれないと言われた瞬間、幼いころのぼんやりとした感覚を思い出す。何かと常につながっていて守られているような、大きな模様の一部として、あるべき場所にきちんと収まっている安心感。

それが何を意味するのかもう少し探ろうとしたとたん、淡い記憶は霧散して何も思い出せなくなる。大切な何かをつかみそこねた喪失の感覚すら、すぐに薄れて消えてしまう。

——別にいい。キースが側にいてくれさえすれば、寂しいと感じたことなんてないし。

「そう。最初は警戒したけど、どうも狩られる対象としてじゃなく、なんていうか、感謝されてる？ありがたがられてるっていうか」

「それなら、姿を見せても大丈夫なんじゃ」

「だめだ。危険は冒せない」

真冬の凍土のように、いくらひっかいても少しも掘り返せない。頑《がん》としたキースの態度に、フェンリルは無言の抗議を込めて獣の姿に変化すると、寝床代わりの叢《くさむら》でひとり丸くなって目を閉じた。わざとキースに背を向けて。

背後でキースが小さな溜息を吐くのが聞こえる。それから足音をひそめてそっと近づき、傍らに膝をついて顔をのぞき込みながら、眉間から額、頭、首筋へと、手のひらで何度も撫でてゆく。

「フェンリル、おまえが大好きだよ」

……ふん。そうやって機嫌を取ろうとしても無駄。俺は拗ねてる。そっちがいつまでも子ども扱いするなら、こっちにも考えがある。

背だって俺の方が拳半分近くも大きくなった。

俺はもう子どもじゃないって分からせてやる。

フェンリルは決意を込めて尻尾を左右にふった。叢に当たってピシリパシリと音がするほど強く。

それに応えるように、首筋から背筋にかけて慰撫していたキースの手のひらが、いっそうやさしく愛情深くなる。

子ども扱いされて腹が立っているのに、その手をふりはらうことだけは、思いつきもしなかった。

森から出たあと、見つかって追われる危険を冒して邑に立ち寄るようになったのは、その方が簡単に食糧が手に入るからだ。

森で採れる果実は小さな苔苺や蔓苺くらいで、腹はふくれても滋養が足りないのは明らかだった。特に花は、邑の周囲で栽培されている何種類もの、馥《ふく》郁《いく》とした芳香を放つ大輪の花々を知ったあとでは、森に咲く小さな野草類が貧相に思えて仕方ない。

森にもどると言えばフェンリルが文句なく従うことは分かっている。そして森では、彼の成長期に必要な滋養を充分に得られないことも。

だからこそキースは人の世界に分け入って、彼らをうまく利用しながら、フェンリルとふたりで生き抜く道を探ると決めたのだ。

街道沿いを南下しながら、一ヵ月半近くが過ぎた。

四日ぶりに現れた邑は、他にくらべて少し小さく、周囲に建てられた温室——硝子《ガラス》と呼ばれる透き通った板で覆われた透明な家——の数も少なかった。

パンの材料になる小麦や野菜の苗が植わった畑も小さく、地味が痩《や》せているのか育ちが遅いようだ。

報酬はあまり期待できないかもしれない。

キースはいつものように身体と顔を洗い清め、不審に思われないよう身支度を調えると、フェンリルに姿を隠してじっとしているよう、こちらもいつも通りに厳命して邑に出かけた。

天の国《パラディス》から持ち出した貴石は、とっくにすべて使い果たした。交換して喜ばれる毛皮も。街道沿いを歩きながら採取できる薬草は、あっても微々たる量なので、交換できてもキースの二食分ほどにしかならない。

残る手段は労働力しかない。

ちょうど春の種まきや草取りの時期に当たると、運よく仕事にありつけるが、報酬は微々たるものだ。キースひとりの食い扶持くらいは稼げるが、食べ盛りのフェンリル――しかも普通の食材は受けつけない――の口を養うにはとうてい足りない。

覚えたての片言と身ぶり手ぶりで、仕事はないかと聞きまわるキースの美貌に、最初に目をつけた男が現れたのは何番目の邑だったか。

これまで立ち寄ったほとんどの邑で、ひとりかふたり、キースの美貌に目をつけて言い寄る男が現れた。もちろん、キースがわざと隙を作っているせいもある。どんな仕草をすれば男が目を奪われ、どうやって誘導すれば身体を差し出す代わりに望みの品が手に入るか、すっかり覚えてしまった。そのことにうしろめたさを感じたのは最初だけ。今ではもう慣れてしまった。

生きるためだ。

何よりもフェンリルを飢えさせないため。それからフェンリルに古着ではない、新しい服を贖《あがな》ってやるためだ。

フェンリルのためなら、自分はどんなことでもできる。泥をすするのも虫を食うのも平気。男に身を差し出して好きにいじらせるのも平気だ。種まきや草取り、石拾いといった労働と同じ。そうした仕事より短時間ですみ、報酬が多いのは助かる。とはいえ、最初から身体を売るつもりはない。普通に仕事をして必要な報酬が得られるなら、それに越したことはないからだ。

その日、訪れた邑でキースに目をつけた男は、四十代前半の精力がありあまって見える大男だった。

まだほとんど聞き取れないこちらの言葉で何かを切々と訴え、暑苦しく抱きついて身体をまさぐってくる。

わずかに覚えたこちらの言葉の切れ端から「妻」「死」という単語だけ聞きとることができた。おそらく妻が亡くなって、夜の営みがご無沙汰《ぶさた》になり溜《た》まっているとかそういう内容だろう。

夏はさぞかし風通しがよくて過ごしやすそうな、けれど冬には雪が吹きこんで家の中が白く染まるんじゃないかと思うような、あばら家に招き入れられ、何ヵ月も干した様子のないしめった寝床に押し倒された。

寝台が置かれた向かいの壁はあちこちに隙間が空いて、そこから射しこんだ午後の光が、舞い上がった埃《ほこり》に反射してきらきらと輝いて見える。

男の熱い吐息が首筋にかかり、背筋に悪寒が走ったけれど、キースは目を閉じてやり過ごした。

『絶対についてきてはいけない』

いつものように厳命されたフェンリルは、いつものように茂みの陰に身をかくし、前肢をそろえ、腰を下ろした姿勢でキースを見送った。

けれど、言いつけを守るつもりはない。

自分はもうキースより背が高いし体重も増えた。何か起きても自分の身くらい守れるし、キースのことだって守れる。邑に仕事を探しに行くなら自分も行って手伝える。ひとりよりふたりの方が多く稼げるし、自分が食べる花や蜜や果物をいつまでもキースに頼っているのも嫌だ。――キースの気持ちは嬉しいしありがたいけど、同じくらいの強さで自分を情けないと思う。

　そんな自己嫌悪も今日までだ。

　邑からもどったキースの身体から時々、何か嫌な、古着に染み着いた他人の匂いのように、フェンリルには受け入れ難い気配がただようことがある。

　そういうときは決まって、キースも疲れた表情で、念入りに小川の水で身体を清め、早めに寝てしまう。

　その理由を、今日こそ曝《あば》いてやる。

　フェンリルは背を低くして茂みの陰から抜け出すと、岩陰や窪地に添うようにして邑に近づいた。

　まばらな緑に覆われた大地は、午後の陽射しに照らされて白っぽい黄色に見える。汚れてくすんだフェンリルの毛色がまぎれるにはちょうどいい色だ。

　子どものころはともかく、今の体格で人目につけば、騒がれるということだけは理解している。実際、ひとつ前に立ち寄った村では、獣の姿を見られて追いかけられた。それもあって、キースはことさら強く「絶対についてくるな」と言ったのだ。


　それは分かる。でも…とフェンリルは思うのだ。

　キースが自分を心配するように、自分もキースが心配で仕方ないのだと。独りで待っている間にキースが辛い目にあっていたらどうしよう。昔あったみたいに男たちに捕らわれて、何かひどいことをされていたらどうしよう。そんな考えにばかり襲われて、少しも心が安まらない。足手まといな自分に嫌気がさす。役立たずのくせに腹ばかり減って、そのたびキースがどうにかして食べ物を手に入れてきてくれる。

　そんな状態はもう嫌だ。

　フェンリルは身をなるべく低くして邑に忍びこむと、隠れ処である茂みから途切れることなく続いているキースの匂いをたどって、邑の中にある小さな家に駆け寄った。

　小さな家のまわりは、春から一度も苅《か》られた様子のない叢が生い茂り、身を隠すにはちょうどいい。

　フェンリルは鼻をひくつかせて家の裏にまわり、壁を見上げて左右に行き来した。この壁の向こうからキースの声がかすかに聞こえる。どこか苦しそうなうめき声だ。

フェンリルはためらうことなく壁際に鼻先を寄せ、大きく空いている隙間から中をのぞき見た。そのとたん、意識しないまま喉奥からうめき声が洩れていた。

「ぐうゞぅるる…！」

その声は、壁の向こうで絡み合っている男たちが立てる音にまぎれて、聞かれる恐れはなかった。

暗い屋内の、くしゃくしゃになった灰茶色の毛布の上で、キースの白い手足が泳ぐように動いている。その上にのしかかった大きな男は全裸で、汚い尻を見覚えのある律動で前後させている。

男が何か言い、それから焦《じ》れたように放り出されたキースの腕をつかみ、自分の肩や首にまきつけさせた。キースの白い両腕が、風に吹かれた柳のようなしなやかさで日に焼けた男の背中に絡みつく。


その瞬間。フェンリルの中で焼けつくような痛みが弾けた。耳の後ろから首筋、背中を通って尻尾の先まで、しびれるような痛みとともに毛が逆立っていくのが分かる。

──キース…ッ!! 嫌だ…ッ！

血を吐くような思いが、喉奥から低いうなりとなって飛び出してゆく。けれどキースも男も気づかない。互いにぴたりとくっつけて息を荒げ、寝台が壊れるんじゃないかというほど腰を突き上げている。

あの腰の動きが何を示しているかは知っている。

男の中心にある排泄《はいせつ》器官を、キースの後ろの排泄器官に挿し入れて出し入れをくり返す。そうすると、男は気持ちよくなって排泄器官から白い液を出し、満足するのだ。キースの方は決してそれを喜んでいないし気持ちよくなってもいない。

口では「いい」とか「もっと」とか言うけれど、本心とは真逆だ。それくらい声を聞けばわかるのに。男はキースの口から出る言葉の上っ面しか感じ取れないのか、「気持ちいい」とか「すごい」と言われると、鼻の穴をふくらませたにやけ笑いになり、悦に入っている。

――嫌だ嫌だ嫌だ…！

キースに触れていいのは俺だけだ。あんなふうに腕をまわして抱きついていいのは俺だけだ。

「ぐうぅぅう――…ッ！」

腹の底から湧き上がる灼熱《しゃくねつ》の怒りと、わけのわからない激情に突き動かされ、喉奥から低く野太いうなり声を発しながら、フェンリルは数歩後退り勢いよく壁に体当たりした。

老朽化した壁は簡単に破れ、フェンリルは苦もなく家の中に飛びこむと、キースに男の印を突っこんだまま身を起こし、驚きと恐怖でひきつった顔をこちらに向けている男に駆け寄った。

「ひっ…ひぃぃーッ」

男は身をよじってキースから離れ、赤黒く濡れた排泄器官を揺らしながら家の奥に逃げこんだ。深追いすることなく、そちらに向けてもう一度「ぐわんッ」と吼えたてた背中に、呆れと怒りと戸惑いが混じったキースの声が聞こえた。

「フェンリル…」

フェンリルはゆっくりふり返り、謝るつもりはないと伝えるために、キースの瞳をまっすぐ見返した。

「どうして言いつけを守らなかったんだ！」

男の家から逃げ出し、邑人に騒ぎを聞きつけられる前に、なんとか隠れ処に戻ったキースが放った第一声は、一方的にフェンリルを責めるものだった。

「あの男がおまえのことを言いふらして、邑人が追ってきたらどうする！」

強い非難の言葉を、フェンリルは背けた肩で弾き返し、反旗をひるがえすように尻尾を大きくふってみせた。腰を下ろして座っても、背筋を伸ばせば、頭がキースの喉元に届くほどになっている。

「フェンリル！」

反抗的な態度に苛立ったのか、キースが険しい声を出したので、フェンリルは人型に変化してふり返り、負けじと声を張り上げた。

「キースこそ、なんであんな男に身体を触らせてるんだよ！　キースに触っていいのは俺だけだ！」

「フェン…何を」

言ってるんだという呆れ声をさえぎって訴えた。

「デミルの野郎に俺が捕まって、キースがひどいことされたとき、俺は心に誓ったんだ。もう二度と、俺のせいでキースに辛い思いはさせないって。それなのに、なんで俺の食べ物を手に入れるためにっ、デミルたちにされたことをまたさせるわけ!?」

「フェン」

「キースが好きでやってるとは思えない。キースの気持ちくらい分かるんだ」

「フェンリル」

「俺以外の人間に、キースの身体を触らせるのは許さない！　裸で抱き合うなんて絶対に許さない！」

言い募るうちにだんだん興奮してきて、抑えられなかった。積年の鬱屈を。

「おまえは誤解してる。ああいう方法で必要なものを手に入れるのは、べつに嫌じゃないし辛くもない」

「嘘だ」

「嘘じゃない」

――俺を傷つけないために。負い目を持たせないために。白々と嘘をつくキースに腹が立つ。

そして、キースにそんな気遣いをさせてしまう自分にも腹が立って、気づいたときにはつかみかかっていた。

「嘘だ！」

上衣をつかんで軽く押しただけなのに、キースがあまりにあっけなく後ろに倒れたので、一緒に勢いあまって折り重なるように倒れ込んだ。

とっさに手をついて体重をかけないよう上から覆い被さると、目の前でキースが小さく息を呑むのが見えた。

「……っ」

キースはフェンリルを見上げて目を瞠り、すぐに身体をひねって逃げ出そうとした。それを身体をぴたりと重ねることで阻んで、投げ出されていた左手を右手でにぎりしめて地面に押さえつける。

「フェン…降りろっ」

「やだ」

重ねた肌の下でキースの身体がうねる。互いの体温が上がっていくのを感じながら、首筋に鼻先を埋めて匂いをかぐ。

「あの男の臭《にお》いがする」

低い声でうなると、押さえつけた身体の下でキースがピクリと反応した。

「――…いい加減にしないと本気で怒るぞ」

フェンリルは顔を上げて言い返した。

「今までは本気じゃなかったわけ？」

挑発するつもりはなかったのに、結果的に煽《あお》ることになった。キースはフェンリルを押し返すために、本気で力を入れて身を起こそうとして、できないことに愕然《がくぜん》とした表情を浮かべた。

「…！」

キースの本気を苦もなく押し留めてしまったことに、本人だけでなく、フェンリル自身も驚いた。

「まだ本気、出してないわけじゃない…よね？」

一応確認してみると、キースは目元をわずかに赤らめ、眉間に深く皺を刻んでフェンリルをにらみ上げた。きりりと跳ね上がった眉と、その下で煌めく瞳がきれいだ。そう思ったら我慢できなくなり、眦《まなじり》に唇を押しつけた。「ちゅっ」と小さな音を立てて唇を離すと、呆れたような声で「こら」と叱られる。それを無視して、今度は唇に重ねようとしたのに、寸前で気づいたキースが顔を背けたせいで、端をかすっただけになった。

「フェンリル、降りろ」

「いやだ」

キースが本気を出しても自分の力には敵わないことは、もう分かってしまった。頭ごなしの言いつけを、聞き分けよく守ってきた結果も。

「素直に言うこと聞いてた俺が、馬鹿《ばか》だった」

自嘲《じちょう》を込めて、見知らぬ男の臭いをこびりつかせたキースの身体を、上からしっかり見つめたあとで、フェンリルは首筋にもう一度顔を埋め、気がすむまで気になる部分を舐め続けたのだった。

その夜。

キースは自分の身体をしっかり抱きしめ、ぴたりと寄り添って眠るフェンリルの腕の中で、まんじりともしないまま溜息を吐いた。

背後から伸びたフェンリルの両腕が腰に巻きつき、前でしっかり両手をにぎりしめているせいで、こっそり抜け出すこともできない。

「……」

もう一度小さく息を吐いてから、ごろりと寝返りを打って自分を抱きしめる子どもの顔を見上げる。

目を閉じて規則正しい寝息を発している寝顔には、まだどこか幼さが残っている気がして、少し安心する。

昼間、止めても逃げようとしても押さえつけられ、首筋や胸を好きなだけ舐められた。それだけでは飽きたらず、最後は獣型に変化されて、人の何倍も大きな舌で全身くまなく舐め上げられた。

いっそ川に放り込んで洗えばいいじゃないかと文句を言うと『それだと、俺の匂いまで消えちゃうから駄目』と反論され、呆れてそれ以降は口をつぐんだ。

本気で押し返そうとしたのに敵わず、軽々と押さえつけられたことへの動揺は、自分なりに整理をつけた。もうずいぶん前から、自分より大きくなるだろうと覚悟はしていたし、いずれ、背丈も体格も、体力も追い越されるだろうと予想してたから。

単に、その瞬間がきただけのこと。

自己主張がはっきりしてきて、こちらの言いつけを守らなくなるのも、年齢《とし》を考えれば仕方ない。

——オレなんか十二、三のころから、大人連中の言うことなんか何ひとつ聞くもんかって、反抗しまくってたからな。むしろフェンリルは、これまでよくオレの言うこと聞いてた方か…。

「基本的に、素直でいい子なんだよな」

フェンリルに聞こえないよう口の中でつぶやいて、指先で目元に落ちた銀灰色の前髪をそっとかき上げてやる。

これからは、今までみたいな子ども扱いをするわけにはいかない。それでは却《かえ》って反発されるだけ。かといって、対等の伴侶として尊重してやるには、まだ子どもっぽさが抜けきらず、少し頼りない。

——身体はずいぶんでかくなったんだけどな…。目で見るだけでなく、身をもって感じた筋肉の厚みや力の強さを思い出したとたん、鳩尾の深い場所から放射状に、何かがぞわりと拡散していった気がする。

「……っ」

キースはきつく目を閉じて、喉元を迫《せ》り上がる熱い何かをやりすごした。そうして、もう一度大きく寝返りを打つと、自分より体温の高いフェンリルに思いっきり寄りかかり、今度こそ眠るために目を閉じた。

Ⅷ † 初陣

「あの街へひとりで行くつもり？」

小川に半身を浸して身体を洗っていると、茂みの向こうから現れたフェンリルが、不機嫌そうな顔で確認してきた。

丘を越えた向こうに、これまで見たことのない大きな集落が現れた。フェンリルはそこに行くのかと訊いているのだ。

例の喧嘩のあと、言うことを聞かなくなったフェンリルをひと目にさらさないために、キースはふたつの邑を素通りしてきた。

　街道沿いから離れ、茂みに生える小さな木の実や蔓苺だけでフェンリルの腹を満たすのは、そろそろ難しくなっている。フェンリルは平気だと言い張っているが、しょっちゅう腹の虫を鳴かせている。身体が大きくなった分フェンリルが必要とする量は以前よりずっと増している。もっと滋養のある、ちゃんとした果実と花と蜜が大量に欲しい。

「ああ、そのつもりだ」

　枯れ草の葉を丸く結んだ束子《たわし》で身体の汚れを落としながら、顔を上げずに答えると、フェンリルも服を脱いで川に入り、キースのすぐ近くにやってきて、きっぱりと宣言した。

「俺も一緒に行くからね」

「フェンリル」

　駄目だと言っても聞かないことは分かっている。それでも、フェンリルが好奇の目にさらされ、捕獲対象として追いまわされる恐怖を思うと、言わずにいられない。

「頼むから、安全な場所に隠れて待っていてくれ。この前みたいな真似は、しないと約束するから」

「駄目。絶対、一緒に行く」

「フェン…」

　フェンリルはキースと同じように枯れ草を丸めた束子で、ごしごしと身体をこすっていた手を止め、まっすぐキースを見下ろして強い口調で告げた。

「キースは分かってない。キースが、俺を安全な場所に置いておきたいって思うのと同じくらい、俺だってキースを安全な場所に隠しておきたいんだ！　でも、それはできないんだろ？　だったら、一緒に危険な場所に行くしかない。何かあったらすぐに助けられるように」

　拳をにぎりしめて力説するフェンリルの身体は、もうとっくにキースより逞しい。背丈は春に森を出てから三月あまりでさらに伸び、拳ひとつどころかふたつ分近くキースより高くなっている。今では顔を少し上げなければ目線が合わないほどだ。

キースは溜息を吐いて川から上がり、身体を拭《ふ》いて服を着込んだ。

うしろからフェンリルも水から上がって身震いし、水気を切ってから服を着ようとしているのが見える。

色がすっかり抜けて白に近い銀灰色になった髪は、毛先だけ金色のせいで独特の温かみがある。豊かなその髪をかき上げる仕草まで、妙におとなびて見えて決意が揺らぐ。子ども扱いするのも、もう限界か。

キースはもう一度、今度は小さく溜息を吐いてフェンリルに近づいた。

「わかった。一緒に行こう」

言ったとたん、思いきり抱きしめられた。

「こら。その代わり、街ではオレの言うことを聞くって約束するんだ」

「や…」

「嫌だと言ったら連れて行かない」

「勝手についてくからいい」

キースは方法を変えることにした。

フェンリルに服を着せ、濡れた髪を櫛で梳かして編み込みを施してやりながら、丁寧に説明してやる。

「街でオレの言うことを聞いて欲しいのは、オレの方が言葉を知っているし、彼らのことを分かっているからだ。フェンは頭蓋布《フード》と外套で耳と尻尾をかくして、なるべく目立たないように黙っていた方がいい。夏なのになんで頭蓋布を被ってるんだって聞かれたら、ひどい火傷の痕があるからとか、適当に言い訳するから」

フェンリルはきれいに編み込まれた髪を指先で確認しながら、少し考えるように小首を傾げ、それから「分かった」とうなずいた。

「街に行ったら、まず仕事を探す。フェンは身体が大きいから力仕事を頼まれやすいと思う。ふたりで稼いで、美味いものを食べよう」

正面から顔を見上げて手を伸ばし、微笑んできれいな銀灰色の髪を撫でてやると、フェンリルは久しぶりに子どものころの素直な表情にもどって「うん」と嬉しそうに笑った。

フェンリルは頭蓋布《フード》で耳をかくし、尻尾も外套からはみ出ないよう腰帯にはさんで出発した。

街に入ると、キースはこれまで覚えた片言の下界言葉を使って仕事を探し、なんとか翌日の農作業——果実の収穫と草取りと石拾いと石垣の補強——を見つけることができた。その夜は仕事を依頼してくれた農夫の厚意で、納屋で眠ることになった。農夫の本音は、朝が早いので余所《よそ》からやってくるのを待つ時間が惜しい、といったところだろうが、ありがたいことに変わりはない。

案内された古びた納屋は、ほとんど使われていないのか埃が降り積もり、壊れた農具や朽ちかけた藁《わら》束《たば》が雑然と積み重なっている。

他人の目には単なるガラクタに見えても、キースにとっては宝の山だった。柄から外れた錆《さ》びかけの鋤《すき》や鍬《くわ》をアルカ邑に持ち帰れば、一年や二年は遊んで暮らせそうだ。

そう考えてしまった己の愚かしさを鼻で笑い、キースは足元に転がっている鍬《くわ》の柄を拾い上げた。

材質は堅固な熊葛《くまつづら》。先端がほどよく摩耗しているので——そのせいで鉄器部分が外れたのだが——槍として充分武器になる。

用心棒の重さとにぎりを確認してから、キースは外套の裾で床の土埃をざっと払いのけ、ごろりと横になった。起きていても腹が減るだけだ。こういうときはさっさと寝るにかぎる。

「フェン、今夜はもう寝るぞ」

声をかけたとたん、それまで落ち着かない様子で尻尾をふり、忙しなく耳を前後させながら、あたりの様子をしきりに気にしていたフェンリルが、ピタリと動きを止めて天井をにらみつけた。正確には天井のすみ。方角は北東だ。

「どうした？」

フェンリルは耳も目も注意も北東に向けたまま、小さな声で答えた。まるで、大声を出せば誰かに見つかると言いたげに。

「——…何か、来る」

「街の人間か？」

キースは素早く脇に置いた棒をつかんで起き上がった。そのままフェンリルの背後を守るよう、背中合わせに立って周囲を警戒する。

「ちがう」

「…敵か？」

自分たちに害意を持つ者か、ただの訪問者か。

「——敵、すごく危険な」

キースは棒をにぎった手に力をこめ、

「どっちから来る？　人数は？　囲まれる前に逃げるぞ！」

口早に確認しながら、状況に合わせた逃走経路を想定してゆく。けれどフェンリルの答えは予想外のものだった。

「北の……空から飛んで来る」

「え…？」

一瞬、意味が解らず間抜けな声が洩れる。

「危険…、すごくまずい…危ない——」

少しでも動いて注意がそれるのを恐れるように、フェンリルは彫像のようにじっとしたまま、天井の一点をにらみつづけている。わずかな異変も聞き逃さないよう、耳だけが忙しなく前後左右に動き続け、尻尾の毛は根元から逆立って、通常の倍以上の太さになっている。

キースも神経を研ぎ澄ましてあたりを探ってみたが、納屋の周囲に人の気配はないし、殺気が迫ってくる様子もない。

「その危険なものって、人じゃないんだな」

「うん…——魔物が来る」

「魔物!?」

あまりにも突飛《とっぴ》な答えに思わずふり返り、自分よりずいぶん高い位置になってしまったフェンリルの顔を仰ぎ見る。

それはお伽話《とぎばなし》の生き物だ。フェンはもしかして、オレをからかおうとしているのか？

「冗談…」だよなと言いかけた瞬間、腕をつかまれ納屋から連れ出された。

「え…？　おい…フェン、待てよ」

「駄目だ。ここにいると危険、すごく危ない」

フェンリルは一度もキースをふり返らない。けれど腕をつかんだ手の力は強く、有無を言わさず引っぱってゆく足取りを止めることもできない。

「フェン、分かったから頭蓋布《フード》をかぶれ。頭…ってというか耳が見えてる。尻尾も。誰かに見られたら」

まずいと言いかけたとき、背中にとてつもない殺気を感じた。尾骶骨《びていこつ》から頭頂まで、ヤスリで逆撫でされたような悪寒が走る。

反射的に道脇に飛び退《の》けたのは、フェンリルも同じ動作をしたからだ。ふたりで道端に転がったそのすぐ側を、何か大きな塊がすり抜けてゆく。少し遅れて強烈な悪臭が、強い風と一緒に吹きつけてきた。

大きな塊は道の突き当たりにある三階建ての石造の建物に、くぐもった音を立てて激突したかと思うと、瓦礫《がれき》の中から無傷で姿を現した。

崩壊した建物の周囲で人々の悲鳴が上がり、めくりあげた石の下から逃げ出す地虫のように、いっせいに逃げ出してゆく。

灯火に浮かび上がった黒い塊の大きさは、太った牛ほどもある。闇夜の空を切り取ったように漆黒で、無秩序に並んだ複数の目だけが鮮血のような赤色をしている。鴉《からす》の死骸《しがい》に似た、抜け羽だらけの巨大な翼は、それぞれ大人ふたり分の背丈ほどもある。

そんな化け物が鵞鳥《がちょう》と狐《きつね》を同時に絞め殺したような、不快で耳障りな雄叫びを上げながら空に舞い上がり、再びキースとフェンリルがいる場所めがけて突っ込んでくる。

「な…んだ、あれ!?」

思わず叫んだキースの横で、フェンリルが服を引き裂いて獣型に変化した。

「がぅるる…ッ!!」

他人目《ひと》がどうのと注意している場合ではない。

キースは前方から吹きつける極悪な臭気に顔を歪めながら、用心棒をにぎり直して迎撃のかまえを取った。その瞬間、斜め後方から煌めく光輪をまとった新たな存在が現れて、自分たちからほんの五、六歩離れた場所で激突した。

魔物の絶叫と金属を叩きつけたような甲高い大音響、そして生臭さと花の芳香が入り交じった衝撃波が吹きつけてくる。

「な…」

新たに現れたのはフェンリルと同じように翼を持った、けれどフェンリルよりもはるかに巨大な獣だった。その背には剣を手にした男が乗っている。

まるで馬でも乗りこなすように専用の鞍《くら》と手綱で獣を操り、漆黒の化け物に斬りつけてゆく。

獣のほうも隙あらば化け物に嚙みつき、四肢の爪で傷を負わせている。けれど形勢は明らかに新手の方が不利。よく見ると男はかなり老齢で、左眼はひどい傷を負って潰れている。獣が嚙みつく倍の頻度で化け物に嚙みつかれ、そのたびに、身にまとった美しい緑色の光輪が弱まってゆく。

戦いは、呼吸を十回するかしないかという短時間で勝負がついた。緑の光輪を失った獣が、翼を両方食い千切られた無残な姿で地上に堕《お》ちる。その衝撃で鞍から放り出された男の手から、剣がこぼれて乾いた音を立てた。

「な…んなんだ、いったい――」

魔物と、フェンリルと同族らしい獣の戦いを呆然と見つめていたキースは、血塗《ちまみ》れで地上に堕ちた男の姿を見た瞬間、我に返った。

魔物が、顔を上げて自分とフェンリルを見る。

キースは倒れた男の手から離れた剣を見た。

魔物の翼が大きく羽ばたいて、両脚が地上から離れる。

　魔物に突進する形で、キースが駆け出したとたん、背後でフェンリルが悲痛な声を上げるのが聞こえた。それを無視して手をふりまわし、魔物の注意を自分に向けながら、剣に飛びつこうとしたが阻まれた。肉叉《フォーク》によく似た鋭い爪が襲いかかる。キースはとっさに身を退《ひ》いて棒を持ち直し、魔物の二撃目を叩き落とした。

　背後でフェンリルが必死に吼えている。それに応える余裕のないまま、キースは矢継ぎ早に襲いかかってくる攻撃に耐え、魔物をフェンリルから引き離していった。


　魔物がすごい勢いでこっちに向かってくる。

　あれくらいの大きさなら勝てると思ったのか、キースが木の棒を構えてフェンリルの目の前に立ちはだかった。そのままわざと手をふって、魔物の注意を引きながらフェンリルの側を離れる。まるで雛を守るために手負いのふりをして、敵を自分に引き寄せようとする親鳥のように。

『キース、ダメだッ！　危ない!!』

　声の限り叫んだつもりなのに、口吻から飛び出たのは「がうッわぅ…ッ！」という吠え声だけ。

　人の姿ではあの魔物と戦えない。獣の姿になるとキースと言葉が交わせない。前から言葉が通じないのがもどかしくて仕方なかったけれど、ここまでくると怒りすら湧いてくる。

　フェンリルは素早くキースに駆け寄ろうとして、新たに現れた魔物に行く手を阻まれた。まるでふたりが離れるのを待ちかまえていたように、新たな魔物が襲いかかってくる。中型犬ほどの魔物が三匹、夏場の腐肉にたかる蠅《はえ》のようなうるささでまといついてくる。

「ガゥウ…ッ！（どけッ！）」

　フェンリルは苛立ちに任せて首を大きくふり、ちょうど口元をかすめた魔物を一匹咬み砕いてやった。牙《きば》で嚙み潰したとたん魔物はいともかんたんに砕け散り、黒い霧のように溶け崩れてしまう。

「ギギェエエィアァァ…ッ」

仲間が殺されて興奮したのか、残りの二匹が耳障りな叫び声を上げて激しく飛びかかってきた。

それを前肢で追い払いながら、フェンリルはキースの行方を目で追った。苛立ち焦る視線の先、ちょうど鶏大の魔物が、鎌《かま》のように鋭い爪でキースに襲いかかろうとしている。

「ぎゃうわうッ…‼（キース…‼）」

キースは木の棒でそれを迎え撃ち、見惚れるような一撃で爪ごと魔物を真っ二つに叩き割った。けれど武器である木の棒も粉々に砕け散ってしまう。

「くそッ」

キースは砕けた棒を捨て、さっき魔物と戦って破れ地上に堕ちた獣と男の方へ向かって駆け出した。

目的は男が使っていた剣だ。


そのせいで互いの距離がさらに空いてしまう。

キースは素早く剣を拾い上げると、そのままくるりと反転し、斜め上空から襲いかかってきた魔物を一瞬で斬り斃《たお》した。

今度は剣が砕け散ることなく、魔物だけが鮮やかに両断される。その斬れ味の素晴らしさに驚いたのか、キースは刃を見つめて目を瞠った。

その背後からまた新たな一匹が飛びかかってくる。これまでよりずっと大きい。羊くらいありそうだ。

「がぅう！　ぎゃうッ‼（キースッ！　危ない‼）」

フェンリルの悲鳴と同時に、キースが身をひるがえして、下から上へ切っ先をふり上げると、魔物は悲鳴を上げる暇もなく、真っ二つに引き裂かれて地に堕ちた。

キースはフェンリルを安心させるために、そして少し得意気に、手にした剣を掲げてみせた。

「心配するな、この剣があればオレは大丈夫だ！」

おそらく、本物の剣で戦うことに昂揚しているのだろう。いつもは濃紫の瞳があざやかな青味を帯びていることからも、表情からも声からも、その気持ちが伝わってくる。闘争心を滾《たぎ》らせるのはいいけれど、こっちは心配で心臓が止まりそうだ。

キースはそのあと、もう一匹飛んできた拳大の魔物を軽く斬り捨てると、

「待ってろ、今そっちに行く！」

蝿のようにまといつく小型の魔物相手に苦戦しているフェンリルの方へ駆けもどろうとした。

その背後。ちょうど死角になる場所だった。

ついさっきキースが真っ二つに切り裂いた羊大の魔物が——その半分が——むくりと身を起こし、朽ち羽のような翼を広げて舞い上がった。

フェンリルが気づいたとき、魔物はキースから二歩も離れていない場所に迫っていた。

『キースッ!!』

喉から悲鳴が出る前に、千本錐《きり》のような顎から涎を撒き散らした魔物がキースの背中に食らいつく。


「——ッ…？」

キースは自分に何が起きたのか分からないのか、不思議そうな表情でフェンリルを見つめたまま、前のめりに崩れ落ちた。その瞬間。

『————…ッ』

全身の毛が逆立った。

頭の先から尾骨にかけて、稲妻のようなしびれと衝撃に引き裂かれた気がする。

自分を閉じこめていた殻が割れて、初めて閉じこめられていたと気づいた。

一本残らず逆立った体毛が、光の矢のようにあたり一面に伸びてゆく。同時に無数の光や色が自分にむかって雪崩れこんでくる。

光と色は声でもあり、景色や感情、知識でもあった。それはあまりに膨大で勢いがある、まるで千の色糸を無秩序に丸めたようなもの。ひとつひとつを確認するのはとうてい不可能だ。

自分にできるのは、濁流のような光と色と音の塊

の中から、しなやかな若魚にも似たキースの存在をしっかりつかんで離さないこと。

そんな幻視に襲われながら、誰よりも何よりも、自分の命よりも大切な人の名を呼んだ。

『キース…ッ!!』

千里の彼方まで届くかと思うほど、力強い咆吼《ほうこう》が喉奥からほとばしった瞬間、蠅のようにまといついていた小さな魔物たちだけでなく、キースにもう一度喰らいつこうとしていた半割れの魔物までもが、火に飛びこんだ羽虫のように崩れ堕ちてゆく。

同時に、地上に倒れて微動だにしなかったキースの肩が小さく揺れる。フェンリルは急いでキースの側に駆け寄った。たったの一蹴りで一〇〇歩の距離を軽々飛んだことも、視線がいつもより高い場所にあることも、理由を深く考える余裕はない。

『キース！　キース…ッ』

必死に呼びかけながら、地面に倒れ伏したままのキースの頰に鼻先を押し当てると、キースは「大丈夫だ…」と言いながら、ゆっくり身を起こした。そのままフェンリルの前肢につかまって立ち上がる。

「大丈夫…だけど、フェン…おまえ――」

倒れたときに頭でも強く打ったのか、左手で額を押さえて小さく首をふる。まるで酔いでも覚まそうとするように。

「くぅん？（何？）」

キースはようやく顔を上げ、それからさらに顔を上げ、目を大きく見開いた。いつもは凜々しく閉じた唇が、ぽかんとゆるんで白い歯が垣間見える。

いつもよりずいぶん下に見える顔を、ぺろりとひと舐めしたとき、自分の舌が先端だけでキースの顔を覆うほど大きいことに気づく。しかも、そっと舐めたはずなのに、キースは思いきりよろけて転びそうになったのだ。

とっさに背中をささえようと差し出した前肢が、キースにくらべて妙に大きい。

キースはフェンリルの前肢に支えられたまま顔を

上げ、まぶしいものでも見るように目を細めている。

「フェン…おまえ、でかくなったなぁ…。前に言ったとおりだ」

「……！」

言われて、ようやく理解が追いついた。

どうやら自分は巨大化したらしい。

待ち望んでいた変化がようやく訪れたのだ。

――これで、やっとキースを守れる！　もう少し早かったら、キースにこんな傷を負わせなかったのに。あんな小物になど、牙どころか爪ひと掻きだって触れさせなかったのに…！

胸のうちで己の不甲斐なさに歯嚙みしたとたん、キースがなぜか照れくさそうな顔をしながら、前肢をぽんぽんとやさしく叩いてくれた。

「気にするな。この傷はおまえのせいじゃない。オレが不注意だったからだ」

言いながらキースが身を起こして剣を持ち直したとたん、背中の傷から新たな血が流れてフェンリルの右前肢の蹠球《しょきゅう》を濡らす。その感触にうめき声が洩れた瞬間、またしても小さな魔物が飛来してキースに喰《く》らいつこうとした。それを咆吼ひとつで麻痺《まひ》させて、ふらふらと堕ちてきたところを咬み砕き、鼻先のひとふりで霧散させてゆく。

巨大化した今ならこれくらいは造作もない。そして人の姿では、ここまで圧倒的な優位には立てないということが分かる。さっきから膨大に流れこんでくる光と色と声の大河から、必要なことだけを釣り上げたような感じだ。

「ぐあるるぅ…！（キース！　俺の背中に乗って！早く！）」

騎乗をうながして身を伏せると、わずかな隙を狙って次々と複数の小型魔物が襲いかかってくる。

フェンリルは素早く身を起こして二匹を顎で咬み砕き、一匹を前肢で叩き落とし、もう一匹は尻尾でふりはらった。残り一匹は、キースが剣で刺し貫いて霧散した。

「ぐぁるる…！（今だ！　急いで、早く！）」

　前肢だけ素早く折りたたんで胸を地につけると、キースはいつもより少し緩慢とはいえ、流れるような身のこなしで肩のうしろにまたがってくれた。

　首でもなく背中でもない。ちょうどそこに乗って欲しかった場所を選んでくれたことが嬉しい。

　キースの全体重が背中にかかり、首筋の毛にしがみついたのを感じると、フェンリルは走り始めた。

「ぐぅるる…うるっ！（首筋の毛をつかんで、絶対はなさないで。足ももっと強く押しつけていい。どっちも痛くないから、気にしないで！）」

「ああ…、なんかしっくりくる乗り心地だ。よし、いいぞ！」

　準備が調った合図をもらった瞬間、フェンリルは翼を強く羽ばたかせて暗夜の空へ舞い上がった。


　空を飛ぶのは格別な心地だった。

　キースは頬に当たる風の強さに目を細め、またたくまに遠ざかってゆく地上の景色を見下ろして目を見開いた。

　得体の知れない化け物に襲われて命が危うい状況でなければ、快哉《かいさい》を叫んで腕をふり上げたいくらいだ。

　半年以上前に天の国《パラディス》の〝境界〟を飛び降りたときは、文字通り『降りた』だけ。どちらかといえば『落ちた』に近い。けれど今は本当に飛んでいる。

「自由だ…！　フェン！　オレたちは自由だ！」

『そうだね。でもまだ魔物がいる』

　さっきから頭と胸の両方に直接響いてくるフェンリルの声に、キースはまだ少し驚きながら同意した。

「そうだな」

　別に街の連中に恩義はないし、助けてやる義理もない。けれど明日の仕事の約束をくれ、寝床に納屋まで提供してくれた出っ腹のオヤジには少し恩がある。それにこの剣…。

キースは右手ににぎりしめた美しい剣に目を向け、それから、もうかなり遠ざかった地上を見下ろした。破壊された家屋から出た炎によって赤黒く照らし出された地上には、そこかしこにいくつもの遺体と、黒い消し炭のような魔物の残骸が散乱している。

その中に、フェンリルとよく似た姿の獣の遺骸と、それに寄り添う形で力尽きている年老いた戦士の亡《なき》骸《がら》が小さく見える。

「…この剣を借りた礼くらいは、しなけりゃな」

『――やつらを斃すのは賛成だけど……背中の傷は大丈夫?』

「ぐるるがぅる」という耳慣れたうなり声と同時に、言葉が直接流れこんでくる。フェンリルはそのことに気づいているのかいないのか。

そう思った矢先に、フェンリルが飛びながらくるりと首を曲げてこちらをふり返った。

「きゅう、わぅあぅ…!?（もしかして、さっきから俺の言ってること、言葉が…通じてる!?）」

「やっと気づいたか。なんでか分からないが通じてるぞ。ついでにたぶん、言葉以外の感情とか思い浮かべた景色とかも伝わってきてる。けっこうだだ洩れ状態だぞ」

「ぎゅわ…!?（ええ…!?）」

「なんでそんなに焦るんだよ。今さらじゃないか。おまえが考えてることくらい言葉が通じなくたって、だいたい顔見たり声聞いたりすりゃ全部分かるんだから」

言いながら剣をにぎった右手でぽんぽんと軽く首筋を叩いてやると、喜びと焦りと混乱、それから自分に対する独占欲や保護欲、かぎりない愛情、感謝、そして傷に対する心配といったあらゆる感情や思考が一気になだれこんでくる。

頼むからもう少し落ちついてくれと言いたいところだが、フェンリル自身も突然の変化についていけてないのだろう。そう思って口を閉じたはずなのに、

『落ちつけって…言われても…。だいたいキースは

どうしてそんなに冷静なんだよ』

様々な感情とともに、そんな気持ちが言葉になって伝わってくる。――ということは、こちらの心の声もフェンリルに伝わっているということか。

「…便利だな」

『確かにそうだけど』

「細かいことは、やつらを斃してからだ！」

地上で新たな獲物――逃げ遅れた人の群れ――を見つけた魔物が、餌に群がる牙魚《きばうお》のように襲いかかろうとしている。そこを指さして叫んだキースに、フェンリルは『分かった！』と答えてから、

『背中の傷は…？』

胸がきゅっと引き絞られるような、心配の念と一緒に心の声が伝わってくる。

「大丈夫だ」

多少強張って腕が動かしにくくはあるものの、背中全体がしびれた状態で痛みは感じない。魔物に襲われた瞬間の衝撃は強かったけれど、傷自体はさほど大きくないのかもしれない。

「行くぞ。あそこの一番大きい塊の背後から、一気に蹴散らして左に抜ける。そのまま旋回してもう一度突っこむ。速度を落とさないよう注意して、突っこんで離脱、突っこんで離脱だ！」

『分かった』

「行くぞ！」

剣の切っ先を魔物に向けたキースの合図と同時に、フェンリルは翼を半分畳んで滑空体勢に入った。途中で何度か右翼と左翼を交互に伸ばしたり畳んだりして軌道修正しながら、計画通り魔物の塊に突っこんでゆく。突入前にフェンリルが咆吼を浴びせたとたん、小物は炎に焼かれた羽虫のように地上に堕ち、羊や馬ほどもある大物もしびれたように動きを止める。

それらの脇をすり抜け様、キースは両腿に力をこめてフェンリルの肩口を締めつけ、首筋の体毛にしがみついていた左手を離して両手で剣を持つと、一

気に四、五匹の魔獣を一刀両断していった。

背中の傷さえなければ、十匹や十五匹くらいは軽く切り裂けていたかもしれない。それくらい、年老いた戦士から借りた剣はよく斬れた。

そんな場合ではないと頭では分かっているのに、なぜか心が浮き立った。巨大化したフェンリルの背に乗り、両手に立派な剣を持って醜悪な魔物と戦う。そのことにどうしようもなく興奮する。

「じいさん…、それにフェンリルに似たでっかい獣。あんたたちの仇は取ってやる！」

一度の突入で塊の半数以上を蹴散らし切り裂いて、二度目の突入では九割近くの息の根を止めることができた。背中から腰にかけて、妙にぬるついて濡れた感触が鬱陶しかったが、気にせず三度目の突入を果たす。

それまでと同じように剣をふり上げた瞬間、突然背中が割れるような痛みが走る。

あまりの衝撃で息が止まるかと思った。両手から力が抜けて剣がこぼれ落ちてゆく。地上に落下する剣に引っぱられるように、しがみつく力を失った腿の下から、フェンリルの身体の温もりが消えてゆく。

「フェン…──」

大声で呼んだつもりなのに、口からもれたのは情けないささやき声だった。それでも、心の声が通じるせいで、身体の異変にもすぐに気づけたのか。

キースが覚えているのは、地上に激突する代わりに、自分の身体が温かくてやわらかなものに抱きとめられたところまでだった。


『キース!?』

フェンリルは間髪入れず滑空をやめ、背中から転げ落ちて地上に叩きつけられようとしているキースの下に飛びこんだ。落下地点で素早く身体を反転させ、やわらかな腹部でキースの身体を受け止める。

そのまま可能な限りやさしく地上に横たえると、

その上に身を伏せた。もちろん潰してしまわないよう、前肢を微妙に曲げて空間を作ってある。

『キース！　キース!!』

何度呼んでも返事はない。目に見えない腕のようなものでキースの心に触れようとしても、感じるのは新月の夜に似た闇だけ。胸に伝わってくるキースの鼓動と呼吸は弱くはかない。

『……嘘だ』

突然、怖ろしい可能性が脳裏を過って理性が飛びかける。――いや、瞬間的に吹き飛んでいたのかもしれない。

喉も枯れよという咆吼を上げたせいで、周囲に飛びまわっていた魔物の残りは地に落ちていた。けれど麻痺から覚めればまた襲いかかってくるだろう。さらに北の彼方から、新しい何かが近づいてくる気配もある。

フェンリルは曲げていた前肢を伸ばして胸元に横たわるキースをのぞきこんだ。目に映った顔は蒼白で、閉じたまぶたも土気色に沈んでいる。

「きゅるる…クゥルル…」

無意識に喉奥から鳴き声を洩らしながら舌を伸ばし、油汗に濡れた額を舐め、頬を舐め、それからさらに身を起こして、大量の出血で真っ赤に染まった背中を舐めた。

『キース…、頼むから目を覚まして…！』

舐め取るたびに新しい血があふれ出る。

傷に触れないよう注意しながら前歯で服の切れ端を取りのぞき、傷を確認してみると、小指の太さくらいに抉れた穴が十個近く散っていた。傷のひとつひとつは小さい。けれど深さは相当あるのだろう。その証拠にいくら舐めても血が止まらない。さらに、傷の周辺が膿《う》んだような黄緑色と黒紫の斑に変色しつつあるのが不吉きわまりない。

不潔な鼠《ねずみ》や病気の獣に咬まれたり引っ掻かれたりしたときと似ているが、それよりはるかにひどい。舌にキースの血の味が広がるたび、大切なキース

にこんな傷を負わせた魔物への憎しみが募ってゆく。

同時に己に対する不甲斐なさと悔恨も。

こんなにひどい傷を負っていたのに「大丈夫」だと言ったキースの言葉を鵜呑《うの》みにして、きちんと確認しなかったことに。それればかりか、魔物を蹴散らすことに興奮して、キースの異変に気づくのが遅れたことに。

『俺は…馬鹿だ…ッ』

こんなことになるなら、魔物など放っておいて逃げればよかった。キースが戦うといっても無視して、安全な場所までどこまでも飛んで逃げればよかった。今の自分ならそれが可能だったはずなのに。

どうして…俺は…ッ!

キースより大切なものなどこの世にないのに。

『——キース…ッ!!』

血を流す身体に覆い被さり、声をかぎりに名を叫んだ。そのとき。

【よく通る声だな。二十五里《リーグ》四方に筒抜けだ】

【君の〝対の絆〟なら大丈夫。すぐに手当てすれば助かるよ】

【見たことない顔だけど、なんでオレたちが知らないインペリアルが、こんなところにいるわけ?】

突然、頭の中で声が鳴り響いた。

同時に何か大きくて温かな、光でできた手のひらのようなものが肩に触れ、背中からふわりと身体全体が包まれる。まるで慰めるように、励ますように。

——なに…? 誰だ?

大地を踏みしめた四肢でしっかりキースの身体を庇《かば》いながら、フェンリルは顔を上げて北の方角を仰いだ。雲に覆われた漆黒の夜空の彼方から、流星のように煌めく光点が近づいてくる。ひとつではなく複数。

目にした瞬間、知識でもなく経験でもない、生まれつき身に備わった本能でそれは仲間だと分かった。

仲間。同種族。同朋。

『ああ…!』

幼いころに断ち切られ、失ってしまったと思っていた光の紋様が、あざやかによみがえる。世界と仲間をつなぎ留め、過去と未来に広がる模様。深淵《しんえん》で美しいその一端に、自分が再び編み込まれたことにフェンリルは気づいた。

長い間無自覚だった分離と孤独が癒されて、あるべき場所にもどったという安堵と自信が湧き上がる。それは、キースという生きるために不可欠な存在とは、また別の感覚だった。

流星のような光は見る間に近づいて大きくなり、すぐに自分とよく似た大きな獣型と、その背に乗った人の姿が見分けられるようになった。

上空からは、まばゆい金色の光を放つ漆黒の獣と、その背にまたがった白い服を着た金色の髪の男。

地上に近い場所を矢のように跳んでくるのは、くるくると癖のある金褐色の体毛をなびかせた獣型に、黒っぽい服を着た黒髪の男。こちらも、まばゆい金色の光を放っているのは前の一対と変わらない。

二対の背後からも、少し遅れて多くの仲間たちが近づいてくる気配を感じたけれど、フェンリルは本能的に、一番力の強い最初の二対に助けを求めた。

『助けて！　キースがひどい怪我をしてるんだ！血が止まらない、助けて…ッ！』

獣の吠え声と心の声で叫ぶ間に、地上を跳んできた一対が目の覚めるようなあざやかさで眼前に現れる。獣が足を止めるより早く、黒髪の男が真っ先に飛び降り、フェンリルとキースに向かって駆け寄ってきた。

【リグトゥール、ぼくの〝対の絆〟だから安心して。君の〝対の絆〟の傷を手当てするから、威嚇《いかく》しないで退《ど》いてあげて】

頭の中で響いたのは巻き毛の金褐色の声だ。

味方だと分かっていても、命の危機に瀕《ひん》した伴侶《キース》に他人が近づくのは、本能的に嫌悪を感じてしまう。それを分かっているからこそ、金褐色は前もって声をかけてきたのだ。

フェンリルは毛を逆立てながら『リグトゥール』の接近を許した。そろりと前肢を動かし、キースの上から身を退いて、リグトゥールが傍らに膝をつき、素早く、けれど慎重な手つきでキースの服を剝ぐのを見守った。

リグトゥールは手に持っていた袋から、いくつか小さな容器や布や小刀を取り出しながら、フェンリルに向かって、裸に剝いたキースの背中を示した。

「ידי פתרון סוג גדול, אני מנקה את מלקק את הפצע」

言葉の意味が解らない。思わず小首を傾げてうなり声を上げると、金褐色が意味を教えてくれた。

【もしかして、ぼくたちの言葉が理解できない？　ええと、大驅獣《たいくじゅうけい》型を解いて傷口を舐めて清めろって言ってる。大驅獣型だと舌が大きすぎるから】

『大驅獣型を解く…って？』

金褐色は一瞬ひるんだように口ごもったあと、言葉で説明するより見せた方が早いと思ったのだろう。フェンリルの目の前でするりと小さくなってみせた。

なんだ、大きくなる前の状態か…。ということは、一度大きくなったらそのままってわけじゃないのか。

頭の一部で忙しなく考えながら、金褐色を真似て元の大きさにもどろうとしたが、うまくいかない。

焦るフェンリルの頭の中に、もうひとつの声が響きわたった。

【本能的に〝対の絆〟を守ろうとしてるせいだろうな。ま、それ以前に、自分の状態が制御できてないってのが一番の理由だけど。心話の使い方も知らないみたいだし】

漆黒――と思ったが、よく見ると耳と尻尾と四肢の先だけ染め忘れたみたいに白い――の声だ。ハキハキとした切れのいい響きは、そのまま性格を顕《あらわ》しているのか。白点持ちの漆黒は、金髪の男を背に乗せたまま大驅獣型を解く気はないらしい。金髪男の方もあたりを警戒して臨戦態勢を解かず、地上に降り立つ気はないようだ。

【ぼくが代わりに舐めてあげるけど、…いい？】

どうやっても大驅獣型が解けないフェンリルに、金褐色が、気遣いを含んだやわらかな声で了承を求めてきた。

「ぐぅ…」

フェンリルが短く応えると、金褐色はリグトゥールに寄り添うように並んで腰を下ろし、指示に従ってキースの傷を丁寧に舐め清めてくれた。

清め終わると、金褐色はフェンリルの隣に移動して座り、リグトゥールが慣れた手つきで傷口をあらためはじめた。必要に応じて小刀で切開して毒を出し、薬を塗り、止血をし、布を当てて包帯で巻いていく。それらの行為すべての意味と理由を金褐色が教えてくれたので、リグトゥールが小刀を持ち上げても、フェンリルは飛びかからずにすんだ。

「ה התרופה. אני לטהר את הגוף מהגוף」

リグトゥールがまた何か言ってフェンリルを見た。

そして次の瞬間、キースの唇に唇を重ねる。

「ギャわゥ!?」

変な声が出て飛びかかりかけたフェンリルの前肢を、となりにいた金褐色が全身でのしかかるようにして止めた。止めながら、

【口移しで毒消しを飲ませただけ。変な意味はない。身体の内側から、傷が膿んだりするのを防ぐ薬】

冷静に説明されて、浮き上がった腰をゆっくり下ろしたとき、遅れてやってきた仲間たちが頭上に現れた。

彼らは銀や紫色の光を放ちながら、上空で旋回したかと思うと、一部はそのまま通過して街の外に飛んでいき、半数は街の各所に散っていった。そして残りの半数がフェンリルたちの周囲に降り立つ。

まるで渡り鳥の群れのように、素晴らしく統制の取れた動きだ。その背中に乗っている、よく似た服を身にまとった男たちの動きも、無駄がなく統制が取れている。その中心に立っているのは、漆黒の獣と金髪の男だ。金髪の男が何か言ったり軽く手を上げるたびに、銀や紫の光を放つ獣と男たちがきびき

びと動きまわる。

彼らは、街のそこかしこで蠢いている死に損ないの魔物に次々と止《とど》めを刺すと、すでに息絶えている死骸とともに回収し、一箇所に集めている。

途中、漆黒の獣に乗ったまま金髪の男が近づいて、リグトゥールに向かって声をかけた。リグトゥールがそれに答えると、金髪男は少し難しい顔をして考え込み、すぐに顔を上げてふたたび言葉を発した。それからフェンリルの方へ顔を向け、何か訊ねた。

「ヒロ ヒウコロ」

下界の言葉が理解できないフェンリルに、今度は漆黒が通訳する。

【君たちの名は？】

『フェンリル。彼はキース』

【いろいろ聞きたいことはあるけれど、今はキースの治療が先だね。リグが応急処置をしてくれたけど、設備の整ったところでちゃんと医師に診せないとまずい。——ってことで怪我人搬送用の担架を取りつけたいんだけど、騎士たちが触れるのを許してくれるかな？】

形は質問だが反論は許さない、という口調で訊ねられた。声に出して伝える言葉とちがって、頭の中に直接響く声には、一緒にその言葉が示す意味が絵のように浮かぶので理解しやすい。

騎士というのは獣の背に乗った男たちのことで、これにはキースも含まれるらしい。怪我人搬送用の担架は、背中——というより正確には肩——に載せる鞍とちがって、腹部につり下げる箱状の容れ物のことだ。獣が無傷で、騎士だけ怪我をした場合の搬送に使う。

フェンリルが了承すると、漆黒からそれを聞いた金髪がうなずいて手を上げた。その動きひとつで周囲に待機していた男たちが素早く動いて、あっという間に準備が調う。

担架に移乗させるとき、キースが痛みにうめいてかすかに目を開けた。

初めて目にする、まったく新しい世界の中だった。


「フェン…？　……なんだ…おまえら」

自分を取り囲んだ男たちを見て、キースが剣を探して腕を動かしながら起き上がろうとする。フェンリルは鼻先を寄せて、無謀な動きを押し留めた。

『キース、大丈夫。この人たちは味方だよ。これから安全な場所に移動する。少し揺れるけど我慢して。俺はずっと側にいるから』

人の耳には「うるる、くぅるる…」という木の珠《たま》を転がしたような声でキースをなだめてから、大驅獣型にもどった金褐色の先導で、フェンリルは夜空に飛び立った。


ふわりと身体が浮き立つ感覚がして、キースは再び意識を失った。意識を失っている間も、ずっとフェンリルの温もりを近くに感じていた。声も吐息も、自分の頰や髪に触れる指先の感触も。

そしてキースが次に目を覚ましたのは、生まれて

守護者の絆

Ⅰ † 帝都の野生児

寝返りを打とうとして強い痛みが走る。

キースはうめき声を上げながら、無意識に右手を伸ばして、傍らに寄り添う温《ぬく》もりを探そうとした。うつ伏せに寝ているせいで腕がうまく動かない。無理をすると背中がひどく痛む。どうなっているのか確認しようと思っても、糊《のり》で固められたようにまぶたが開かない。

「——フェン…?」

焦《じ》れて、名前を呼んだとたん、伸ばした指先を大きくて温かな舌でぺろりと舐《な》められた。

『ここにいる』

答えと同時に、やわらかな毛並みがぴたりと寄り添い、長い鼻先と大きな前肢《まえあし》を器用に使って、キースが寝返りを打つのを助けてくれた。

傷ついた背中から肩にかけて、たぶんフェンリルの腹部だろう、温かく、この上もなくやわらかな毛皮に包まれる。安心したのとあまりの気持ちよさに、思わず深い息がもれた。フェンがいるなら大丈夫。

『まだ熱が高い。ゆっくり眠って』

「……ああ」

今が朝なのか夜なのか、自分がいる場所がどこなのかも分からないまま、キースはフェンリルの温もりに顔を埋《うず》めて、再び眠りの底に落ちていった。

その後も何度か目を覚ましたけれど、いつも朦朧《もうろう》として、まともにものを考えられる状態ではなかった。まぶたをわずかに開けるたび、まぶしかったり真っ暗だったり、複数のぼやけた人影が見えて緊張したりした。

彼らはキースの顔をのぞき込んでは、ほとんど意味が解らない言葉で、あれこれと会話を交わしていた。他人の気配を間近に感じると、逃走に備えて身《から》体《だ》が無意識に強張《こわば》る。

そんなときはフェンリルに『大丈夫。ここは安全だから』となだめられ、やわらかな舌で手の甲や首筋、頬《ほお》を舐められるうちに眠りに落ちた。

ときどきフェンリルに抱き起こされて、甘くてとろみのある水を口移しで飲ませてもらった。裸に剝《む》かれて、汗ばんだ身体を拭《ふ》いてもらうこともあったが、それすらも半睡状態で、どこまでが夢でどこからが現実なのか、境界はあいまいだった。

ただ自分がとても清潔でいい匂《にお》いのする、広くて風通しのいい場所にいることだけは分かった。

赤嘴《せきすい》と青首《あおくび》と冠鳥《かんむりどり》が鳴いている。

他にも何種類か、聞いたことのない鳥のさえずりも。どんな姿だろう…とぼんやり考えたとき、ひかえめなくしゃみの音がして背中が小さく揺れた。

それで目が覚めた。

キースはこれまでにないすっきりした心地でまぶたを開け、視界に映るものを見て呆然《ぼうぜん》とつぶやいた。

「どこだ、ここ…？」


フェンリルに訊《たず》ねようと、痛む背中を庇《かば》いつつ、ゆっくり身体を起こしてふり返ると、自分が今まで枕《まくら》にしていた大きな獣は半月の形に身を伸ばし、半分腹を見せてゴウゴウと寝息を立てている。

――フェンがこの状態で寝てるってことは、一応安全な場所ってことか…。

キースは緊張を解いて巨大な――天の国《パラディス》の森で樹の上に作った夏用の小屋より大きな――寝床をながめ、敷布の白さとやわらかさに目を剝き、上掛けの軽さとしなやかさに驚いた。さらに自分が着ている服を見ると、溜息《ためいき》しか出ない。

どこもしめつけることのない、ゆったりとした脚衣《ズボン》と、前を重ねてゆるく帯で留めただけの上衣《うわぎ》は、どちらも雪のように白く、とろけるような肌触りだ。上衣の下は素肌で胸元には包帯が巻かれている。その包帯も薄く、幅も色も均一という素晴《すば》らしいもの。

視線を周囲に向けると、寝床から五、六歩離れた四隅に凝った彫刻が施された白い柱が建っている。

そのまわりは森。どこか平面的でのっぺりとした、不思議な森だと思ってよくよく目を凝らすと、それは本物ではなく精緻《せいち》に描かれた美しい絵だった。

正面には月明かりに照らされた森と星空。右側は夕陽《ゆうひ》を浴びた森と花園。背後は木漏れ日を受けて輝く清流の森。

そして左側は、薄い氷のような板――硝子《ガラス》と言うのだと、これまでに立ち寄った邑《むら》の人間から教わった――を細い枠に嵌めた窓が大部分を占めている。

その窓が少し開いているのか、外から吹き込む風を受けて、靄《もや》のように薄く繊細な布が揺れていた。

風が吹いて布がなびくたび、草と花と土の匂いがかすかに漂う。

布越しではなく窓の外をしっかり見てみたい。

キースは外に興味を惹《ひ》かれ、大きな寝台を這《は》い出ようとして途中で力尽きた。無理に動いたせいで、傷口のどれかが開いたらしい。背中にじわりと広がった生ぬるい感触に溜息を吐《つ》いたとき、フェンリルがのそりと身を起こした。

『キース、まだ動いちゃ駄目だ』

フェンリルはキースの行く手を阻むように側《そば》にきて、長い鼻先と前肢を使ってキースを抱き寄せた。

『傷が開いてる。手当してくれる人を呼ぶよ』

「え…？　手当してくれる人って誰《だれ》だよ、ってか、ここはどこだ？　フェンリル、おまえ知ってるのか？」

オレはいったいどれくらい寝てたんだ。おまえはどうしてそんなに落ちついてるんだ。

続けて疑問をぶつける前に、壁に描かれた森の一部が動いて、見知らぬ人間が現れた。いや、人間と、フェンリルの仲間らしき、人の姿に獣の耳と尻尾《しっぽ》を持った者たちだ。

ひとり目はキースと同じくらいの背丈と体格で、キースよりひとまわり年長に見える頭の良さそうな男。そのうしろに、身動《みじろ》ぐたびにくるくるの巻毛が軽やかに揺れているそばかす顔の青年。その隣に、頭ひとつ抜きん出た長身の男。ゆるい癖のある黒髪と柔和そうな表情が印象的で、どこかで見たことがあるような気がするけれど、思い出せない。

「目が覚めましたか。あなたの〝対の絆《きずな》〟から傷口が開いたと連絡を受けました。手当てをさせてもらいますが、いいですか？」

最初に現れた年長の男は、発音が少しおかしいけれどきちんと意味が解る言葉で許可を求めながら、返事を待たずに治療の準備をはじめ、キースに近づいて服に手をかけようとした。

「触るな！　勝手にオレに近づくな」

キースは男の手を払い退《の》け、後退《あとじさ》ろうとしてフェンリルの身体に阻まれた。

「フェン…！」

『キース、大丈夫だから。この人たちは敵じゃない。俺《おれ》たちを助けてくれた命の恩人』

グゥグゥと喉《のど》奥を鳴らしながら、頭に直接響く声でなだめられ、

『傷の手当てをしようとしてくれてるのがセリム。コウテイホサカンなんだって。金褐色の巻毛はカイエ。俺と同じインペリアルのセイジュウで、となりにいるのがカイエの〝対の絆〟でセイジュウノキシのリグトゥール』

そう教えられたが、半分以上理解できないまま、キースはもう一度男たちの顔を見た。

セリムは小さく溜息を吐いて、リグトゥールに向かって何か小声で話しかけている。それはこれまでに立ち寄った邑で耳にしたのと同じ言語で、キースにはほとんど理解できない。

「やつら、何て言ってる？」

『こっちの言葉は俺もまだよく分からない。キースが眠っている間に少し習ったけど、挨拶《あいさつ》と自己紹介ができるようになったくらいで、あ…待って、カイエが教えてくれた。ほら、リグトゥールが出てく。それより頼んだって。ほら、リグトゥールが出てく。それよりキース、セリムの手当てを受けてよ。俺が人型に

なってやってもいいけど、不器用だから薬を塗るのも下手だし、包帯とかうまく巻けないんだ』

重ねてフェンリルに諭されて、キースは渋々セリムに背中を向けた。

相手が自分たちに害意を持っているか否を見分ける感度は、かなり前からフェンリルの方がはるかに高い。特にキースの安全に関してはは過剰なくらい警戒する。そのフェンリルがここまで相手を信用しているということは、本当に大丈夫なのだろう。

それでも他人に触れられる不快感は消しがたい。キースが背中を強張らせてそれに耐えていると、背後でセリムが苦笑する気配が伝わってきた。

セリムは開いた傷口だけでなく、他《ほか》の傷に当てた膏薬《こうやく》も取り替え、新しく包帯を巻き直しながらキースに訊ねた。

「警戒心が強いですね。あなたたちがこれまでどうやって生き抜いてきたかは、あなたの〝対の絆〟フェンリルから聞きましたが、もう少し詳しいことが知りたい。質問に答えてもらえますか？」

さっきから何度も出てくる〝対の絆〟というのは、どうやら自分とフェンリルの関係を示す言葉らしい。

そしてセリムには、やはり許可を求めるようでいて、断ることを許さない押しの強さを感じる。人に命令したり指示を出し慣れた人間特有の声だ。

「……」

手当てが終わり、脱がされた薄い上衣を羽織り直しても、キースは頑《かたく》なに口をつぐみ続けた。

「おかしいな。言葉は通じてるはずなんですが」

セリムはわずかに眉《まゆ》を寄せ、フェンリルを見た。

フェンリルが大きくうなずく。

『キースはすごく用心深いんだ。俺を守るために、いろいろひどい目に遭ったから』

その言葉はキースに向けたものではなく、どうやら巻毛のカイエに向けたものらしい。カイエはフェンリルにうなずき返し、セリムに向かってこちらの言葉で何か言っている。

カイエの言葉に、今度はセリムが小さくうなずく。

「どうなってるんだ?」

キースが思わずつぶやくと、フェンリルが説明してくれた。

『ええと〝対の絆〟同士は声を出さなくても会話ができる。これは心話っていう。心話はセイジュウ同士でも使えるけど、キシと会話できるのは自分のセイジュウだけ。俺の声はキースとカイエに聞こえるけど、セリムには聞こえない。だからカイエが伝えてくれてる。それと』

「ちょっと待て、その…さっきから何度も出てくるセイジュウってのはなんだ?」

目覚めてから一気に与えられた情報を受け止めきれず、キースは額を押さえてフェンリルに訊ねた。

それに答えたのはフェンリルではなくセリムだった。

「種族の名はクー・クルガンですが、一般的には聖なる獣、聖獣と、敬意を込めて呼ばれている…、要するにあなたのフェンリルや、そこにいるカイエのような者たちへの尊称です」

「聖獣…、クー・クルガン…」

つぶやいてフェンリルを見ると、彼はもう知っていたらしい。同意を示して尻尾をひとふりしてみせた。視線をセリムにもどすと、彼は顎《あご》に指の背を当てて何やら考え込んでから、再び口を開く。

「失礼ですが、キース殿は文字が書けますか?」

「文字?」

「教育を受けたことは? 歴史、地理、算術、読み書き、なんでもいいです」

「……簡単な、計算は教わった」

「どなたから?」

「……」

こいつは何を聞き出そうとしているんだろう。

相手の狙《ねら》いが分からないうちは、簡単に答えるわけにはいかない。

キースが持ち前の用心深さで黙り込むと、フェンリルが突然人型に変化した。当然真っ裸だが気にする様子はない。記憶にあるより一段と逞《たくま》しさを増した裸体に、キースの方がなぜかうろたえてしまう。

「邑長《むらおさ》だって言ってた。キースは頭がいいから、他の子どもには教えないようなことも、いろいろ教えてくれたって」

「フェン！」

何を勝手にしゃべってるんだ。

驚いて止めようとするキースに、人の姿になったフェンリルは、どこか余裕のある笑みを浮かべた。

「大丈夫だってば」

答えながら床に降り立ち、枕元に置いてあった服を持ち上げて慣れた様子で着込んでいく。キースの白い華奢《きゃしゃ》な服とちがって、もう少し張りのある生地だ。脚衣は黒に近い濃灰色。薄い肌着の上から凝った刺繍《ししゅう》のある乳脂色《クリーム》の上衣を羽織り、最後に金属細工が施された帯をしめる。

気のせいでなく、やはり前より少し身長が伸びて身体の厚みも増している。

フェンリルは服を身につけ終わると、寝床に膝《ひざ》をついて乗り上がり、枕を集めて形を整え、キースを抱き上げてそこにもたれかけさせた。

いつの間に自分を抱き上げられるほど力がついたのか。戸惑うキースの顔をのぞきこんで、フェンリルがやさしい声を出す。

「あんまり興奮しないで。喉、渇いてない？　お腹は？　何か食べられそうなら一緒に食べよう」

妙に大人びた表情であれこれ気遣ってくれる姿に、何やら胸がざわつく。フェンリルの声はこんなに低くて、まろみのある心地良い響きだったろうか。

動揺した自分を誤魔化《ごまか》すように目をそらすと、フェンリルの上衣や脚衣の両脇に、小さな釦《ボタン》がずらりと並んでいるのが見えた。どうやら服を着たまま獣の姿になっても、破れずに脱げる仕組みになっているようだ。

――うまく出来てる。

昨日や今日、考え出されたものではない。

キースは改めて自分が横たわっている寝床や部屋の様子をながめ、自分がこれまで馴染《なじ》んできた世界とは桁違いの技術力に感じ入った。

「食事がきた」

フェンリルの声と同時に扉が開いて、銀色の大きな盆を抱えたリグトゥールがもどってきた。

「לזדד!」

カイエが何か言いながら駆け寄り、リグトゥールと肩を寄せ合うようにして小卓《テーブル》を寝床の近くに運び、その上に銀盆から取り上げた食器をならべていく。

曇りひとつなく磨き抜かれた銀器。木の葉のように薄い大皿。その上には薄紅色や薄紫、桃色、白、薄黄色など、色とりどりのきれいな形をした菓子が山のように盛られている。硝子製の器にはたっぷりの蜜《みつ》。そして深皿には皮を剝いて切り分けられた果実の山。

キースに分かるのは林檎《りんご》と苺《いちご》くらいで、あとは見慣れないものばかりだが、どれも瑞々《みずみず》しく美味しそうに見える。フェンリルを見ると、期待に瞳《ひとみ》を輝かせ、コクリと喉を鳴らせたのが分かった。

「אנא」

リグトゥールが何か言って、キースに小さな銀盆を差し出した。上に乗っているのは小さな深皿と銀色の匙《さじ》。深皿の中身は、どうやら穀物を山羊《やぎ》か牛の乳でやわらかく煮た粥《かゆ》らしい。

立ち上る湯気の匂いをかいだとたん、キースは自分が空腹だということに気づいた。けれど安易に受けとる気になれない。

「בסדר. רגע לגל מעשה אינו מונע」

リグトゥールが何か言って、銀盆を膝の上に置こうとする。キースは仕方なく受けとったものの、銀匙《スプーン》を手に取る気にはなれない。

「大丈夫、毒なんて入っていない、って言ってる」

リグトゥールの言葉をカイエから教えてもらったフェンリルが、キースに伝えながら、困ったように小首を傾《かし》げている。

それでもまだ、手をつける気になれないでいると、リグトゥールがキースの手から銀盆を持ち上げ、別の銀匙で深皿の中身をすくって食べてみせた。

「אני הולך לטעום אם מדאג」

言葉は理解できないけれど、何を言ったかはなんとなく分かった。毒味してやるとか、そういう類《たぐい》だ。

『心配なら毒味してやる、って』

やっぱり。

キースの目の前で、リグトゥールはふたすくい目を口に含み、実に美味《うま》そうに咀嚼《そしゃく》し飲み込んでみせる。さらに三口目を食べ、ぼけっとしているとそのまま全部平らげそうな勢いで、四口目を口に運ばれそうになって降参した。

「わかった、食べる。食べるから、それをくれ」

リグトゥールに向かって手を差し出すと、にっこり笑って皿をもどされた。

「אם אתם רוצים לסיים, כי יש עדיין」

『おかわりが欲しければ、まだあるって』

それに小さくうなずいて、見た目より重みのある銀匙を手に取り、粥をすくって口に含んだ。

「…うまい」

ほのかな甘みと塩味が、絶妙な割合で溶け合っている。咀嚼が必要ないほど柔らかく煮込まれた粥をキースが黙々と食べはじめると、それを待っていたように、フェンリルが椅子《いす》に座って卓上の大皿から菓子を摘《つま》んで食べはじめた。

その手つきに迷いはなく、これは何、あれは何とわざわざ訊ねないところを見ると、キースが寝込んでいる間に何度も試食済みらしい。

「美味いか？」

「うん。すごく、美味しい」

返事の合間にパクリパクリと、気持ちいいくらい豪快に、皿の上からフェンリルの口中へ甘い匂いの菓子が消えてゆく。よほど腹を空《す》かせていたのか。

「その菓子は何でできてる？」と訊ねて食事を中断させるのが可哀想《かわいそう》になり口をつぐむと、どうやら察しのいいセリムが気づいて教えてくれた。

「それは聖獣たち向けに作られた花菓子と蜜菓子。我々が食べても構いませんが、たぶんよほどの甘党でないかぎり口には合わないと思います」

どうぞと言われて、小さな欠片《かけら》を手わたされたので口に含んでみると、確かにものすごく甘い。甘いけれど果実の風味と酸味がほのかにしたり、花のいい香りがしたりするので意外にいける。

もらった分をポリポリと咬《か》み砕いて飲み込んでから、フェンリルの手の中をちらりと見ると、視線に気づいたフェンリルが持っていた菓子をくれた。

「…よほどの甘党だったようですね。まあしかし、本格的に食べるのはもう少し胃の働きがもどってからに――フェンリル、やめなさい。彼は目を覚ましたばかりで固形物はたくさん食べられない。カイエ、君からも言って聞かせて。止めるように」

それまで落ちついた態度を貫いていたセリムが、少しあわてた様子で席を立ち、キースとフェンリルの間に割って入ろうとする。それを見ていたリグトゥールが小さく噴き出した。

「セリム、דל שובלל רהממ, ואר סעפב הנושארה」

彼が笑いながら何か話しかけると、その場の空気が一気に和んだ。セリムが苦笑して、カイエも笑う。フェンリルももちろん笑顔だ。気を許した表情で、自分と同じ種族の仲間を得たことを喜んでいる。

その中でキースだけは、用心深く彼らの狙いを探り続けていた。

食事中も食後も、セリムはあれこれ質問を重ねてこちらのことを聞き出そうとしたが、キースは答えなかった。代わりにフェンリルが答えようとするのも、視線と手ぶりで止めた。

何も聞き出せないとあきらめたのか、それともキースが眠そうに欠伸《あくび》をしたので気を利かせたのか。あまり長居はせず、セリムたちは会話を切りあげて部屋から出ていった。

†

「キース殿がつい先ほど目を覚ましたので、少し話をしてみました」

敏腕の皇帝補佐官として名を馳《は》せているセリムが、入室するなり前置きを省いて報告をはじめた。

ヴァルクートは皇帝の裁可を待つ山積みの書類から顔を上げ、それでと視線で先をうながした。

「キース殿はかなり警戒心が強いですね。完璧《かんぺき》な人間不信といっていい。頭はかなり明晰《めいせき》です。帝国語も数回聞けば意味と一緒に覚えられる。きちんと学習をはじめれば、日常会話くらいならすぐに話せるようになるでしょう」

「キースが今使っている言語は、確か独竜《トールン》王国のものだったな」

「ええ。独竜《トールン》西部地方特有のなまりがさらに変化していますが、意思の疎通に問題はありません」

独竜《トールン》語ならヴァルクートも話せるが、簡単な会話程度だ。交渉などの細かく踏み込んだ話をする場合には通訳が必要になる。

その場合の通訳とはセリムのことだ。セリムは領国の言語はもちろん、領国以南に広がる他国の言語も網羅している。今回はその能力が役立った。

「それにしても、独竜《トールン》語しか話せない人間が聖獣ノ騎士、それも金位《インペリアル》として発見されるとは。この世はまだまだ驚きに満ちているな」

「まったくです。フェンリルの話を参考に、彼らがセビュラの街外れに残してきた荷物を回収しましたが、未開の奥地に暮らす狩猟民族のような暮らしぶりだったようですね。特に衣服は、独竜《トールン》の民族衣装の名残はありますが、かなり野性的と言いますか……。ラグナクルス帝国領土内であんなものにお目にかかる日がくるとは、本当に驚きです」

セリムが眉間《みけん》に皺《しわ》を寄せたのは、野性的という言葉に含まれる不潔さを嫌ったからだ。

助け出されたときのキースとフェンリルの姿や、

回収された荷物や服を見ても、ヴァルクートはそれほど不潔だとは思わないが、同じ服を二日つづけて着るのは許せないセリムの許容範囲は、軽く越えているのだろう。

「フェンリルが言っていた『天の国《パラディス》』については？」

「フェンリルの話に基づいて調査隊を派遣していますす。キース殿からもう少し詳しい内容を聞きたかったのですが、こちらが何か聞き出そうとすると、貝のように口を閉じてひと言もしゃべりません」

「疚《やま》しいことがあるから？」

「そういう感じではないです。とにかく我々のことを端《はな》から信じていない。信じようとしない。怪我《けが》をしていなかったら、すぐにでも逃げ出しそうな雰囲気ですね」

「セリム君は聡明《そうめい》すぎて、とっつきにくいところがあるからなぁ」

書類を脇に置いて頭の後ろで手を組み、椅子の背に深くもたれて茶化《ちゃか》すと、セリムは真面目《まじめ》に答えた。

「それは分かってます。だから今日はリグトゥールとカイエに協力してもらいました。あのふたりがいると場が和みますから」

己の長所も短所も正確に把握しているセリムは、リグに勧められてキースが食事を口にしたことや、蜜菓子を気に入って食べたがったことなども教えてくれた。

「人間不信な金位《インペリアル》ノ騎士か。面白《おもしろ》そうだな」

「確かに。聖獣という言葉も騎士という概念も知らなかった、まともな教育を受けたことのない野生児のような〝対の絆〟同士ですから」

セリムが羅列する内容にヴァルクートは苦笑して、「もうしばらくふたりを観察して、それから教育方針を決めよう。何はともあれ、降って湧《わ》いたように金位《インペリアル》が一対増えたのは喜ばしい。このところ魔獣の攻勢が激化して対策に苦労していたところだ」

「先日の戦いで、クルヌギアの城塞《じょうさい》を突破された原因は明らかに？」

「いや、まだだ。いくつかの要因が複雑に絡み合っているようで、万全な対策を立てるには、もっと詳しく調べる必要がある」

魔獣の侵襲から世界を護《まも》る責を負うラグナクルス帝国の皇帝として、同じ過ちは二度と犯したくない。

八年前に起きた第三の災厄以降、それまで減少の一途をたどっていたインペリアルの出生率は格段に上がったが、それと同期するように魔獣の攻勢が激化、巨大魔獣の出現数も増えている。

「インペリアルの数が増えれば、戦いも楽になると思ったんだがなぁ」

ヴァルクートは独り言のようにぼやいて、窓辺に置いた長椅子で眠り込んでいる愛《いと》しい〝対の絆〟、キリハの寝顔を見つめた。

先刻まで書類決裁の手伝いをしていてくれたのだが、先日の魔獣迎撃戦の疲れがまだ癒《い》えないらしく、途中で眠そうな欠伸が増えたため、午睡《ひるね》をするよう勧めてやった。


最初は人型で眠っていたが、寝返りを打った拍子に獣型に変化した。今は組んだ前肢に顎《あご》を載せて気持ちよさそうな寝息を立てている。投げ出した後ろ肢が二本とも椅子からはみ出て、床につきそうになっている姿が無防備で可愛《かわい》い。

それが顔に出たらしい。セリムが未裁可の書類をそろえて机上に置き直し、敏腕補佐官の声で告げた。

「キリハが世界で一番可愛らしいのは分かっていますから、そのしまりのない顔を引きしめて、書類の裁可を終わらせてしまいましょう」

†

フェンリルとふたりきりになると、キースはようやく肩の力を抜いて横たわり、楽な姿勢を取った。フェンリルが当然のように隣に寝そべる。

「大丈夫？　傷、痛くない？」

間近で顔を見合わせて、心配そうに訊ねられたので欠伸まじりに笑って答えた。

「平気。それより、フェンの方こそ大丈夫か」

「俺？」

「おまえ、食べ過ぎると腹を壊すから…」

「大丈夫だよ。さすがに自分の限界は把握するようになったし」

「そう…か。子どもだとばかり思ってたけど、しっかりしてきたな…」

さっきも思ったけれど、ぐっと大人っぽくなった顔をしみじみと見つめながら、背中の痛みを堪えて手を伸ばし頭を撫《な》でてやる。フェンリルの髪は獣型のときの体毛と同じようにふんわりとやわらかく、指で梳《す》いても絡むことなくさらりとしている。一度触れるといつまでも撫でていたい。

額から頭頂部にかけて、そこから両耳のつけ根を指で掻《か》いてやり、うなじまで撫で下ろしたあとは、長い髪をひと房つかんで自分の口元に引き寄せる。

「おまえの髪、いい匂いがする…」

花と果実の他に新緑の森を吹き抜ける風のような、さわやかで懐かしい香り。この匂いをかぐと、安らぎと同時に胸の奥が愛おしさで熱くなる。

「そう？　俺はキースの方がいい匂いするなって、いつも思ってる」

キースは眠気で重くなったまぶたを閉じて小さく笑った。そのままぼそぼそと訊ねる。

「…フェン、オレは何日眠ってた？」

「丸三日。今日はここに来て四日目」

たった三日でフェンリルはやつらに気を許すようになったのか。もっと慎重に用心深くなるべきだ。

声に出してそう釘《くぎ》を刺す前に、フェンリルは思慮深そうに耳を傾けて「大丈夫だよ」と言う。

何が大丈夫なのか。その自信はいったいどこから来るのか。問いつめるつもりで開きかけた唇の端に、唇が押しつけられる。間近に迫ったフェンリルの瞳が蜜のように甘い艶《つや》を帯びて、キースの杞憂《きゆう》を笑っている。

「……っ」

そのままぺろりと舌で舐められて、注意や警告の言葉はどこかへ消えてしまった。

「――それで、ここはいったい…どこなんだ？」

話題を変えて、さっきの連中に訊《き》き損ねたことを確認すると、フェンリルは予想以上にすらすらと答えた。

「ラグナクルス帝国の帝都《エリシウム》で皇宮の一画だって」

そう言いながら、指で空に単純な地図を描いて説明してくれる。

「俺たちが逃げてきた天の国《パラディス》がたぶんこのあたりで、魔獣に襲われたセビュラの街がここ。で、帝都はこのあたりになる。ここは皇帝も住んでる場所だから、安全は保証するってキリハが言ってた」

「キリハって誰だ」

フェンリルの口から知らない人物の名を、それもこれまで聞いたことのない信頼と慕わしさを含んだ声で聞かされた瞬間、キースの胸になんともいえない感情が湧き上がった。

フェンリルは少し驚いた表情でキースを見つめ、ふっと目元を和ませた。

「キリハは、俺たち聖獣の王様みたいな存在」

「聖獣の王…」

「そう。だから信頼できる」

何が「だから」なのかよく分からないが、フェンリルがそこまで言いきるならそうなのだろう。とはいえ、さすがに念を押しておく必要がある。

「フェン、あいつらになんでもかんでも…しゃべるのはよせ」

「どうして？」

意外そうに聞き返されて溜息が出る。

「信用できないから」

「大丈夫だって。あのひとたちは天の国《パラディス》の邑にいた連中とは全然ちがう。俺たちの仲間だ」

自分の忠告に耳を貸さず、出会って間もない人間と聖獣たちを無条件で信じるフェンリルに、胸底をザラリと鑢《やすり》で擦られたような気持ちになる。

「——…おまえ、オレ以外の人間には尻尾をふらないって、誓っただろ」

言葉にすると何やら理不尽な要求に思える。あの時フェンリルは孵化《ふか》した直後で、記憶などないかもしれないのに。

「ふってない」

迷いも後ろめたさもない確固とした口調とともに、再びフェンリルの顔が近づいてくる。焦点が合わないほど間近に迫られて、なぜかドクンと胸が大きく波打った。けぶるような金色の瞳で見つめられると、意識がとろけそうになる。

「俺はキースのものだよ。キースが一番大切。あのひとたちといろいろ話をするのは、全部キースを守るため」

「何言って…」

自分の動揺を誤魔化しきる前に、フェンリルのささやきが甘く低くなり、吐息が近づいてくる。

「大丈夫。何があっても俺がキースを守るから。安心して眠って」

まぶたに「ちゅっ」と音を立てて唇接《くちづ》けられる。子どものころから何度もしたりされたりしてきたことだ。今さら動揺するのはおかしい。

それなのに。今日のフェンリルの吐息は妙に熱く、自分を抱きしめる腕には、いつも以上に力が籠《こ》もっている。その束縛が気持ちいい。

そんなことを考えながらまぶたを唇で押さえられたままでいると、やがて眠気に勝てなくなる。

キースはフェンリルの胸に顔を埋めるようにして意識を手放した。

傷から来る発熱や嘔吐《おうと》といった症状が治まり、キースが床から起きて動きまわれるようになったのは半月後。帝国の暦で一〇〇九年、八ノ月下旬のことだった。

医師には「まだ床払いは早い」と注意されたが、聞く気などない。確かに起き上がれるようにはなったものの、少し動くとすぐに疲れる。目眩《めまい》がして息が乱れたりもする。それも四、五日経《た》つと治まって、激しく動かないかぎり普通に過ごせるようになった。

療養中は日に一度は必ずセリムかカイエがやってきて、キースに直接または間接的に話しかけ、親交を深めようとしていた。

年嵩《としかさ》でキースにもフェンリルにも淡々とした態度で接するセリムはともかく、ふわふわとやわらかくやさしい態度と笑顔でフェンリルの関心を惹き、あれこれと話しかけるカイエの姿を見ると、座りの悪い落ち着かない気分になる。聖獣同士の気安さか、ふたりは話をするとき身体の一部をくっつけることが多い。肩を軽く触れ合わせたり腕をぽんと叩いたり。それだけでなく、獣型になって互いに毛繕いまですることがあった。

「なんだ、あれ」

庭で駆けまわったあと露台にごろりと寝そべって、互いの身体を舐めはじめたのを初めて見たとき、キースは絶句してしばらく声が出なかった。呆然としていると、いつの間にかとなりにリグトゥールがやってきて、何かつぶやいた。

「גם אם אתה ידוע שאין שום ענני רכון, ובכן מקנא」

意味を少しでも探るために顔を見ると、リグトゥールは苦笑して小さく肩をすくめて見せる。キースが眉根を寄せると、リグトゥールはゆっくりと分かりやすい発音で、いくつかの単語を連ねた。

「聖獣、בבבבל、בנאבנ、不要」

聞き覚えのある単語は理解できたが、言いたいことの意味は通らない。駄目だ。やはりこちらの言葉をもっときちんと習わなくては。

キースが難しい顔でフェンリルとカイエを見つめると、リグトゥールが少し大きな声でふたりに話しかけた。

「キース בנאב לשבבב בנאב」

とたんにフェンリルとカイエがパッと顔を上げて身体を離した。そしてフェンリルの声が頭の中に直接伝わる。どこか焦ったような響きで。

『俺とカイエはそんな仲じゃないよ！』

「何言って…」

『リグが、キースが俺とカイエが仲良しすぎるから妬《や》いてるって』

キースは思わずリグトゥールをにらみつけた。

「そんなんじゃない」と、相手に理解できない言葉で言い訳しながら、熱くて仕方ない頬をぞんざいに腕でぬぐった。

図星を指されたことに腹を立てたわけではないが、身の上や故郷のことを訊ねられてもキースは何も答えなかった。けれど帝国語を教えると言われると喜んで受け入れた。聖獣や騎士についての基礎知識や帝国の成り立ちや国内情勢など、相手が教えてくれることは何でも貪欲《どんよく》に吸収していった。

早い段階で確認したのは、なぜ自分たちがこれほど優遇され、大切に扱われるのかということ。

「理由が知りたい」

——どうせ何か思惑があって、オレたちを利用しようとしてるだけだろう。

物心ついたころから養母や他人に疎んじられ、見返りなく親切にされたことのないキースには、ここで受ける待遇すべてが胡散臭《うさんくさ》く感じられる。

助けてもらった恩義はあるが、それ以上の見返りを要求されるようなら用心しなければ。

キースの目つきに込められた不信と警戒を感じ取ったセリムは、小さく溜息を吐いて口を開いた。

「我々の世界は魔獣の脅威にさらされている。魔獣というのは、君の背中に喰《く》いついて怪我を負わせた連中だ。やつらは我々が『帰還《クル》することのない土地《ヌギア》』と呼ぶ大陸最北の地に涌出《ゆうしゅつ》し、斃《たお》しても斃しても果てしなく襲いかかってくる。魔獣を斃せるのは聖獣と、聖獣と誓約を交わした騎士だけ。私《わたし》のようなただの人間には逆立ちしても太刀打ちできない」

自分が襲われたときの状況を思い出してキースがかすかにうなずくと、セリムは説明を続けた。

「魔獣は新月のたびに涌出する。一回の総数は少ないときでも二十万、最多となる二重新月には六十万を超える」

キースはこの説明に首を傾げた。十万という単位が理解できなかったからだ。

「聖獣と騎士が命をかけて魔獣を迎え撃つことで、帝国を含むすべての国と人々が、滅亡の恐怖を忘れて生を謳歌《おうか》している。その見返りとして我々は聖獣と騎士の暮らしを支えている」

「オレがその、魔獣なんかとは闘いたくないと言ったら？」

キースの仮定に、セリムは驚いて絶句した。どうやら想定外の質問だったらしい。セリムが動揺から立ち直り、言葉を探している間に、フェンリルがきっぱりと言いきった。

「俺は闘う。キースもだ」

「フェン！」

勝手に結論を出すなと言いかけて、キースは口をつぐんだ。フェンリルがあまりにも真剣で、闘志に満ちた表情を浮かべていたからだ。

思わず息を繡《の》むほど凜然《りんぜん》とした雄《おとこ》の貌《かお》に、キースは自分でも驚くほど心が動くのを感じた。

フェンリルの全身から、これまで見たことのない闘争本能が、炎のようにゆらめき立つのが見える気がする。

これはフェンリルにとって…、いや、聖獣という種族にとって何よりも大切な、生まれてきた根幹の理由でもあるのだと、言葉にならない圧倒的な印象が押し寄せる。さらに、

「キースだって、やられっぱなしは嫌なはず」

図星を突かれて黙るしかない。それでこの話題は終わった。怪我が癒えて動けるようになったらすぐさま逃げるつもりだったキースの思惑は、このことで大幅修正することになった。

半月あまりここで寝起きして分かったことは、とりあえず、自分たちを傷つけようとする者がいないということ。

次に潤沢な食糧事情。特にフェンリルに必要な食べ物が驚くほど豊富にある。しかも、自分たちで採取したり狩りをしなくても、時間になれば届けてもらえるという贅沢《ぜいたく》極まりない環境だ。決まった時間以外でも空腹を訴えれば、いつでも好きなときに好きなだけ食べ物が手に入る。

安全な住処《すみか》と衣服と食糧。

「生きていくのに必要な全部がそろった状態なのに、わざわざそれを捨てて出て行く理由がない」

そう主張してキースを説得したのはフェンリルだ。天の国《パラディス》から逃げ出して半年以上。何よりも苦労したのはフェンリルの食糧の確保だった。そのフェンリル自身から「ここで暮らそう」と言われれば、キースも賛成するしかない。

フェンリルには、オレ以外の人間を信用するな、警戒を怠るなと言い聞かせて育てたのに、どうしてこうも大らかで人懐っこくなったのか。そのあたりは不思議で仕方ない。キースが、毎日訪ねてくるセリムやカイエ、リグトゥールに気を許さず、一向に警戒を解かない分、フェンリルが友好と親善の役割を一手に担い親交を深めている状態だ。

日常生活に支障がない程度にキースが回復すると、待ちかねたように訪問者がやってきた。

最初に現れた初老の男は、皇宮お抱えの仕立て屋だと紹介された。彼は巻き尺を手に、身体のあらゆる場所の寸法を測らせろと迫ってきた。冗談じゃないと無視して窓から庭へ逃げ出したのに、フェンリルとセリムに追いかけられ、

「ここでしっかり寸法を測っておかないと、せっかくの軍服が身体に合わなくて残念な思いをすることになりますよ」

「俺もこの間、測ってもらった。キースとおそろいの服を作ってくれるんだって。俺、キースの晴れ姿

が見たい」

フェンリルの期待に満ちた瞳の輝きと、がっしりつかまれた腕の強さには敵《かな》わない。

自分はフェンリルにとことん甘いなと自嘲《じちょう》気味に溜息を吐きながら、渋々と部屋にもどり、キースは苦行に耐える羽目になった。

採寸が終わって仕立て屋が退室すると、次は引っ越しが待っていた。

「金位《インペリアル》ノ聖獣と騎士には皇宮敷地内に専用の離宮が用意されます。これは警護、利便の両面で必要なことですから、城下や下街で暮らしたいという希望があっても却下します」

セリムの説明を受けながら案内された建物は、樹齢数百年を越える大樹や灌木《かんぼく》が生い茂る森の翠《みどり》に、白い列柱が映える美しい宮殿だった。

建物のまわりにはあまり手を入れすぎない野生に近い風情で花々が咲き乱れ、手を伸ばせば簡単にもぎ取れる果樹が、そこかしこに繁茂している。森と宮殿の間には壁のない四阿《あずまや》や、冬になると玻璃《はり》で囲われる温室が点在していた。

宮殿の中は、壁の少ない開放感を重視した造りで、仕切りには美しい模様織りの布や、衝立《ついたて》が使われていることが多い。

庭の中央には水が湧き出す水盤があり、暑い日は側にある石造りの長椅子に腰を下ろし、水盤を渡る涼風を受けることができる。

「き…れいだねぇ…！」

「——そうだな」

口をあんぐりと開けて感歎の声を上げるフェンリルに、キースも同意した。

本当に、すべてが美しい。

今まで寝起きしていたあの部屋も美しかったし、ここに来るまでに見た巨大な廊下や皇宮の偉容にも目を瞠《みは》ったが、これから自分たちが暮らすのだというこの建物は、まるで緑柱石と水晶でできているようにきらきらと輝いている。

「きれいだ…」

キースは白い柱に手を触れながら、この場所を用意してくれた人間の意図に思いを馳せた。

おそらく、フェンリルから天の国《パラディス》の森での暮らしぶりを聞き出して、それに添うようにしてくれたのだろう。

「セリム、あんたがここを用意してくれたのか?」

ほんの少し見直した気持ちでふり返ると、セリムはあっさり否定した。

「いいえ。…まあ、助言はしましたが。この離宮を用意してくださったのは皇帝陛下です。のちほどご挨拶にうかがいますから、お礼を申し上げるならそのときにどうぞ」

「皇帝、陛下」

療養中の早い時期に覚えた単語を口の中で唱えると、頭の中に先日見せてもらった帝国の地図と、広大な領地を治める偉大な邑長という概念が同時に浮かぶ。

繊細な彫刻が施された白亜の柱を見上げながら、どんな人間だろうと想像しかけたとき、森の中から茂みを揺らして一対の聖獣と騎士が現れた。

キースは素早く警戒態勢を取ったがフェンリルは無防備。セリムは畏《かしこ》まって頭を軽く下げている。

「君がキースか。ようやく会えたな」

妙に存在感のある男がセリムと同じ少し変わった発音で話しかけながら、ためらいもせずキースに近づいて手を差し伸べた。

赤みがかった金色の髪と明るい青緑色の瞳。見上げるような長身に、堂々とした笑み。思わず気圧《けお》されそうになった自分を鼓舞するために、キースはわざとぞんざいに訊ねた。

「誰だ、あんた」

男が現れたとたん姿勢を正して軽く一礼していたセリムが、眉をはね上げて口を開きかける。男はそれをわずかな手の動きで制し、キースに笑いかけた。

「ヴァルクート。この国の皇帝で金位《インペリアル》ノ騎士だ。

彼は私の〝対の絆〟のキリハ」

隣に立つ黒い髪と耳と尻尾の先端だけが白い聖獣を紹介されて、キースは素早くキリハを見つめた。フェンリルが慕わしげに呼んでいた聖獣の名だ。

背丈は自分と同じくらい。髪の色も同じ。聖獣の正確な歳《とし》は外見だけでは判断できないが、落ちついて自信に満ちた雰囲気から、フェンリルよりひとまわりくらいは上だろうと見当をつける。

フェンリルが聖獣の王だと言うだけあって、キリハの瞳には煌《きら》めく強い光があり、しなやかな全身を風格のようなものが取り巻いている。そのキリハより、さらに堂々とした威風を身にまとったヴァルクートが手を差し出している。

キースはそれをじっと見つめたまま動かない。

「握手だ。友好の象徴」

それは教わったから知ってる。けれど慣れ合うつもりがないだけだ。

キースが無言で握手を拒絶していると、ヴァルクートはにやりと不敵な笑みを浮かべた。そのままキースが避《よ》ける間もなく強引に腕をつかんで引き寄せ、痛みを感じるほど強くにぎりしめる。

「…っ」

となりに立ったフェンリルの耳が前方に向かって斜めに傾き、尻尾が地面と平行にピンと伸びる。

「よしよし、大丈夫だ。そんなに緊張するな」

ヴァルクートは、キースがフェンリルを慰めるときとよく似た口調で、キースの強張った肩と二の腕を軽く叩き、そのまま背中に手をまわして抱き寄せると、突き飛ばされる前にパッと手を離した。

「どこもかしこも強張ってるな。心を開いて世界を見ろ。我々は君の敵ではない。敵は他にいる。フェンリルも、そんなに毛を逆立てるな。今のは親愛の情を示しただけだ」

「……ッ」

フェンリルは喉奥で小さくうめいて何か言いかけたが、ヴァルクートのとなりにいるキリハに、こちらも妙に威圧感のある視線で一瞥《いちべつ》されると、ピンと上げていた尻尾をしおしおと下ろして口をつぐんだ。

どうやら力関係はキリハの方が上らしい。

それは自分とヴァルクートの場合も同じだ。

会ったばかりなのに、相手の方が一枚も二枚も上手だと分かる。ヴァルクートの方がキースよりひとまわり以上年上だということを差し引いても、今のキースでは彼に敵わない。

「それにしても若いな。歳はいくつだ？」

「――…二十二」

それくらいは教えても構わない。決してヴァルクートの迫力に屈したわけではなく。

「二十二！」

ヴァルクートは目を瞠り、フェンリルを見た。

「フェンリルは確か五歳になったばかりだったな」

「うん」

今度はキリハと顔を見合わせ、次にセリムを見てヴァルクートは小さく首をふった。

「帝国史上、最年少の騎士ということになるな」

「はい」

神妙なセリムの返事にうなずき返したヴァルクートは、キースに向き直り、またしても避けようのない強さで両肩をつかんだ。

「たった十七歳で、他に誰の助けもなく、知識もない状態で、よくぞここまで立派に〝対の絆〟を育ててくれた。君の勇気と強さを誇りに思う」

「あ…え…」

「ここでの暮らしは、これまでとずいぶんちがって慣れるまで大変だろうが、君ならすぐに立派な騎士として魔獣と戦えるようになる。君が参戦できる日を楽しみに待っている――が、当面君たちに必要なのは良き教師と仲間だ。セリム」

「はい」

皇帝に話題をふられたセリムは、すらすらと今後の予定を述べはじめた。

「キース殿にはこれから毎日、日課として剣術、護身術、騎乗術を身につけていただき、併せて聖獣に関する基礎知識、魔獣迎撃戦に必要な戦術、戦略も学んでいただきます。もちろん帝国語の学習も。かなり多忙な日々となりますが、覚悟してください。それからフェンリル殿ですが、ご自身と陛下とインペリアル・キリハと話し合った結果、帝都《ていと》第一幼年《だいいちようねん》學院《がくいん》に通っていただくことになりました。キース殿には事後承諾になりますが、ご了承ください」

「幼年…學院？」

「成獣前の聖獣たちが通う学校です。編入手続きは済んでいますから、明日から通ってください。初日はぜひ、キース殿もご一緒にどうぞ」

　自分に相談もなく、勝手に何もかも決められていくことに軽い反発を覚えたが、フェンリルを見ると、嫌がる様子もなく、むしろ楽しみで仕方ないという表情を浮かべているので反論しそびれた。

Ⅱ　†　聖獣幼年學院

　幼年學院入學式は六ノ月に行われたので、フェンリルは新入生より三ヵ月遅れの編入となった。帝都に一〇〇ある學舎の中でも、第一幼年學院は金位《インペリアル》の幼獣が通う學舎として一番の格式を誇っているという。

「ちょうど三月前にリュセラン様が卒業してしまい、學舎に通うインペリアルが一騎もいなくなって、皆寂しい思いをしていたところです。変則的な編入とはいえ、新しいインペリアルをお迎えすることができて光栄です」

　セリムにつき添われて現れたキースとフェンリルに向かって、學院ノ長はにこやかに手を差し出した。

　キースは一瞬身構え、それから渋々と手をにぎり返した。フェンリルは一向に頓着《とんちゃく》する様子もなく握手に応《こた》え、あたりを物珍しそうに見まわしている。

　學院ノ長の言葉は、いくつかの単語は理解できても、まだほとんど理解できないのでセリムが通訳してくれる。

「三ヵ月の遅れくらいなら問題ないでしょう。今のフェンリルに一番必要なのは、集団生活に慣れることと遮蔽《しゃへい》を含めた心話能力の制御です」

キースが小首を傾げると學院ノ長は説明を重ねた。

「聖獣同士の心話というのは普通、話す目的に応じて相手以外に聞こえないようにしたり、人間が大声を出すように、その場にいる全員に聞かせたりと、任意に操れるものなのですが、その能力は幼少時から訓練されて育ちます。修得が遅い子でも學院に入学して半年もすれば、基本的な遮蔽術と一緒に覚えられる。ですがフェンリルは、おそらくかなり幼いうちに何か理由があって、心話能力が封印されてしまった。そのせいで」

セリムはそこでいったん言葉を切り、珍しく言いにくそうに口ごもった。

「──有り体に言えば、君たちが心話を交わしているときのフェンリルの声は、周囲の聖獣にダダ洩《も》れ状態」

「……──は？」

キースは呆然とセリムを見つめた。

「フェンリルがインペリアルだったことを恨んでください。まあ、ひとつ慰めになることがあるとすれば、あなたの心話《こえ》は他の聖獣に聞こえていませんから、それだけは不幸中の幸いと思って」

「……どういう意味だ？」

「心話が届く範囲は聖獣の位階、すなわち能力によって決まります。そしてフェンリルは最高位の聖獣《インペリアル》。声は遠くまでよく届く。問題に気づいてからはキリハが遮蔽を使って、なるべく洩れないようにしてくれていますが、疲れているときや眠っているときまでは無理なので」

セリムが同情めいた表情で口を閉じたので、キースは視線を転じてフェンリルの顔を見上げた。

フェンリルはバツが悪そうに片耳を下げ、申し訳なさそうに尻尾の先をゆらゆらと揺らしている。

「おまえ…、知ってたのか?」

「最初に教えてもらって知ってたけど、別に…聞かれてもいいかなって」

よくない! と叫びそうになるのをキースはぐっと堪《こら》えて頭を抱えた。フェンリルの心話だけとはいえ、赤の他人…人ではなく聖獣だが——に聞かれたと思うと、恥ずかしさより腹立たしさが先に立つ。自分たちだけの聖域をのぞき見されたような、無防備な寝顔を勝手に見られたような。

「おおらかにも…ほどがあるだろう」

キースのつぶやきをセリムに通訳してもらった學院ノ長が、宥《なだ》めるように穏和な笑みを浮かべた。

「ということで、遮蔽術や心話の制御訓練には多くの仲間と接し、身体で覚えるのが一番の近道です」

そう言って丁度たどりついた二階の外廊下から広大な校庭を示したので、キースもつられて下を見た。

広々とした校庭は、ところせましと駆けまわる百騎近くの幼獣たちで賑《にぎ》わっている。その数の多さにキースは息を呑む。

となりでフェンリルが「うわぁ!」と嬉《うれ》しそうに声を上げた。皆、歳は三歳くらい。獣型で十騎ほどの組になり、同じ動きで飛んだり跳ねたり、敵役に扮した教師を追いかけたりしている。

「仲間がたくさん!」

フェンリルは廊下の手すりから身を乗り出して、幼獣たちの動きを目で追う。

「ええ。この學舎には現在、二歳から四歳までの幼獣たちが二九五騎在籍しています。今日からはフェンリル、あなたを入れて二九六騎になりますね」

學院ノ長はやわらかくフェンリルに笑いかけ、キースには安心するよう言い添えた。

「編入前の面談でフェンリルの対聖獣《たいじん》能力はかなり高いと判断できました。ですからキース殿はあまり心配なさらずに」

同じ種族とはいえ歳下の、見知らぬ聖獣たちに混じって慣れない勉強をしなければならないフェンリルを思う気持ちが顔に出ていたらしい。キースはわずかに眉根を寄せて學院ノ長から目をそらした。

すでに仲間同士の絆ができている集団に、異質な存在が混じることの危険性は自分が身をもって思い知っている。自分がアルカ邑で受けたような、仲間外れや迫害をフェンリルが受けたら絶対に許さない。

そう思うと今からでも、こんなところに通うのは止めろと言いたくなる。

「אז מה לא זוו כל דך הרכה?」

學院ノ長の通訳を耳打ちされたフェンリルが、

「キースは俺がいじめられないかって心配してる」

そう説明すると、學院ノ長とセリムが同時に小さく噴き出した。そしてすぐに「失礼」と詫びる。學院ノ長が咳払いして何か言いかけたのをセリムが手で制し、手っ取り早く説明してくれた。

「この世に自分より上位の聖獣をいじめられる聖獣なんていません。この學舎にいるインペリアルは、現在フェンリル一騎だけ。要するに彼をいじめられるような聖獣は存在しないということです」

キースはセリムではなくフェンリルを見て「そうなのか？」と確認した。

「うん。なんかそうみたい」

「同じインペリアル同士はどうなんだ？」

それに関しては學院ノ長もセリムも明言を避け、フェンリルを見る。

「今まで会ったインペリアルは、みんないいひとばかりだよ。それぞれ癖はあるけど。俺たち聖獣って、自分の〝対の絆〟に危害が及ばないかぎり、人間みたいに自分の欲とか悪意で相手を傷つけようとすることって、基本的にないから安心して」

おっとりとしたフェンリルの言葉に、學院ノ長とセリムが深くうなずく。キースは「そうか。それならいい」とつぶやいて、再び校庭を見下ろした。

「生徒は皆フェンリルより歳下ですが、気にせず積極的に交流を図ってください。ただし心話に頼りすぎないように。言葉を使って帝国語を覚えることも大切な学習です。最初は一年生と一緒に、読み書きを覚えてもらいますが、修得が早ければ二年、三年の授業も受けてもらいます。キース殿を騎乗させての飛空訓練は、下校後に中央円蓋《ドーム》で行ってください。許可証その他の手続きは済んでいます」

説明されて、キースは腰帯に下げた聖獣ノ騎士の証印に手を添えた。騎士の身分を証明する証印は、略式の軍服とともに今朝早く届けられた。

今キースが身につけている略式の軍服は、金位《インペリアル》であることを示す八本の袖章《そでしょう》や所属軍団の徽章《きしょう》など、一切の装飾がない、形ばかりの簡素なものだ。

キースは首や身体をしめつけるその略服を着たとたん、窮屈さにうんざりして、すぐさま脱ぎ捨てようとした。

「慣れて下さい」というセリムの言葉は無視できた。けれど學院の制服を着たフェンリルに「すごく似合う」と喜ばれ、「俺のはどう?」と、目の前で嬉しそうにくるりと一回転されてしまうと、自分だけ脱ぎ捨てるわけにはいかなくなった。

フェンリルも、着慣れない制服を窮屈に思わないわけはないのに我慢しているのだから。そう思い、外しかけた釦を留め直した。

最初は嫌で仕方なかった身体をしめつけられる違和感は、いつの間にか気にならなくなっていた。証印に触れて意識を服に向けるまで、忘れていたくらいだ。

——慣れれば思ったより動きやすい。それに農家の古着や兎《うさぎ》の毛皮で作った服にくらべたら、すごく格好いいし。実際より足が長く見えるよな、これ。

自分に関《かか》わろうとする人間は信用できないが、彼らが作り出す物や建物は素直に感嘆する。

その美しさ、高い技術、過去から受け継がれた伝統といったものには、とても惹かれる。

キースは自分の髪に留めた飾り玉に触れた。アルカ邑で最上級と言われたものなど比べものにならないほど美しい。これも今朝、軍服や証印と一緒に届けられたものだ。

　贈り主は昨日初めて会った皇帝ヴァルクートだと教えられた。それを知ったフェンリルは一瞬鼻に皺を寄せたが、キースが髪につけるのを邪魔したりはしなかった。キースがその美しさに魅入《みい》り、喜んでいることに気づいたからだ。

「それではさっそく授業を受けましょう。キース殿も、ぜひ見学していってください」

　學院ノ長の勧めに従って昼まで授業を見学したあと、キースは離宮にもどった。そこでセリムが手配した教師からみっちりと帝国語の授業を受け、疲れて頭に何も入らなくなると、今度はリグトゥールが現れて剣の稽古《けいこ》に入った。

　キースに帝国語を早く覚えさせるためか、言葉はそれほど必要ないからか、通訳はいない。別にそれで不自由なことはなかった。

「初日 הגא בס הגראשן, וגן לי 使う שימגש 見る הגמצ」

　初日だから様子見ということか。

　ゆっくりしゃべってくれるので、覚えた単語ならなんとか聴き取れる。それにリグトゥールは言葉を使わず、身ぶり手ぶりで意図を伝えることがうまい。

　俺の真似《まね》をしろと、手本を見せ、剣のにぎり方、力の入れ方、抜き方から、基本の姿勢、構え方を次次と教えてくれた。

　そして時々帝国語で何か言う。最初は理解できなかったが、二回目からは「よし」とか「もう一度」と言われてるのだと分かった。

　帝国語の授業は正直退屈で気乗りしなかったが、剣の稽古は気に入った。最後に少し打ち合っただけで、リグトゥールがかなりの使い手だと分かると、さらに楽しくなり、もっと訓練を続けたくなった。

「今日 לחגוס 終わり。 גל 明日 מגה אגה גצ 楽しい、 אגג מצאפה ל」

　今日はこれで終わり。明日が楽しみ。

　大雑把に意味を理解してキースがうなずくと、訓練の間は真剣な表情を崩さなかったリグトゥールが、表情を和らげてキースの肩に軽く手を置いた。

とたんにぴくりと身体が強張る。

キースの緊張に気づいたリグトゥールがパッと手を離し、申し訳なさそうな表情を浮かべて何か言う。

「[illegible]」

たぶん「すまない」とか「悪かった」とかそんな意味だろう。

「別に、そんなに謝らなくていい。あんただけじゃなく、他人に触られるのは好きじゃないんだ」

子どものころから邑の男たちに性的な目で見られ、デミルにつけまわされてきたせいだ。

食糧を確保するために通りすがりの邑で男に身を売ってきたのも、フェンリルのためでなければ到底耐えきれなかった。自分ひとりのことなら、死んでも進んで男に身を任せるような真似はしない。

「[illegible]」

もう一度、さっきと同じ言葉で謝られ、キースはなぜかこれまで経験したことのない居心地の悪さを覚えた。

†

十ノ月に入ったとたん朝夕に吹く風が冷たくなり、學舎のそこかしこに生えている木々の葉が色づきはじめた。

二年生が主に使っている左翼棟の端にある小さな中庭は、風避けの木犀《もくせい》が香る穴場だ。

陽射しに温められた木製の長椅子《ベンチ》に腰を下ろし、図書室から借りてきた本と格闘していると、半月前まで同じ教室で学んでいた小さな學友たちが、勢いよく駆け寄ってきた。位階は赤位《ロイツ》から銀位《シルヴァ》まで色とりどりだ。

「フェ～ン！」

「なに読んでるの？」

「ポーンて放《ほう》り投げるのやって～」

「肩からポーンて投げるやつ！」

「おれが先」

「僕からだよ」

「ねえ、やって！」

きゃわきゃわとまとわりつく小悪魔たちから本を守りつつ、フェンリルは慣れた調子で答えた。

「だーめー。あれは三歳以上限定。おまえらはまだチビすぎて、もし着地に失敗して怪我でもしたらどうするんだ。俺がおまえらの〝対の絆〟に叱《しか》られるんだぞ」

「えぇー」

「けちー」

「ちょっとくらいいいじゃんかー」

唇を尖《とが》らせ、耳を後ろに倒してぶぅぶぅ文句を言う可愛らしい顔を一瞥して、フェンリルは起《た》ち上がった。この二ヵ月でまた背が伸びたせいで、子どもたちは自分の臍《へそ》のあたりまでしかない。真上を向いて自分を見上げる瞳は、期待に満ちて輝いている。

フェンリルはやれやれと溜息を吐いて本を長椅子に置き、顔を上げた。

「わかったよ。それじゃ『腕につかまってグルグル』ならやってやる」

「やった！　だからフェンって大好き」

フェンリルはさっそく飛びついてきたひとり目を右腕に、ふたりめを左の二の腕につかまらせ、その場でぐるぐると回転しはじめた。

すぐに遠心力でふたりの子どもの身体が斜めになり、「きゃあきゃあ」と楽しそうな歓声が上がる。

十回ほどまわったところで回転をゆるめ、「そら、交替だ」とうながすと、ふたりの子どもはパッと手を離して勢いよく着地した。ひとりは人型を保っていたけれど、ひとりは勢いあまって獣型に変化してしまい、はらりと脱げた制服を友だちが拾い集めて笑っている。

同じことを五回くり返したところで、昼休みの終わりを告げる鐘の音が響きわたり、フェンリルは小さな學友たちと一緒に學舎の中にもどった。

「フェン、午後の授業はなに？」

「俺は礼儀作法」

「れーぎさほーかぁ。フェンはがさつだもんなぁ」

「しょーがないよ。フェンは山奥のひきょー育ちなんだから」

悪気などいっさいなく、親しいからこそ言える軽口に、フェンリルは憤慨するふりをした。

「諸君、我が輩はインペリアルであるぞ。もう少し敬意をだな」

腰に手を当て、礼儀作法のトロラーぺ教授の口調を真似ると、小さな學友たちは「きゃぅきゃう」と鳥の囀《さえず》りみたいな笑い声を上げた。

「おまえら、俺以外のインペリアルにもそんな感じだったのか？」

「ちがうに決まってんじゃん」

「フェンが来るちょっと前に卒業しちゃったリュセラン様は、きれいで気高すぎて気軽に声なんてかけられなかったもんねー」

「うん。でもフェンはそんなことないもんねー」

「ねー」と顔を見合わせて同意し合ったのは、元気な赤位《ロイツ》のふたりだ。

学課の授業は位階に関係なく同じ教室で学ぶので、他位階の聖獣とも交流する機会があるが、聖獣は基本的に同じ位階同士のほうが仲よくなりやすい。

そして赤位《ロイツ》と金位《インペリアル》ほど位階に隔たりがあると、ふつう交流は生まれにくいのだが、フェンリルの場合はなぜかどの位階からも懐かれた。フェンリル自身に先入観がなく、下位であっても気にせず、親しく声をかけたり行動をともにした結果だろう。

「リュセランは様つきで、俺は呼び捨てか？」

「しん愛のじょーってやつだよ！」

「そーそー」と同意した小さな學友たちと一緒に笑ってから、フェンリルは二年生の教室へ、小さな學友たちは一年生の教室がある棟へもどるため、手をふって別れた。

「親愛の情…か」

正直、最初は三つも歳下の子どもたちとどう接していいか戸惑った。けれど、自分がキースにしてもらったように愛情を注げばいいのだと気づいてからは、簡単だった。中にはインペリアルだからと遠巻きにする者もいるけれど、基本的にみんなフェンリルに懐く。自覚はなかったけれど、教授《せんせい》には子どもに好かれる性質《たち》だと言われた。

「君の十分の一でも社交性があれば、キースも楽だろうにねぇ」とぼやいたのはセリムだ。

そのキースはフェンリルとは対照的に、帝都に来てから二ヵ月経った今でも、相変わらず警戒を解かず、ほとんど他人と馴染まず孤高を貫いている。

簡単な日常会話なら通訳なしでもできるようになったのに、積極的に自分から話しかけたりはしない。

離宮に移り住んだ初日には、キースとフェンリルの世話――食事を作ったり運んだり後片づけをしたり、着替えを手伝ったり用事を言いつかったり、話し相手になったり来客に対応したり、掃除や庭の手入れといった諸々《もろもろ》――をするために待ちかまえていた家令、従者、召使い、下僕、料理人といった大勢の人々を「いらない」のひと言で追い払った。

「他人の気配が常にするというのは、最初は確かに大変かもしれませんが、今後のためにどうか慣れてください。それに彼らはとても有能で、あなたたちが嫌がることはしない。放っておいてくれと言えば、放っておいてくれます。宮殿を美しく保ち快適に暮らすには」

「絶対に嫌だ。いらない」

セリムの説得にも耳を貸さず、彼らがいるなら自分はここを出て行くと言い、実際に出て行こうとした。今度ばかりはフェンリルも止められなかった。怪我の療養中、他人の気配がするたびに警戒し、気を張りつめていたのを知っているからだ。

「ここを出て行ってどうするんですか」

低い声で訊ねたセリムにキースはあっさり答えた。

「その辺の森のどこかに塒《ねぐら》を作って暮らす。花や果実は勝手に採らせてもらうから」

セリムが助けを求めるようにフェンリルを見上げる。フェンリルが小さく首を横にふって「説得は無理」と伝えると、溜息を吐いて譲歩してくれた。

「無理強いしても仕方ありません。とりあえず、気持ちがもう少し落ちつくまで好きにしてください。食事はどうします？」

「自分で作る」

「材料は？」

キースが「そこらの森で狩りをする」と言い出す前に、フェンリルが先手を打った。

「場所を教えてくれたら必要な分だけ取りに行く」

「玄関まで届けさせましょう。それくらいは譲歩してください」

フェンリルはキースを見てからうなずいた。

それ以来ふたりだけで暮らしている。別に困ることはないし不便なこともない。セリムは時々、何か言いたそうな顔をするけれど、ぐっと堪えて見守ってくれている。

カイエも「分かるよ。リグもぼくも最初は戸惑ったもの」と理解を示してくれた。リグトゥールは「離宮は広いから掃除が大変だろう」と心配してくれたけど、寝床と食事する場所以外は、特に必要ないからほったらかしだと言うと、「セリムさんが頭を抱える姿が目に浮かぶ」とぼやかれた。

「どうして？」

「セリムさんは、きれい好きだから」

その会話を伝えても、キースは「知るか」と一蹴《いっしゅう》して気にも留めなかった。

他人との関わりは最低限に保ち、自分から歩みよろうとは思いもしない。そんなキースがフェンリルにだけ気を許し、ほがらかに笑う姿は際立った。

セリムやカイエやリグやキリハには『キースのためにも、もう少し心を開くよう、それとなく伝えてくれ。フェンの言うことなら聞くだろう』と頼まれている。

キースが孤立して嫌がらせを受けるのは困る。

だからといって誰彼かまわず愛想をふりまいたり、自分以外と触れ合ったり、肩をならべて歩いたり、仲よくなって一晩中語り明かしたりする姿を想像すると、今度は胃の腑《ふ》のあたりがもやもやと重くなる。

キースに笑顔を向けられたら、誰だって一瞬で胸を射貫かれて大好きになるに決まってる。アルカ邑のデミルなど、一度も笑いかけてもらったことなどないのに、あそこまでキースに執着していた。

「キースが俺以外に笑いかけたら、嫌《や》だなぁ」

というのがフェンリルの本音だ。しかし、セリムたちの忠告が正しいということも分かる。

仲間は必要。特に、この先は魔獣迎撃戦という厳しい闘いが待っている。

そんなことをぐるぐると考えながら離宮に帰りつくと、いつものようにキースが出迎えてくれた。

「お帰り。今日はどんな勉強をした？　変わったことは起きなかったか？　嫌なことや辛《つら》い目に遭ったりしてないか？」

「今日は歴史と国語と遮蔽術、それから礼儀作法。嫌なことも辛いこともない」

毎日おきまりの質問に答えると、今度はキースが何をしていたかフェンリルが訊ね、互いに習った知識を教え合ったり、食べ物の話題で盛り上がったりする。

「エムリスとアレスとバラルとシオンが、うちに遊びに来たいって言ってるんだけど、連れてきたら駄目かな」

食事のあと一緒に湯を使いながら、小さな學友たちの名前を並べて訊ねてみる。

エムリスは長くてまっすぐな黒髪がきれいな翠位《グリューン》の二年生で、フェンリルが遮蔽を覚えるまで根気よく訓練につきあってくれた。同じく二年生のアレスは、艶々した赤毛がしょっちゅう寝癖ではねてる元気な赤位《ロイッ》で、帝国語を覚えるのを助けてくれている。

バラルは好奇心旺盛《おうせい》な三年生の紫位《ヴィオレット》で、フェンリルの生い立ちに興味津々で熱心に話を聞きたがり、お返しに授業では習わない雑多で細々とした情報を教えてくれた。帝都で一番美味しい花菓子屋はどこだとか、夏に水浴びするのにうってつけな穴場はどこだとか。評判のいい宝石細工職人の名や、仕立て屋を呼ぶならどこがいいとか。どうやらバラルの〝対の絆〟はずいぶんな洒落《しゃれ》者らしい。

シオンは少し身体が弱くて同級生とあまり馴染めずにいた銀位《シルヴァ》の一年生。フェンリルが声をかけると、最初は遠慮して教室から出て行ってしまうような引っ込み思案だったが、今では友だちだ。まだ幼いけれどとても聡明で、笑うと花のように可愛らしい。

毎日の会話に何度も出てくる名前なので、キースも彼らの為人《ひととなり》は把握している。

「いいけど」

キースは少し考えてから、素っ気なくうなずいた。相手がフェンリルの友だちの聖獣で、しかも子どもだから仕方ない。そう言いたいのを我慢しているのがありありと分かる。

俺だってキースとずっとふたりきりでいたいよ。でもキースが孤立して金位《インペリアル》ノ騎士として侮られるのは嫌だし、敬意を払われないのも嫌だ。

フェンリルは心の中でそう唱えて、キースの鼻先をぺろりと舐めた。

そして翌日。

予告通り、フェンリルは小さな友だち四名を連れて帰宅した。四名の〝対の絆〟も一緒に訪問したいと申し出たが、丁重にお断りした。適当な理由をフェンリルが思いつく前に、四名はそれぞれ自分の〝対の絆〟に説明していた。

「フェンの〝対の絆〟はちょー人見知りなんだって」

「聖獣だけならってことで、お招きしてもらえたんだ。ごめんね」

「気むずかしいけどやさしい人らしいよ。だから大丈夫。……ちょっとドキドキするけど」

「帰りはフェンが送ってくれるって」

そう言って、心配いらないと言われても心配せずにはいられない騎士たちを、皇宮の敷地境に設けられた門外の待機処に残してきた。彼らはそれぞれ自宅には戻らず、自分の聖獣の心話が届く範囲で時間を潰《つぶ》して待つそうだ。

そのあたりも、キースと自分への信頼がまだまだ圧倒的に足りないせいだと思うと、やはりこのままではいけないなと思う。

「翠位《グリューン》がエムリスで赤位《ロイツ》がアレス、バラルは紫　位《ヴィオレット》でシオンが銀位《シルヴァ》。シオンはちょっと身体が弱いから無理させないでね」

フェンリルが順々に紹介すると、聖獣の雛《ひな》たちは行儀良くお辞儀をしてみせた。

無表情かつ腕組みという態度で彼らを出迎えたキースは、わずかに目を細めて腕組みを解いた。

小さな身体に大きな尻尾、まだ少し垂れ気味の耳という聖獣の雛たちの姿を間近に見ると、さすがの警戒心も揺らいだらしい。

「…よく来たな。好きに遊ぶといい」

そう言って部屋へ引っ込もうとしたキースを引き留めて、森の奥を指さした。

「みんなに、アレを見せていい？」

『アレ』だけでフェンリルの意図を理解したキースは反射的に眉根を寄せた。隠れ処を他人に知られたくないという本能的な反応だ。でも『アレ』は、今はもう自分たちの命を左右するほど重要ではない。それはキースも分かっているのだろう。ひと呼吸置いて「好きにしろ」とうなずいた。そのまま部屋に残ろうとするのをつかまえて手をつなぎ、一緒に歩いて行く。

たどりついた森の奥で、大人三人が両手を広げてようやく抱えられるほどの大木の樹上を示すと、小さな友だちは皆、瞳を輝かせて歓声を上げた。

「すっげー！」

「秘密基地だ！」

「登っていい？」

「中に入ってもいい？」

フェンリルがキースを見ると、雛たちも一斉に期待に満ちた瞳でキースを見つめる。キースがうなずいたとたん、アレスとバラルが獣型に変化してひらりと舞い上がった。エムリスは溜息を吐いてシオンを見る。

「シオンは俺が背負って登るよ」

フェンリルが請け負うとエムリスは安心したようにひとつうなずいて、するすると身軽な手つきで樹上の小屋目指して登りはじめた。エムリスのあとからシオンを背負ったフェンリルが登りはじめると、アレスとバラルが草地に突っ込むように舞い降り、自分たちが脱ぎ捨てた服を一枚一枚口にくわえて、再び樹上に舞い上がる。

樹上に作り上げた小屋に入ってシオンを下ろすと、フェンリルはキースに声をかけた。

「キースも上がっておいでよ！」

背後ではアレスたちが「すげー！　すげー！」と連呼しながら、藤蔓《ふじづる》で作った籠《かご》や行李《こうり》の蓋《ふた》を開け、ずらりと並んだ壺《つぼ》や瓶、そこにつまった乾果や薬草に目を丸くしている。

「オレまで上がったら小屋が壊れるだろ」

「大丈夫だよ。そんな柔《やわ》な造りじゃないし。チビたちは軽いから」

「チビって言うなー」

「ちょっとおれたちよりでかいからって」

獣型から人型にもどったアレスとバラルが、服を着ながらフェンリルの背中に飛び乗ってくる。それを片手でひょいひょいと受け止めながらキースを手招くと、アレスとバラルも下をのぞいて手招きをする。エムリスも、そして怖々《こわごわ》とだがシオンも、顔を出してキースに「上がってきて」と声をかけた。

樹上の小屋から顔を出した雛たちとフェンリルに

手招きされたキースは、腰に手を当てて小さく溜息を吐き、次の瞬間には石竜子《とかげ》のような素早さで一気に登った。

　小屋の中に入ると子どもたちが、あれは何これはどうやって作るのと次々質問してきた。それなのになぜかフェンリルが黙っている。仕方なくキースが答えるうちに、籠の編み方や弓の作り方を教える羽目になった。さらに、薬草の見分け方と効能を説明したり、小屋に常備してある果菓や花菓を皆で食べたりして過ごした。

　最初は憮然《ぶぜん》とした表情で無関心を貫こうとしていたキースも、シオンが短時間で黙々と美しい籠を完成させるのを見て本気で褒め、アレスが即席の弓で三十クルス（約十メートル）も離れた樹の実を射落としたのを手放しで称賛するうちに、聖獣の雛にまで警戒して壁を作るのが馬鹿《ばか》らしくなってきた。

　雛たちの姿はフェンリルの幼いころを思い出させ、どうしても頬がゆるんでしまう。

　シオンを膝に抱えてエムリスに簡単な薬草の調合を教え、バラルが滔々《とうとう》と披露する帝都の噂話《うわさ》に耳を傾けるうちに、話はいつの間にかそれぞれの〝対の絆〟についてに変わっていた。

「おれの〝対の絆〟は画報誌の記者だったんだって。毎年取材して画報に載せてた紫《ヴィオレット》位ノ騎士に、まさか自分がなるなんてって今でもときどき言ってる」

「ぼくの〝対の絆〟はお医者さんだったの。ぼくの身体が少し弱いから、今度は聖獣の医師になるって猛勉強してる。薬草のこととかすごく詳しいんだよ。だからキースと話が合うかも」

　シオンはキースにやってもらった編み込みの出来映えににっこり微笑《ほほえ》みながら、自分の〝対の絆〟がどんなに努力家であるか語り、アレスも自分の〝対の絆〟が好きでたまらないといった表情で明るく笑い飛ばす。

「オレの〝対の絆〟ってば侯爵《フュルスト》の長男だったのに、うっかり赤位《ロイツ》のオレに選ばれちまったもんだから、准男爵《バロンリテージェ》に降格だーって笑ってる。すごくやさしくて物知りで、オレのことが大好きなんだぜ」

「エムリスは？」

黙って皆の話を聞いていた翠位《グリューン》にキースが水を向けると、エムリスは堰《せき》を切ったように自分の〝対の絆〟について語りはじめた。

「アレクは宿屋の息子だったって。まさか自分が聖獣ノ騎士になるなんて夢にも思ってなかったから、剣も槍《やり》も弓もぜんぜん習ったことがなくて苦労してる。でもすごい努力家で、毎日打ち身とかマメとか作って帰ってくるけど弱音なんて吐いたことない。料理が得意で、僕のために毎日花菓を手作りしてくれるし、夜は一緒に寝てくれるんだよ」

「ええー!?　マジかよー。デューイはオレがねだっても駄目だって、絶対寝台に入れてくんないぜ」

「ぼくも、川に落ちて熱を出したときくらいしか、添い寝してもらったことなんてない」

「おれのジュリアンも、寝台は別なのが普通だって言ってる。なんでエムリスんとこだけ一緒に寝てるんだよ」

「知らない。駄目って言われたことなんてない」

「いいな…」

シオンがぽつりと、しみじみつぶやいた。バラルとアレスも大きくうなずいて同意する。そのあとで、四対の瞳が問うようにフェンリルとキースに向けられたので、フェンリルはわざと口をつぐんでキースが答えるよう仕向けた。キースは一度フェンリルを見たあと、子どもたちがなぜそんなことで大騒ぎするのか心底分からないまま、あっさり言いきった。

「オレたちは一緒に寝てる。当たり前だろ」

「えええ——!?　なんで——!?」

さっきより大きな声が樹上小屋に響きわたる。

「なんで…って、冬は温《あった》かいし、何かあったときすぐ気づけるし、離れて寝る理由がない」

当たり前だろうとキースが言うと、アレスが勢いこんで確認してきた。

「フェン、本当に!? フェンもエムリスみたいに、ずっと〝対の絆〟と一緒に寝てたのか!?」

「うん。別々の寝台で寝たことなんて一度もない。逆になんでいけないってことになってるんだ?」

「『騎士ノ心得』に聖獣とは同衾《どうきん》すべからずっていう注意事項があるんだよ。寝返り打ったときに押し潰して怪我させたり、最悪死なせることもあるからって」

『騎士ノ心得』というのは繭卵《たまご》に選ばれ聖獣ノ騎士候補になったとき、証印などと一緒に配られる冊子だ。キースも文字の勉強ついでに一応目は通しているが、今さら添い寝は危険なので止めましょうと言われても手遅れなので、そのあたりは読み飛ばしている。

子どもたちは「そうか」と互いに顔を見合わせた。

「金《インペリアル》位ノ騎士がいいって言ったって言えば」

「だよね」

「添い寝して、寝返りのときに潰される心配なんてもうないしね」

額を寄せ合ってひそひそとささやき合う。

金《インペリアル》位ノ騎士と聖獣にそろって一緒に寝ていると言いきられたことで、自信を持ったらしい。

「キースが、いっしょに寝るなんてあたりまえって言ったって、ウォレスに言っていい?」

おずおずとシオンに確認されて、キースはあまり深く考えず大きくうなずいた。ついでにシオンのやわらかくてさらさらな髪をやさしく撫でてやりながら、小さな聖獣の雛たちが一心に慕い、添い寝をしたがっている〝対の絆〟たちについて考える。

これまで、誰も彼も同じ『信用できない人間』としてひとまとめに拒絶してきた人々。彼らにもそれぞれ大切で守りたい者がいて、誰よりも慕ってくれる存在がいる。

自分と同じ騎士。聖獣が慕う〝対の絆〟。

――オレが思うほど、ひどい人間ばかりじゃない…かもしれない。

天の国《パラディス》から地上に降り立って以来初めて、キースの中で他人に対する考えが揺らいだ瞬間だった。


小さな友だちを敷地の門外で待っていた騎士たちの元へ送り届けてしまうと、離宮の中がいつもよりずっと静かに感じる。

「静かすぎてちょっと寂しいね」

フェンリルがそう言うと、珍しくキースは否定しなかった。

「あいつら騒々しかったからな」

乱暴に評しつつ、表情はやさしく笑ってる。

いつものようにふたりで一緒に湯を使い、身体を洗い合って上がると、寝衣に着替えて同じ寝台にもぐり込む。秋も深まり、共寝の利点が最大限に活《い》かされる季節になってきた。

「騎士…って、いろんな人間がいるんだな」

フェンリルの腕の中で、寝入る前の深い息を吐きながら、キースが独り言のようにつぶやくのが聞こえた。フェンリルはぴくりと耳を傾け、キースの言葉に含まれた真意を探る。キースが他人に興味を持ったのは喜ばしい。けれど、自分的には複雑。

そんなフェンリルの葛藤《かっとう》に気づかず、キースは目を閉じたまま欠伸まじりに続けた。

「さすが、おまえが友だちだって言うだけあって、みんな良い子だったな…」

「キースは、友だちを作らないの？」

思わず訊ねると、

「——…おまえがいれば、他はいらない」

そう返されたとたん、獣型で抱きついて全身を舐めまわしたくなるような喜びに満たされる。

このままじゃいけない。頭では分かっているのに、このままでいたいと思う。

『それは独占欲でキースのためにならない』と注意されているけれど、キースが他人と関わらない分、自分が多くの人と関わり誤解されないよう気を遣えばいいんじゃないか。

幸い自分は、人当たりがよくて人好きがする性質らしいから、キースのためにキースの分まで愛想をふりまくくらい息をするより簡単にできる。

フェンリルはもぞりと身動いで獣型になり、寝息を立てはじめたキースを前肢で抱き寄せた。

キースがやわらかな毛並みの感触に気づいて深い安堵《あんど》の吐息をつき、フェンリルの胸元に深々と顔を埋める。その髪の匂いをかぎながら、フェンリルも目を閉じて眠りについた。

Ⅲ　†　新しい世界

帝国暦一〇一〇年一ノ月朔日。

帝国が新たに得た金位《インペリアル》、フェンリルとキースの披露は、皇帝が主催する新年祝賀の宴《うたげ》で賑々しく執り行われた。

翌月には二重満月が控えているため、宴席の空気はどことなく浮き立っている。

この日、初めて金位《インペリアル》の正装に身を包んだキースは、自分が部屋を出た瞬間から、これまでになく強い視線を向けられていると感じた。

ちらちらと、時には堂々と、自分の姿を追う視線は鬱陶《うっとう》しいが、真新しい軍服は端から思うよりはるかに動きやすく、満足している。

上衣は身体にぴたりと添いながら、剣を使うのを邪魔しないしなやかさがあり、ふくらはぎまである長目の裾《すそ》も、足さばきの邪魔にならない絶妙な裁断と、縫製技術を駆使した作りになっている。

何よりキースが感心し魅入られたのは、襟や袖、肩や裾にほどこされた刺繍や徽章、飾り紐《ひも》の美しさだ。位階を示す飾り紐の数は八本。それだけでも、一本しかない赤位《ロイツ》の軍服に比べると華やかで豪奢に見える。

衣服の着替えだけに使うという部屋で、髪を整え、正規の軍服を身につけた自分の姿を初めて鏡に映して見たとき、なかなか似合うじゃないかと、思わず自画自賛したほどだ。

キースの心の声に、まず賛意を表したのはフェンリルで、自分の服の釦がまだ半分以上留まっていない状態で手を止め、感極まった声を上げた。

「キース、すごい…。すごく似合ってる。すごくきれいだし格好いい！」

艶めいた瞳で熱っぽく褒められて頬が熱くなる。自分などよりフェンリルの方がよほど似合ってる。まぶしいほどに。

キースは照れ隠しに手を伸ばし、フェンリルの釦を嵌《は》めてやりながら褒めてやった。

「フェンもよく似合ってる。學院の制服よりぐっと男前度が増してるぞ」

フェンリルの軍服は普段着と同じように、両脇を小さな釦で留めるようになっている。飾り紐はキースと同じ八本。襟には所属軍団を示す猪《ヴィルトシュヴァイン》と、樫《オーク》の葉を意匠した徽章が燦然と輝いている。樫《オーク》の葉の意匠は帯などにもさりげなく使われて、独特の華やぎを与えている。

生地はほとんど白に見える薄い銀灰色と、黒にかぎりなく近い濃灰色。ごくわずかに金糸が織り込まれているのか、身動ぐたびにきらきらと控えめな光沢が生まれる。

キースは黒髪に合わせるように濃灰色の配分が多く、フェンリルは薄銀灰色の配分が多い。並んで立つと濃淡の対比が美しい。

フェンリルの上衣の裾はキースより短く、膝のすぐ上あたりまでしかない。それが彼の軽やかな身のこなしや、明るい性格によく似合っている。

「本当？」

「ああ。ほら鏡を見てみろ」

横にある姿見を指さしても、フェンリルはじっとキースを見つめたまま、視線を動かそうともしない。

フェンリルの背丈はまだ伸び続けていて、今はもう頭半分以上も差がある。互いに首を曲げなければ視線が合わない。

「フェン？」

「キースの瞳に映った自分を見てる」

熱っぽく言われて、そんな意図はないと分かっているのに誤解しそうになる。

「なんだそりゃ」

小さすぎてよく見えないだろう。動揺を隠すためにわざと呆《あき》れ口調で言い返しながら、視線を外すことができない。最近こんなふうに、フェンリルを見て変に身体が熱くなることがよくある。

なぜなのか、理由を突き詰めることは避けている。そんなことはありえない、あってはいけない。

なにがどういけないのか。自分はいったいフェンリルに何を望み、どうして欲しいのか。気づきたくない事実から目をそらしていれば、自分でも持て余しているこの邪な気持ちも、そのうち消えてくれるはずだ。

内心を悟られないよう平静を取りつくろっていると、突然抱きつかれて、努力が水の泡になる。

「…どうした」

フェンリルの両腕はキースの背中で交叉《こうさ》して余るほど。反対にキースの腕はフェンリルの背中にまわりきらない。

『もっともっと大きくなるよ』

まだ自分と同じくらいの背丈のころ、自信満々に予言していたことを思い出す。あのときは、子ども特有の無邪気な願望だと微笑ましく思うだけだった。今、こうして自分の身体がすっぽりフェンリルの腕の中に収まってしまうと、胸奥から疼《うず》くような甘いしびれが湧き上がり、手足の先までひろがっていく。

愛おしさと、焼けつくような何かに突き動かされて手を伸ばし、背中に左手を添え右手で頭のうしろをぽんぽんと軽く撫でてやると、フェンリルが珍しく苦悩した声を出す。

「……誰にも見せたくない。でも、みんなに自慢したい。俺のキースはこんなにきれいで強くて、最高の〝対の絆〟なんだって」

「オレもだ」とキースがうっかり声を出す前に、脇で着替えを手伝っていたセリムが指先でこめかみを押さえ、呆れたように「はぁ…」と盛大な溜息を吐いた。

「特にあなたたちだけ、というわけでもないので、いい加減慣れてはいますが――〝対の絆〟同士の、臆面《おくめん》もない称賛と独占欲と無自覚な惚気《のろけ》には、ときどき頭痛を感じます」

「頭が痛い？」

「…大丈夫か？」

フェンリルとキースがほとんど同時に声を出すと、セリムは苦笑して手を下ろした。

「冗談です。それより、やはり陛下の見立てに間違いはないですね。キースは元々どことなく品があるから、そうしていると生粋の帝国貴族に見えます」

品があるなどと言われたのは生まれて初めてだが、どう反応していいのか分からないので受け流す。

「俺は？」

「フェンリルも立派ですよ。その軍服に恥じぬ働きを期待しています」

そろそろ広間に参りましょうと言われ、キースは部屋を出ながらセリムに訊ねた。

「陛下の見立てって言ったけど、この服はあの人が作ったのか？」

「私的な場では『あの人』でも構いませんが、公の場では陛下とお呼びください。いつもお教えしているように、礼節は剣と同じく身を守る武器だと心得るように。質問の答えですが、少し違います。陛下は生地の色や大まかな意匠を仕立て屋に伝え、出来映えを確認します」

「どのインペリアルにも？」

「いいえ。ご自分たちで決められる方々には口を出しません。あなたたちのように突然インペリアルという地位に就いて、何かと不慣れで戸惑っている場合だけです」

「自分でも決められるんだ」

「ええ。ですが何もかも自由というわけではありません。細かい規定がありますし、的確に指示を与えないと予想外なものが仕上がってくることもありますから。――もし、どうしても気に入らない部分があるなら、作り直しを依頼することもできますが」

「別に、そういう意味じゃない」

「それはよかった。陛下はそんなことで不敬罪を問うような狭量な方ではありませんが、周囲で目くじらを立てる者もいます」

「めくじら?」

「ささいなことを大袈裟《おおげさ》に言い立てること」

そこでフェンリルが会話に加わった。

「俺は変える必要ないと思う。悔しいけど、陛下はキースが一番きれいに見えるものをよく知ってる。キースとは少ししか会ってないのに…」

セリムは口を開いて何か言いかけ、思い直したように一度閉じ、改めて開いた。

「歳の差と経験の差ですね。フェンリルも人を見る目は鋭い。あと十五年くらい努力すれば、今の陛下のようになれるかもしれませんよ」

生まれ持った美的感覚はどうにもなりませんが…という言葉をセリムが呑み込んだことに、キースは気づいた。他人の真意を察する能力が高いフェンリルは、珍しく気づかなかったらしく「十五年かぁ」などとつぶやいている。

「オレは今のままでもフェンが大好きだぞ」

腕をそっと触れ合わせてささやくと、フェンリルは実に嬉しそうに微笑んでから、より一層強く何かを決意したようだった。

そうこうするうちに離宮を出て金獅子宮《きんじしきゅう》に入った。

大広間に近づくにつれて人の数が増えてくる。

皆、キースとフェンリルを見て目を瞠り、自然に道を空けて礼をする。深いお辞儀から軽い目礼まで、さまざまな敬礼を受けながら歩くという不慣れな事態に、キースはあまり動じなかった。フェンリルも一見落ちついているように見えたものの、尻尾の先端がゆらゆらと忙《せわ》しなく揺れてしまい、内心の動揺をかくしきれないでいる。

獅子宮の入り口から広間に至る大廊下には、場慣れした雰囲気の男たちがそこかしこで群れを作り、キースとフェンリルが近くを通りかかるたびに、葉擦れのようなささやきが起こる。

「おいおい見ろよ、すごい美人だ」

「へえ。聖獣なら美貌《びぼう》も珍しくないが」

「騎士で女と見紛うほどのは、珍しいな」

「いやいや、女じゃあの色気は出せない」

「なんだ貴公、一目惚《ぼ》れか？」

「騎士を口説き落とすのは手強いぞ」

服装からすると騎士ではなく政関係の貴族らしい。小さく口笛を吹いて注意を惹こうとした男たちを、キースはきっぱり無視して通り過ぎたのに、フェンリルがわざわざふり向いてにらみつけた。

とたんに小さな笑いが弾《はじ》ける。

「ほらみろ。聖獣ノ騎士を口説くなら〝対の絆〟の許可を得なきゃな」

「聖獣の方も、まだ子どもなのに一人前にやきもち焼いてるぞ。可愛いものだ」

大人の余裕ぶった負け惜しみに、フェンリルがキースにだけ聞こえる小声で反論した。

「子どもじゃない。大駆獣型《たいくじゅうけい》に変化できるようになったら、もう成獣《おとな》だ」

「放っておけ。ああいう人間はどこにでもいる」

大扉から広間に入ると一気に人と聖獣の数が増え、キースとフェンリルはますます注目の的となった。耳のいいふたりには彼らのささやきがよく聞こえる。

「あれが噂の『突然発見された金位《インペリアル》』か」

「半年前まで未開の奥地にいたらしい」

「未開の奥地ってなんだ。帝国領土にそんな場所あったか？」

「北西部の山岳地帯だろう。レンスターとの国境沿いは、断崖《だんがい》と手つかずの深い森が延々と続いてる」

「辺境育ちというと、キリハ様を思い出すな」

そこで小さな笑いが起きたが、質の悪いものではないようだ。皆の表情には慕わしさと敬意が浮かんでいる。

「キース、フェンリル。こちらへ。陛下が君たちを皆に紹介してくださる」

セリムに呼ばれ人波を縫って奥へ進むと、少しずつ人の数が減って空間に余裕が出てくる。入り口の近くは赤《ロイツ》位や琥珀《ベルンシュタイン》位といった下位が多く、奥に進むにつれ青《ブラウ》位、紫《ヴィオレット》位と位階が上がり、最奥部には銀《シルヴァ》位と金《インペリアル》位しかいなくなる。銀《シルヴァ》位は百対近くいるが、金《インペリアル》位は現役を引退したグラディスを含めても八騎。フェンリルを加えても九騎しかいない。

「全部で九騎？　少ないな」

他の位階に比べると驚くほど少ない。キースのつぶやきにセリムが苦笑する。

「九騎もいるなんて壮観じゃありませんか。帝国の歴史上、三百年ぶりの快挙ですよ」

しみじみとしたセリムの言葉を、背後から近づいてきた皇帝ヴァルクートが引き継いだ。

「全盛期は戦闘可能な金《インペリアル》位が常時二十騎近くいたというからな。それに比べればまだまだだが」

「陛下」

「セリム、案内ご苦労。キース、フェンリル、よく来てくれた。さっそく皆を紹介しよう」

ヴァルクートはキースとフェンリルの真新しい軍服姿に満足そうな笑みを浮かべると、初対面となるインペリアルたちを紹介しはじめた。

「叔父のラドニア公ライオス殿とグラディス。三年前に現役を引退されて、今は郊外の保養地で悠々自適な毎日を過ごされている」

ラドニア公は、老いてなお往時の勇猛さが容易に想像できる立派な体格と立派な髭《ひげ》の持ち主で、グラディスは目元や髪の艶に老いの影が差しているものの、真っ直ぐに切りそろえた長い金髪が印象的な聖獣だ。

「私の甥《おい》にあたる、ラインハイム公ギルレレリウスとリュセラン。リュセランはフェンリルと同い年だ。話が合う…かどうかは分からないが、まあ仲よくしなさい」

　ギルレリウスは黒、リュセランは白い軍服で、寄り添いならび立つ姿は連理の枝のようにしっくりと収まっている。

「君がリュセラン？　噂通り、すごくきれいだ」

　同い年と言われたからか仲よくしろと言われて気安くなったのか、フェンリルがさっそく声をかける。花の精かと見紛う美しさのリュセランに微笑みかけるフェンリルを見て、キースの胸に薄刃で削《そ》がれたような痛みが走った。

　リュセランは澄ました表情のまま、銀色のけぶるような睫毛《まつげ》でパチリと瞬《まばた》き、フェンリルを見上げる。

「噂？」

「うん。學院で、小さい友だちからたくさん聞かされた。帝都一きれいな聖獣で、下級生みんなの憧《あこが》れだって」

「ふうん」

　リュセランは美貌など褒められ慣れているのか、特に目立った反応もなくさらりと受け流す。

　フェンリルの尻尾が興味を示してしきりに揺れているのを、キースは落ちつかない気持ちで見守る。

　フェンリルはこういう儚《はかな》げなのが好みなのか。

　リュセランの長い睫毛は髪と同じ白銀。仕草のひとつひとつが儚げで、華奢な身体つきと相まって、触れただけで命を落としかねない薄羽蝶《うすばちょう》のようだ。

「そんな細くて、魔獣と戦えるのか？」

　正直な疑問だが、内心の焦りが加わったせいか少し意地悪い訊き方になる。

　とたんに、それまで無言でリュセランに寄り添っていたラインハイム公ギルレレリウスに鋭い視線でにらまれた。わずかな目の動きひとつに、己の〝対の絆〟への圧倒的な信頼と愛情、そして侮辱者に対する無言の抗議と無知への蔑《さげす》みが込められ、物理的な圧迫感となって押し寄せてくる。

キースは我に返り、急いで己の非を詫びた。

「――…っ、悪かった。侮《あなど》ったつもりはない。同い年なのに、オレのフェンとあまりに体格がちがうから、心配というか疑問に思っただけだ」

自分も、フェンリルを見た目だけで判断され、未熟そうだとか、勇み足で大丈夫かなどと言われれば腹が立つ。ギルレリウスが怒るのも無理はない。

「すまない。悪気はなかった」

キースが重ねて謝ると、ギルレリウスの視線が何かを思い出したようにふ…っとそれて、凍りつきそうだったその場の空気が和らいだ。

やり取りを見守っていた皇帝がギルレリウスを見つめ、ギルレリウスも皇帝を見つめ返す。そして、視線だけで意思の疎通ができた証《あかし》に小さくうなずき合う。そこに、長年にわたるつき合いの深さを見た気がして、少し居心地が悪くなった。そんなキースをさりげなく観察しながら皇帝は紹介を続けた。

「リグトゥールとカイエとはもう懇意だな。そのとなりが、エディン・レハールとイングラム」

エディンは人のよさそうな小柄な青年で、イングラムはそれとは対照的に、堂々とした体軀《たいく》と豪奢きわまりない波打つ金色の髪をなびかせた偉丈夫だ。

「リオン・カムニアックとアルティオ」

リオンはこれといって特徴のない、一度視線を外したら思い出せなくなりそうな地味な顔立ちの、どこか気弱そうな青年だ。反対に、アルティオは癖のない白金の髪と冴《さ》え冴《ざ》えとした氷青の瞳のせいで、誇り高く冷徹に見える。

「ロスタム・ロマイラとアインハルト」

ロスタムはアルカ邑の住人とよく似た褐色の肌、細くてもよく鍛えられた身体つきをしており、陽気な質らしくにこにこと笑顔を絶やさない。アインハルトは少し癖のある赤味の強い金髪と赤みがかった金色の瞳が印象的な、大柄で明るい表情の聖獣だ。

「ラウル・カンテとルディアス」

ラウルは短く切りそろえた濃い栗色《くりいろ》の髪と、翠の瞳の持ち主。ルディアスは蜜のような金色の髪に、あざやかな空色の瞳が映える快活そうな聖獣だ。

現在、生存しているすべての金位《インペリアル》の紹介が終わると、皇帝ヴァルクートはキースとフェンリルを螺旋《らせん》階段の踊り場へと誘った。

広間を埋め尽くす騎士と聖獣、そして貴族たちをさらりと見下ろし「諸君」とひと言発しただけで、それまで歓談のざわめきに満ちていた広間があっという間に静まり、注目が集まる。

「今宵《こよい》は新年の祝祭に相応《ふさわ》しい、新たな喜びを諸君に披露できることを嬉しく思う」

皇帝はそう前置きして、キースとフェンリルを自分の横に立たせた。

「すでに噂を聞きおよんでいる者も多いと思うが、我が帝国はこのたび、新たな金位《インペリアル》の一対を得た。聖獣ノ騎士キースとインペリアル・フェンリルだ」

おお…とどよめきが走り、大きな拍手が起きる。


騎士の中には義務感で手を叩いている者もいるようだが、聖獣たちは間違いなく皆、喜んでいる。

インペリアルだというだけで無条件に歓迎される状況に、キースは戸惑い、こっそりフェンリルの表情をうかがった。フェンリルは時々耳を前後に動かしてはいるけれど、思ったよりも落ちついて、興味深そうに広間の隅々までながめている。尻尾は興奮を示して起ち上がり気味だ。

ヴァルクートは簡単に、ふたりが突然現れた経緯を語り、最後に軽く拳《こぶし》をふり上げて鼓舞するように告げた。

「ふたりには再来月の魔獣迎撃戦から参戦してもらう。経緯が経緯だから司令官就任はまだ先になるが、第六軍団の諸君は新たなインペリアルを戴《いただ》けることを誇りに思え」

「おお！」とひときわ大きな声で拳を上げたのが、おそらく第六軍団所属の騎士と聖獣たちだろう。

ヴァルクートが一歩うしろへ退くと、キースとフエンリルが前面に立つことになる。キースは自分がどうふるまえばいいのか、知識としては仕込まれているものの気持ちがついてこない。ヴァルクートがいとも簡単に作り上げた熱気の中で立ち尽くしていると、フェンリルがわずかに身を乗り出して、彼らの歓呼に応えた。行き場を失いかけていた熱意と敬意を、フェンリルはたくみに集め直して皆の期待にうまく対応している。

堂々として落ちついたその態度に、誇らしさで胸がざわめく。

――フェンは本当に、日々ものすごい速さで成長している。それに比べてオレは…。こんな調子じゃ、あっという間に追い越されてしまう。身体だけでなく心も、なにもかも……。

『キースもほら、手をふって。軽くでいいから』

心話でうながされ、力づけるよう腰にまわされて、キースはぎこちなく手を上げた。そのまま、フェンリルにならって広間を端から端まで一瞥したところで、ヴァルクートと共に踊り場を離れた。

「フェンリルは軍団を率いる司令官としての適性があるな。皆の気持ちをつかむのがうまい」

ヴァルクートに褒められて、フェンリルの尻尾が得意気に揺れる。自分が褒められたわけでもないのに誇らしい。フェンリルが評価されると、キースは自分のことのように嬉しくなってしまう。

「キースは？」

よせばいいのに、フェンリルがヴァルクートに訊ねる。ヴァルクートは一瞬、助けを求めるように傍らのキリハを見てから苦笑気味に答えた。

「キースはまだ、一匹狼《おおかみ》だな」

それ以上は何も語らず階段を降りきると、待ちかまえていた人の輪に進んで融け込んでしまう。

一匹狼と評されたキースはフェンリルを見上げ、次に広間に集う大勢の騎士と聖獣たちをながめた。これだけ多くの人間と聖獣がいるのに、その中に心を許せる相手が誰ひとりいないことについて、そしてフェンリル以外はどうでもいいと思っている自分の歪《いびつ》さについて、少しは考えてみようと思った。

†

帝国暦一〇一〇年二ノ月。二重満月の祝祭期間。

聖獣たちにとって、十一ヵ月に一度のお楽しみである花蜜菓子品評会の会場で、開催の祝辞を述べるキリハをカイエと一緒に見守っていたリグトゥールは、皇帝に手招きされてさりげなく近づいた。

「どうだ、キースの様子は？」

自分にしか聞こえない小声で訊ねられたので、リグトゥールも小声で答える。

「相変わらずです。自分のことはいっさいしゃべりません。私の剣の腕は認めてくれているようなのですが、武術訓練の話題以外は、どう話しかけても嫌そうな顔をされるか、聞こえないふりで無視されてしまいます。いったいどうしたら会話が弾むのか、……難しいですね」

皇帝は親指と人差し指で軽く顎を支え「ふむ」と考え込んでから、端的な解決策を示した。

「我が身に置き換えてみることだ。周囲の人間すべてを疑っている状況のとき、なんのためだったら自分が動くか」

皇帝の視線は、原稿も見ず生き生きと品評会の開催を言祝《ことほ》いでいるキリハに据えられている。リグトゥールはちらりと斜め後方に立つ自分の〝対の絆〟の巻毛を視界に入れてから、

「――なるほど」

皇帝の示唆に大きくうなずいた。

†

「キース、よければうちに寄っていかないか」

中央円蓋で飛空訓練と剣の稽古を行ったあと、歩調を合わせることなくリグトゥールから離れようと

したキースは、声にふり向いたフェンリルにつられる形で足を止めた。眉根を寄せ、迷惑だと分かる表情でリグトゥールを流し見る。

「今日は、帰ったら花菓子を作る予定なんだ。フェンリルが前から食べてみたいと言ってると、カイエから聞いた。よければ招待したい」

「……――」

断ろうと口を開く前に、フェンリルが尻尾を期待に膨らませて即答してしまう。

『行く！　行きたい！』

フェンリルの声をカイエから教えられたのだろう、リグトゥールは小さくうなずくと、改めてキースを見た。

「フェンリルは来たいそうだが、君は？」

フェンの目的は花菓子だろうか、それともカイエだろうか。とっさにそう考えてしまった自分にうんざりしながら、キースはフェンリルの首筋を強くもみ上げて「わかった」と答えるしかなかった。


リグトゥールとカイエが暮らしている金緑宮《きんりょくきゅう》は、彼らの人柄をそのまま映したように、温かく誠実で明るい光に満ちていた。

自分たちが暮らしている離宮が、全体的にうっすらと埃《ほこり》が目立つようになっているのとは対照的に、どこもかしこもぴかぴかに磨き上げられ、清潔でいい匂いがする。

人型に変化したフェンリルとキースを出迎えた召使いたちは影のように静かで、軽やかに動きまわりながら、所作の端々に主《あるじ》たちへの敬愛がにじみ出ていた。特にカイエを見守る目はどの召使いもやさしく慈しみに満ちていて、カイエも彼らに気さくに声をかけたり、笑顔で礼を言ったりしている。

人間不信のキースの目にも、彼らの関係が良好で、互いに信頼し合っているように映る。同時に、帝都で暮らしはじめてから頻繁に感じるようになった、居心地の悪さに襲われた。

特に、フェンリルがなんの抵抗もなくすんなりと新しい輪の中に入っていくのを見ると、自分だけが取り残されたような、意地を張っているような複雑な気分になる。

最初に会ったときから気づいてはいたが、カイエは本当に心やさしく思い遣《や》りのある聖獣で、普通にしていてもきれいだが、笑顔がすこぶる魅力的だ。人型になってフェンリルと並び立つ姿は、生まれたときから親友同士のように馴染んで見える。

――リュセランにも興味津々だったけど、考えてみたらカイエにも最初から懐いていたよな…。

どうやらフェンリルは面食いのようだ。聖獣は雄しかいないらしいので、恋仲になるとしたら同性同士ということになる。

フェンリルが他の聖獣に興味を示し、親しく言葉を交わす姿を見るたびに、そんなことを考えてしまう自分はどうかしている。

――いや、これは育ての親として当然の心配だ。

フェンが変な相手に引っかからないように…。

心の中で言い訳しながら、それが単なる建前にすぎないことも自分が一番よくわかっている。

「キースは確か、食事は自分たちで作っているんだったな」

「ああ」と上の空で答え、それだけだと素っ気なさすぎる気がして少しつけ足した。

「フェンリルは細かいことが苦手だから、料理は主にオレが」

「そうか。それなら厨房《ちゅうぼう》で一緒に作ってみないか？　花菓子と蜜菓子。簡単なものだけど覚えてフェンリルに作ってやったら喜ぶと思う」

キースはとなりに立っているフェンリルを見た。顔全体に「キースの手作り、食べたい！」と大書されている。視線をリグトゥールにもどしてうなずき、彼のあとについて厨房へ行く。

厨房は自分のところと似た造りだったが、立ち働いている人の数と活気が段違いだった。夕食にはまだ少し時間があるのに、もう下準備に入っている。

料理人たちはリグトゥールが姿を現すと慣れた様子で場所を空け、作業台にいくつかの材料を置くとあとは少し離れてそれぞれの作業にもどった。

流れる水のようにあざやかな動きと、いちいち言葉にしなくても通じている様子が見事だ。

「キース、ここへ」

「フェンリルはカイエと一緒にそこに座って」

キースは仲よく並んで腰を下ろしたふたりをちらりと流し見てから、リグトゥールの指示に従って上衣を脱ぎ、腕をまくり上げて手を洗った。そうして彼のとなりに立つ。

「作り方は簡単。材料を混ぜて固めるだけ。固め方は好みで、焼く、冷やす、乾かすなど。今日は軽く焼いてみよう」

リグトゥールは材料と分量を説明しながら手本を見せ、キースはそれを真似た。真似しながら、驚くほど種類の多い蜜や糖類、乾花粉、大きなものから砂粒ほど細かくきざんだものまで様々な乾果、不思議な甘い香りの粉や液体など、初めて目にするものの使い方と名前を一生懸命覚えた。どれもフェンリルが喜びそうなものばかりだからだ。

キースたちの離宮に毎日届けられる食材は、基本的に生花と蜜と生の果実、そして野菜と肉だけ。初日に見たことのない、使い方も分からない食材や調味料がごちゃごちゃとたくさん届けられたが、慣れたものだけ受けとって他は突き返したせいだ。

そのことを少し後悔しながら、器に入れた材料を手で捏《こ》ね、小さく千切って丸め、それを蜜に絡めてさらに粉の中をくぐらせ、鉄板の上にならべた。

キースとリグトゥールが作業をしている間、フェンリルとカイエはおしゃべりを楽しんでいたようだ。

「それで、ぼくはそのとき生まれて初めて蜜漬けの桜桃《さくらんぼ》を食べたんだ。すごく甘くて、切なくて…」

ときどき聞こえてくる内容は、どうやらカイエとリグトゥールの馴れ初めらしい。次に聞こえてきたのは食べ物の話題だ。

「俺も子どものころは、よく腹を壊してキースを心配させてた。食べ過ぎってのもあるんだけど、微妙に身体に合わないのとか、気づかず食べてて」

「うん。そういうのって辛いよね。ぼくもよくお腹壊したっけ」

フェンリルがよく腹を壊して吐いたり下痢したり熱を出したりしたのは、キースが与えた初食が最悪だったせいで、体質が弱くなっていたからだ。

カイエもそれと同じ目に遭ったのだろうか。リグトゥールの有能ぶりを見ると、とても想像できない。

キースはちらりとリグトゥールを見た。

「――あんたも、初食を間違ったのか？」

若干の仲間意識を感じかけながら小声で訊ねると、リグトゥールは軽く目を瞠って驚いた。そして彼が答える前にカイエが訂正する。

「ちがうよ。リグじゃなくて、リグの前にぼくの〝対の絆〟だった人が…ちょっとね」

――どういう意味だ？

キースの疑問はそのまま伝わったらしい。リグトゥールは何か考え込む表情で鉄板を窯に入れると、「話はお茶を飲みながら、どうかな？」と誘ってきた。相手の思惑に嵌まりまくっているのを自覚しながら、キースは好奇心に負けてうなずいた。

いくらも経たないうちにいい匂いが漂いはじめる。

「香茶、葉茶、豆茶、果実茶、花茶。どれにする」

棚にずらりとならんだ陶器の容《い》れ物《もの》を指さされ、答えにつまる。代わりにフェンリルが慣れた調子で答えた。

「俺は葡萄《ぶどう》と林檎の花果茶《かか》。キースはたぶん、黒豆茶とかが好きだと思う」

「……」

本当にフェンリルはいつの間に、こんなにもこちらの生活に馴染んだのか。

すぐに焼き上がった菓子をリグトゥールが手早く冷まして皿に盛り、カイエが茶器の用意をする。

それから皆で厨房にほど近い場所に建っている張り出し温室に運び、そこで歓談しながら試食の運びとなった。

外は冬枯れの雪景色だが、温室の中は瑞々しい緑にあふれている。

茶杯の底が見えないほど濃い色の黒豆茶は、香ばしい香りと苦さの中にある甘さと後味の良さに、ついお代わりしたくなる代物だった。

フェンは本当にオレの好みをよく把握してる…。

感心しつつ自分はどうなのかと思い返すと、帝都《ここ》に来てから誰とも親しく関わろうとせず、不信の目で相手を見るばかりで少しも変化していない。

フェンリルは大勢の人や聖獣と交わり、どんどん成長しているのに。

「――…」

ここへきて初めて、キースは自分が情けないと感じた。アルカ邑という小さな集団の中で関わった人間が、ろくでもない連中ばかりだったからといって、すべての人間がろくでもないというわけじゃない。

――分かってる。それはもう分かってる。セリムはずけずけものを言うし、計算高いところもあるけど、土台の部分が誠実で正直だ。皇帝は二、三度会っただけで度量の大きさと底知れない魅力があると分かる。カイエはやさしくて思いやりがあって、おっとりして見えるのに、芯《しん》は強くてしっかりしてる。

そしてリグトゥールは、ずっと変わらない態度で接してくれている。

オレが無視しても、冷たくあしらっても変わらない。気分にムラがなくて安定してる。ひとが嫌がることはしないし、悪口も言わない。気晴らしのために他人を傷つけるような下劣な人間とは、対極の位置にいる。

――こんな人間も、この世にはいるんだな…。

それでもまだ、信じていいかどうかの判断はつかない。物心ついてからフェンリルを得るまで、誰も信じたことがなかったから。人を信じるということが、よく分からなくなっているせいかもしれない。

キースの溜息に気づいたリグトゥールが、

「口に合わなかったかな」

と軽い口調で水を向ける。本気で心配していると いうより、会話の火口《ほくち》にしただけのようだ。

「いや…美味いよ」

正直に答えて口に放り込むと、なぜか笑われた。

「なに？」

「本当に甘党なんだなと思って」

キースは手に持った蜜菓子を見た。

「あんたは食べないのか？」

フェンリルとカイエはさっきから、皿の菓子を山分けして黙々と食べているのに、作った当人はひとつも摘んでない。

「聖獣用の花菓子や蜜菓子は、俺には甘すぎる」

「ふうん。けっこうイケるのに」

そういえばセリムも確かそんなことを言ってたな。

「それよりさっきの話だが」

「さっきの？　…ああ、カイエが言ってた『リグの前に〝対の絆〟だった人』ってどういう意味だ？」

〝対の絆〟は片方が命を落とすと九割九分、残された方もあとを追うように死ぬという。積極的に自死を選ばなくても、ほとんどが亡くした最愛の者を弔いながら、水も食事も取らず衰弱して死に至る。

そこを生き延びて、新しい聖獣なり騎士なりと誓約を交わせる者はごくわずか。総数百万対《つい》に対して、年に数件ほどだと教わった。

「その数件のひとつが俺とカイエだ。カイエは元々俺が繭卵《たまご》を見つけて選定を受けた。けれど大規模な窃盗密輸組織に目をつけられ、盗まれてしまった」

「繭卵を⁉」

「そうだ」

思いもしなかった話の内容に、キースは驚いて身体ごとリグトゥールに向き合った。

繭卵を奪われる。その一点を我が身に置き換えただけで、鳩尾《みぞおち》のあたりが搾られるように痛くなり、怒りと喪失感で狂いそうになる。

他人事《ひと》ではないからだ。

「オレも、フェンを奪われそうになったことがある。孵化して半年しか経ってないときだ」

今度はリグトゥールが驚いて顔を歪《ゆが》める番だった。

「怪我はしなかったのか？　フェンリルも、君も」

「……――オレは、たいしたことない。けれどフェンは……、今思うと、たぶんあのときのことが原因で心話が使えなくなったんだと思う。オレが『目を閉じて耳をふさげ。何も聞くな、見るな』って言ったから。そんなつもりはなかったけど、偶然それが〝束縛の令〟になったんだと」

〝束縛の令〟は、騎士が独特の声と意思の力によって聖獣を強制的に制御する技術のことだ。キースはそれを知らずに使ってしまった。

あのとき油断してフェンリルを奪われかけた恐怖と屈辱は、今でも思い出すと身が凍る。

そこで少し我に返り、リグトゥールの話にもどした。

「それで、あんたはどうなったんだ？」

「俺は、騎士候補の身分を剝奪《はくだつ》されて、藺卵窃盗の容疑者に仕立て上げられ、ついでに殺されかけた。なんとか生き延びたけれど、誰を信じたらいいのか難しい状況で、必死に藺卵を探し続けた」

「――それは……なかなか厳しいな」

予想以上にひどい状況に、キースは言葉を失った。

「ああ。藺卵を奪われた者の気持ちなど誰にも分からないのだと絶望して、我ながら荒《すさ》んでいた。そんなとき、俺を信じて、救いの手を差し伸べてくれたのが皇帝陛下だ」

「皇帝…」

あの人か。それは、納得できる。

「直接ではないけれど人伝《ひとづて》に俺のことを知って『胸を痛めている』と教えられて、涙が出るほど嬉しかった。ようやく信じてもらえたと。――これは、君だから教えることだから、他言無用で頼むが」

リグトゥールはそう前置きし、キースがうなずくのを待って話を続けた。

「俺もあとになって知ったんだが、陛下も、選定を受けた繭卵を他人に奪われたことがあるそうだ」

「誰に!?」

驚いて思わず起ち上がりかけたキースを、リグトゥールは手で制して小さく首を横にふった。

「さすがにそこまでは分からない。政治的な問題が複雑に絡み合った結果らしい。陛下が即位される以前は、そういったことが少なからずあったらしい」

「政治的…」

キースからは最も縁遠い世界だ。そして、繭卵の意思も騎士の気持ちも無視して行われてきたという蛮行に、胃の腑が焼き切れるような怒りと呆れが湧き上がる。そして同時に、同志を得たという奇妙な連帯感と、そんな目に遭ってなお、人として大きな器と度量を保っている男たちへの敬意が芽生えた。

——それにくらべて自分は…。

他者を拒絶するばかりで、誰の助けにも力にもなっていない。このままで本当にいいのか？

己を省みて、焦りにも似た気持ちを持て余していると、「キースは？」と訊ねられて顔を上げた。

そして嫌がらずに、自分たちのことを語った。

「オレは、やつらが欲しがってるものを差し出して、油断させて、その隙に網を喰い破ったフェンを連れて逃げ出した。そのあとはずっと森で逃亡生活。四年隠れ住んだけど最後は追いつめられて、フェンの翼を頼って崖《がけ》から飛び降りて、なんとか逃げ延びることができた」

「キースはあのとき、自分を囮《おとり》にして俺だけ逃がそうとしたんだ。ひどいだろ」

話に割って入って同意を求めるフェンリルに、カイエはうなずいたけれど、リグトゥールは迷うように首をふった。

「キースの気持ちはよく分かる。たぶん俺も同じ状況だったら、同じ選択をしただろう」

「させない」

間髪入れずにカイエが訂正する。いつものふんわりとしたやわらかさを、揺るぎない強さに変えて。

リグトゥールは手を伸ばし、カイエの髪を愛おしげに撫でながら言い方を変えた。

「キースの立場だったら、だ。若くて、聖獣のことも騎士のことも〝対の絆〟がどういうものかも知らず、自分が死んだら、命がけで救おうとした最愛の存在が、間違いなく自分のあとを追って死ぬだろうなどとは、思いもしない状況の場合だ」

カイエはリグトゥールの言葉を咬み砕いて味わうように、耳をぴくぴく動かしながら小首を傾げた。

キースは目が覚めたような思いで、黒髪の男を見つめ直した。

リグトゥールに「キースの気持ちはよく分かる」と言ってもらった瞬間、自分の中で何かが変わった。

まるで豊かに湧き出す温泉の湧出口に胸を当てたように、温かなものが流れ込んでくる。同時に、自分の中から何かが流れ出し、それがリグトゥールやカイエに受け入れられた気がする。

これまでフェンリルにしか感じたことのなかったもの。

――これが、心を開くということなのか…。

相手が自分を傷つけたり、騙《だま》したり、自分の大切なものを奪ったりする恐れがないと信じられる。

リグは無闇《むやみ》やたらに他人を傷つける人間じゃない。

自分が傷ついたことがあるから。

大切なものを奪われる痛みを知っているから。

相手が自分を理解し、自分も相手を受け入れた状態で目にした世界は、これまでとはまるで違う。

すべてがやわらかな光に縁取られ、輝いて見える。

リグトゥールの顔、目尻の皺や、額に落ちかかる髪の一本一本にまで、彼の本質が宿っているように、やさしく強く凛としている。

カイエは神々しいほど美しく、キースが味わってきた痛みや苦しみを我がことのように感じ、深い部分で同情しているのが分かる。

　文字通り同じ感情を分け合える。理解してくれる。そして、慰めの手を差し伸べようとしてくれている。これまでもずっとそうしてくれていたのに、キースが心を閉ざしていたせいで見えなかっただけ。気づかなかっただけだ。

　そしてフェンリル。

　キースは改めて自分の〝対の絆〟を見つめた。

「フェン…」

　瞳が合った瞬間、フェンリルは腕を伸ばしてキースの肩を抱き寄せた。そして内緒話のように心話が流れ込んでくる。

『リグとカイエのこと、見直したんだ』

「ああ」

　少し照れくさい気持ちになりながら、にこりと微笑むと、フェンリルはなぜか見たことのない複雑な表情で小さく溜息を吐いた。

Ⅳ † 大人の事情、子どもの情熱

その夜キースは夢を見た。

　初めてフェンリル以外に心を開いたせいか、それともリグトゥールが勧めてくれた秘蔵の果実酒が思いの外《ほか》美味くて飲み過ぎたせいか。これまで見ないふり気づかないふりで蓋をしてきた心の奥底の願望が、あられもないあざやかさで目の前に広がる。

　夢の中でキースは、逞しいフェンリルに荒々しく組み敷かれていた。そのことにぞくぞくするほど興奮して、性器が痛いほど張りつめる。

　空気を求めて喘《あえ》いだ胸に、フェンリルの厚い胸板が重なって押し潰されそうになる。その息苦しさすら気持ちいい。

　そのまま背中をすくい上げるように強く抱きしめられて陶然となる。フェンリルの肌にこすられて硬く凝《しこ》った乳首を噛《か》んで欲しい。願いは口に出す前に伝わり叶《かな》えられる。夢の中でキースはあられもない嬌声《きょうせい》を上げた。そのまま両脚をはしたないほど割り拡《ひろ》げられて、後孔《こうこう》のすぼまりがうるんだように熱くなった。

挿《い》れて欲しい。雄々しいもので貫いたまま獣になって、大きな舌で全身を舐めて欲しい。

次々に湧き上がるあさましい願いは、口にする前に叶えられる。夢の中のフェンリルは少し乱暴なくらい強引で、それでいて蜜のように甘くキースを翻弄《ほんろう》してゆく。

後孔に覚えのある圧迫感と充溢《じゅういつ》感が広がって、それがフェンリルのものだと思うとたまらなくなり、あまりの気持ちよさに気を失った。

夢の中で意識を失って、現実の世界で目を覚ます。キースは皓々《こうこう》と射し込むふたつの月明かりの中で、呆然と目を開けた。

「……」

胸板を押し潰す圧迫感の正体は、フェンリルの前肢だった。月明かりを受けて白銀に輝く体毛につつまれた太い前肢が、自分の呼吸に合わせて目の前でゆるく上下している。

もう一方の前肢に顎をのせ、ぐぅすぅと健やかな寝息を立てているフェンリルの無垢《むく》な寝顔を見たとたん、かつてない自己嫌悪と羞恥《しゅうち》に襲われて身悶《みもだ》えた。そして下着の濡《ぬ》れた感触に気づいて居たたまれなくなる。そのまま横たわっていることなどできなくて身を起こし、寝台を降りた。床に入るのが遅かったせいか、フェンリルはぐっすり眠っている。

キースは隣の部屋で下着を替え、そのまま窓を開けて露台に出た。冬の間は防寒と風避けのため厚い玻璃《はり》で覆われた露台は、皓々と輝く月明かりを受けて河底のように青くゆらめいている。

リグのところで飲んだ酒がまだ残っているのか、足元が少しふらつく。水底のような床を横切って分厚い玻璃の扉を開けると、真冬の夜の冷気がどっと押し寄せてくる。薄い部屋着一枚ではたちまち凍えてしまいそうだが、キースはかまわず部屋履きのまま雪が積もった庭に降りた。

邪な劣情で火照った身体を冷やすには、このくらい寒い方がいい。腕を組んで寒さを堪えながら空を見上げて大きく息を吐くと、こんもりと白い塊が酒の匂いと一緒に空に昇って溶けていく。

これまで何度も男に抱かれたことはあるけれど、自分から進んでしたいと思ったことなどない。もちろん刺激を受ければ身体は反応する。動物的な快感を得ることもあった。けれどそれは単なる排泄《はいせつ》行為に過ぎなくて、終わってしまえば薄ら寒いほど味気ない行為だった。

それなのに——。

さっき見た夢の中で、自分はあさましいほど快感に喘いでいた。よりにもよって、フェンリル相手に。

「信じられない…」

思わず頭を抱えてしゃがみこむ。夢の行為を反芻《はんすう》しかけただけで、下腹部が再びじわりと熱を持って疼きはじめたからだ。

——いったいオレはどうしてしまったんだ…。

あんな夢を見るのはフェンリルに対する冒瀆《ぼうとく》だ。申し訳ないと思う端から、自分の手で育て上げた子どもに支配され、圧倒的な力で抵抗を封じられる状況に、倒錯的な興奮を覚える。

自分の中にこんな一面があったとは…。深酒のせいにして、目をそらしてなかったことにしたくても、夢の中で味わった悦楽は強すぎて、とても誤魔化すことができない。

フェンリルの大きな手のひらが胸を撫でる。指先が乳首に触れてそのまま摘まれ、唇が…——。

「駄目だ」

いけない。そんなことを考えては。あの子はまだ子どもだ。——子どもでなくなっても、こんな浅ましい人間の欲に巻き込んではいけない。

確か聖獣は、自ら発情しないと聞いた覚えがある。個体は雄だけ。繭卵はいつの間にか地上に産み落とされる。だから人間のように雌雄で生殖活動する必要がない。そういう意味でも聖なる獣なのだと。

人間のように生臭い欲望とは縁のない、無垢なる存在。

自分の手で育てた子ども相手に欲情するという意味でも、性欲に縁のない聖なる存在に対して劣情を抱くという意味でも、二重の禁忌を犯している。

「…くそっ」

キースは両手でつかんだ雪を火照った顔に押しつけた。そのままごしごしこすりつけて熱を追い払っていると、突然背中がふわりと温かくなり、次の瞬間強い力で抱きしめられた。

「キース」

「……フェ…」

心臓が、止まるかと思った。

「何やってるの、こんな薄着で。凍えてしまうよ」

「フェン…」

「身体が冷え切ってる」

しゃがんだ身体に覆いかぶさるよう抱きしめられ、そのまま軽々と抱き上げられて思わず声が出た。

「フェン、離せ」

「どうして？」

心底不思議そうに首を傾げられて、奥歯を噛みしめる。どう説明すればフェンリルを傷つけず、自分に触れて欲しくないと伝えられるのか。

無理だ。不可能。

これまで馬鹿みたいにぴたりと寄り添って生きてきた。抱き合って一緒に眠ることも、裸で湯につかり互いに身体を洗い合うことも、自然で当然のことだと思っていた。自分も、フェンリルも。

それを突然止めると言い、不用意にオレに触るなと言ったところで、フェンリルが納得するわけがない。絶対に傷つく。そして理由を知りたがる。

「……」

キースが深く溜息を吐いて力を抜くと、フェンリルは当然の権利だと言わんばかりの足取りで寝室に戻った。

「何か嫌な夢でも見たの？」

寝台に下ろされると、身をよじって距離を取る間もなく、となりにすべり込んだフェンリルの腕につかまり、すっぽりと抱きしめられた。

こうなってしまうともう逃げられない。自分はもう、力ではフェンリルに敵わない。

「嫌…じゃないけど、困る夢」

「ふうん？」

「もう寝る」

内容を聞かれるまえに目を閉じて、くるりと寝返りを打つ。少しでもフェンリルの温もりから身を離そうという試みは、ぴたりと背中に張りついて首筋に顎を埋め、吐息で耳朶《じだ》をくすぐられるという、無邪気で罪のない拷問となって返ってきた。

寝息に聞こえるよう気をつけながら、キースは今夜何度目になるか分からない溜息を吐いた。頭の中で、これまで受けてきたひどい仕打ちを思い出し、下腹部に熱が集まらないよう努力しながら。

——なんとかしなければ。

まちがっても、フェンリル相手に欲情したりしないように。

月が西の地平に没して、星々の煌めきが勢いを増す。冬の朝はまだ遠い。払暁《ふつぎょう》前の闇の中で、キースはどうすればいいか考え続けた。


玄関の扉を開けて自分たちの縄張りに入り込んできた者の足音がする。フェンリルはまぶたを閉じたまま耳だけ動かし、人の耳ではまだ感知できない気配を追った。

玄関広間、廊下、中庭を囲む回廊。このあたりで、いつもならどんなに深く眠っていても目を覚まして身を起こすキースが、今朝はまだ起きる気配がない。

「うるる…？」

喉奥で低くうなり、長い鼻先でキースの首筋をかき分ける。キースはくすぐったそうにフェンリルの湿った鼻面を軽く手で押し退け、くるりと寝返りを打って深い寝息を吐いた。夜中に起き出して、そのあと朝方まで眠れないようだったから心配したけれど、体調が悪いわけではなさそうだ。

足音は寝室の近くまでやってきてぴたりと止まり、静かに扉を叩く音が響く。

「わう！」

キースが目を覚まさないので、フェンリルが小さく鳴いて入室を許可すると、セリムが慣れた仕草でするりと入ってきた。そして、寝台を一瞥するなり動きを止めて目を瞠る。

「……どうしたんです？」

低い声で訊ねられたフェンリルが首を傾げてみせると、セリムは急いで寝台に近づいてきた。

「具合でも悪いんですか？」

やっぱりそう思うよな。フェンリルは獣型のまま、人のようにぶんぶんと首を横にふって否定した。

セリムは珍しく混乱した表情でキースの寝顔をのぞき込み、それからフェンリルを見つめ、もう一度キースに視線をもどしてから、そっと手を伸ばして額に触れた。

「熱は、ないですね。多少酒臭いのが気になりますが、ただ眠っているように見えます」

「ぐぁぅ」

そうだよと、フェンリルは首を縦にふり、信じられないと言いたげな表情のセリムと見つめ合った。

セリムが驚くのも無理はない。キースは怪我が治って以来一度も、セリムの前で無防備な寝姿をさらしたことなどない。熱を測るためとはいえ、許しもなく身体に触れられて、ふりはらいもせず眠ったままということも、これまでだったらあり得ないことだった。

セリムは感慨深げに寝台から一歩退《さ》がり、腕組みをして考え込んでから、思い直したように窓辺に近づいて緞帳《どんちょう》を開けた。シャ…ッと小気味良い音と同時に、窓からまばゆい光が射し込んでくる。

「う…ぅ…ん」

フェンリルの腕の中で、キースがまぶしそうに目元を腕で覆い寝返りを打った。やわらかな胸の毛に顔を埋められて、吐息の当たる場所が温かくなる。

「いつまで眠っているんですか。もう朝食を終えて日課に取りかかる刻限ですよ！」

セリムの声に、キースは眠そうに目をこすりながらようやく身を起こした。起こしたといっても、半分フェンリルに寄りかかったまま欠伸をする。それから突然、尻《しり》を針で刺されたようにその場を飛び退こうとして、フェンリルに腕をつかまれた。

「なにやってるの」

「なにをしているんです」

フェンリルとセリム、ふたり同時に突っ込まれたキースは、なぜか頭を抱えてうつむいてしまった。

「……昨夜、寝るのが遅かったんだ」

「酒を飲んで夜更かしですか？　ひとりで深酒というのは、あまり感心しませんね」

セリムが眉根を寄せて心配のにじんだ声を出すと、キースは下を向いたまま髪をくしゃくしゃとかきまぜた。

「ちがう…ひとりじゃない」

「はい？」

「リグと…――リグが、美味い酒があるからって、誘ってくれて」

「リグトゥールと、酒を酌み交わして夜更かししたということですか？」

「そう」

そこでようやくキースは顔を上げ、両手を広げて伸びをしながら、さりげなくフェンリルの腕を押しやって寝台を降りた。酒のせいか寝不足のせいか、キースが珍しく足をふらつかせた。フェンリルが急いで寝台の縁を飛び越える前に、セリムが手を伸ばしてキースの腕を支える。

当然ふり払われるだろうという予想は裏切られた。

キースは腕をつかまれたまま、セリムをちらりと見つめた。

「セリム」

「はい？」

名前を呼んだもののそれきり口ごもり、空いている方の手で自分の首筋をもむ。困惑しているようだけれど、怒っているわけでも嫌がっているわけでもない。フェンリルがこれまであまり見たことのない反応だ。

キースは首筋から顎へ手をすべらせ、頬を一度こすり、額に落ちる髪を指で何度も梳き上げた。

耳をそばだて、全身でキースの気持ちを探ると、これまでの献身に対するセリムへの感謝らしきものが伝わってきた。それから、頑なだった自分の態度を省みて申し訳ないと思っている気配。

フェンリルはようやく、キースはどうやら照れているのだと気づいた。だからといって、人型に変化してセリムにキースの気持ちを伝える気にはなれない。それは別に、自分がしなければいけないことではない。

フェンリルはセリムに何か言おうとしているキースの姿をじっと見つめながら、半眼《はんがん》になり尻尾をぱさりぱさりと左右にふり続けた。

しばらく無言が続くうちに、セリムの顔に理解が広がる。どうやら彼もキースが照れていることに気づいたらしい。だからといってからかうようなことはせず、あからさまに突っ込むこともしない。

「リグと仲よくなったなら、それは大変喜ばしい。彼は苦労人な分、思いやりのある男ですから」

そう言って、かすかに笑みを浮かべる。それだけでセリムが本当に喜んでいるのが分かる。キースにもそれは伝わったようだ。顔を上げてもう一度セリムの名を口にする。

「セリム」

「はい」

「――……その、これまで……いろいろありがとう」

セリムはフェンリルが初めて見る満面の笑みを浮かべて、さらりと答えた。

「どういたしまして」

セリムの笑顔につられたように、キースの顔にも笑みが浮かぶ。これまでフェンリルにしか見せたことのない、無防備で壁のない、キース本来の魅力がしっかり伝わる笑顔だ。

セリムが虚を突かれたように目を瞠る。それからほっとしたように肩の力を抜くと、いつものすました表情にもどり、さっそく「それなら、そろそろここに召し使いを入れてはどうでしょうか」と提案しはじめた。

「信用できる人間なのか？」

「リグトゥールと私が面接して、大丈夫だと判断した者たちです」

「それなら、受け入れてもいい」

フェンリルはふたりの会話に聞き耳を立てながら寝台を降りると、人型に変化して學院の制服に着替えた。

「ではさっそく今日から。召使い五名と厨房に二名、庭師二名、従者二名と家令一名を」

「いきなりそんなにたくさんは」

「これでも必要最低限に絞ってるんですよ。大丈夫、すぐに慣れます」

「セリムがそう言うなら、わかった。やってみる」

これまでからは考えられないキースの前向きな反応に複雑な思いが湧き上がる。本来なら喜ばなければならないはずなのに。

制服の釦を留め終えたフェンリルの胸の内は、なぜか炎で炙《あぶ》られたように落ち着かなかった。


その日からキースは変わった。

変化はリグトゥールやセリムだけに留《とど》まらず、これまで関わりを拒絶していたすべての人間や聖獣に対して発揮された。いきなり愛想がよくなったとか、口数が増えたとか、誰彼かまわず話しかけるといった分かりやすい形ではなかったけれど。

　騎士養成校だけでなく、今までは決して近づこうとしなかった中央円蓋付属の酒舗に足を運び、夜遅くまで入り浸るようになった。

　フェンリルが學院から帰ってきても留守ばかり。気配を探れば居場所はすぐに分かるし心話で話しかければ答えも返ってくる。けれど短いやりとりだけで、そのあとはしばらく放っておいてくれと言われてしまう。おまえが學院で友だちを作っているように、オレも人づき合いの輪を広げる努力をしているんだ。そんなふうに言われると、寂しくて仕方ないけれど我慢するしかない。

　帰ってくるのは明け方で、キースが寝床にもぐり込むころには、フェンリルは起きて學院へ行く時間だ。毎晩酒も呑んでくるらしく、寝床に入ると話をする間もなく眠ってしまう。

　そんなことが何日も続くと我慢も限界になる。

　これまでは余裕を持って見守っていられたセリムとの会話や、リグトゥールとのやりとりにまで、子供じみた嫉妬と独占欲が湧き上がってくる。

　ましてや、昨日今日会ったばかりの男や女にまで声をかけられればきちんと応対する姿には、腹が立って仕方ない。くだらない質問に答えようとするキースと相手の間に割って入り、邪魔をしてやりたくなる。やりたくなるというより、実際何度か威嚇してしまい、キースにたしなめられている。それすらもキースが自分より他人を優先しているように思えて、腹立ちと泣きたいような切なさで吼えたくなる。俺のことはほったらかしにしているくせに。

　フェンリルは學院からの帰り道、カイエの家に寄って愚痴をぶちまけた。

「そりゃあ友だちができて楽しいのは分かるけど、飛空訓練休んで話もろくにできない、一緒に寝る時間もないなんて、ひどいと思わない!? もう半月近くもふらふら出歩いてばかりで、俺、もう何日も放ったらかしにされてるんだよ？」

まだまだ成長期なので、怒っていても腹は減る。フェンリルが大皿に山と盛られた蜜菓子を次々頬張りながら、ここ数日のキースの態度を細かく説明して同意を求めると、カイエは思い出し笑いを堪えるような、同情を寄せるような、困惑したような、なんともいえない表情を浮かべて小首を傾げた。

「なに、その顔」

何か言いたそうなのに迷っている、そんな顔だ。

「う〜ん？」

カイエははっきりとした返事を避けて起ち上がり、空になったフェンリルと自分の茶器に花茶を注ぎ足した。髪と同じ、くるくる巻毛の尻尾が右に左に大きく揺れている。

「カイエ？」

もう一度うながすと、カイエは腰を下ろして茶瓶《ポット》を置き、茶器を持ち上げて「ふぅ」と息を吹きかけた。それから優雅に一口飲み込んで、花茶の表面を見つめて微笑んだ。

「リグも、似たような態度になったことがある」

「リグも？」

「うん」

「今も？」

「ううん」

「元にもどったのはいつ？　理由はなんだった!?」

思わず起ち上がって前のめりに訊ねると、カイエは再び茶器を傾けて花茶を飲んでから、

「まあ、落ちついて」

おっとり笑って、腰を下ろすよう手で示した。


目当ては口が固くて後腐れがなく、身体だけの関係と割り切って、よけいな詮索《せんさく》をしない男。

できれば背が高く肩幅があり胸板が厚くて、笑顔に邪気がないのがいい。髪の色は薄く、灰色か銀髪なら申し分ない。

キースはリグトゥールとの武術訓練を終えると、身分を示す軍服や印章はすべて外して、召使いが外出に使うような、特徴のない簡素な衣服に着替えて街に繰り出した。目的に合致する男を捜すためだ。

飛空訓練まで休んでフェンリルを遠ざけ続けるのもそろそろ限界。早いところ相手を決めて、質《たち》の悪い熱病のような身体の疼きを鎮めてしまいたい。

帝都は今、二重満月の祝祭期間のために集まった人々であふれている。人口増加の一番の理由は、繭卵が騎士を選ぶ〝選定の儀〟に参加するため、全国から集まった若者たちと、儀式に伴う警備強化のために臨時招集された護国軍人たち。行きずりの相手を探すにはもってこいだ。

最初に見つけた男は外れだった。自覚はなかったけれど、たぶん焦っていたせいだろう。護国軍の軍服を軽く着崩した、体格がよく、陽気で人のよさそうな男を選んだつもりだったのに、いざことに及ぶと、こちらを道具のように扱おうとして辟易《へきえき》した。裸になって跪《ひざまず》け、口で奉仕しろと居丈高に命じられて思いきり萎《な》えた。口調がデミルに似ていたからだ。

突然自分のしようとしていることが馬鹿らしくなって、通常の二倍近いぼったくり値段で借りた安宿の部屋を出ようとしたとたん、追いすがられて無理やり犯されそうになった。

捕まえようと伸びてきた腕を難なく避けて、喉に手刀で一撃加えると、男は「ぐげっ」と蛙《かえる》が潰れたような声を出して床に這いつくばり、ゲエゲエと悲鳴混じりの無様な喘鳴《ぜいめい》をくり返した。

先にこちらから誘っておいて、この仕打ちはさすがにひどいと思ったが、合意のないまま犯されるのは御免だ。

すっかり気持ちが萎えたので、この調子ならフェンリルに会っても大丈夫。確信ではなく、どちらかといえば願望に近い状態で離宮に戻ると、心配して眠らずに待っていたフェンリルに抱きしめられた。

そのままスンスンと匂いをかがれ、動揺しそうになる自分を抑えて平静を取りつくろっていると、顔を上げたフェンリルに強い視線で見すえられた。

「知らない男の匂いがする」

「酒舗にいたからな」

「並んで座ってたの？　肩が触れ合うくらい？」

「さあ…、どうだったかな。もう眠い。話は明日にしよう」

わざと欠伸をして会話を切り上げ、寝室に向かって歩き出してもフェンリルは食い下がった。

「友だちを作るのはいいけど、気をつけて」

フェンリルの警告を、キースは一蹴した。

「警戒はちゃんとしてる」

「本当に？　なんだか今日のキース、妙に色っぽくて危うい感じがする」

言われた言葉の意味をつかみかねてフェンリルを見上げた。直後に後悔する。吐息が触れるほど近くに顔を寄せられたからだ。

「…なんだ、それ」

色っぽいなんて言葉、どこで覚えてきたんだ。以前だったらそう笑い飛ばせていたはずなのに、今はできない。

「瞳《め》の色が変わった。やっぱり何かあったんだ」

「何もない」

今日はまだ。

急いでまぶたを伏せて瞳を隠しながら、嘘《うそ》ではないけれど、真実でもない言葉を口にすると、後ろめたさと居心地の悪さで吐き気がしてくる。

「……飲み過ぎたせいで、気分が悪い」

低い声で弱音を吐いてみせると、詰問する気満々だったフェンリルの気配がさっと変わって、労《いたわ》りと気遣いに満ちる。そのまま膝をすくうように抱き上げられ、寝台に放り込まれた。

その夜は、なかなか眠れない理由を悪酔いのせいにできた。夜中に何度も起きて厠《かわや》に行くのも、吐き気がするからだと言い訳できた。

本当は、フェンリルの体温を感じただけで前が疼いて仕方なかったからだ。けれど、そんなことを知られるわけにはいかなかった。

そんなわけで翌日はまた男を捜して街へ降りた。前日の反省から、今度は慎重に相手を見極めることにしたせいで時間がかかったけれど、そこそこいい男が見つかった。警備のために地方から招集された護国軍人で、今夜は非番だという。

あいにく外見はフェンリルに似ても似つかなかったが、その方が却《かえ》っていいだろうと思い直し、酒舗の上階にある休憩室に連れて行かれた。狭い部屋だが椅子が二脚に小さな机、そして部屋には不釣り合いなほど大きな寝台がある。酒舗の上にこんな場所があるとは知らなかった。説明されなくても、そういう目的で使われる部屋だと分かる。

護国軍人の男は使い慣れた様子で部屋の備品を確認してから、キースの肩を抱き寄せて唇接けしてきた。男の酒臭い舌がぬるりと入ってきて、自分の口の中を我が者顔でねぶっていくのを、キースは妙に醒《さ》めた気持ちで受け入れた。

事が終わると、寝入った男を残してひとりで酒舗を出た。明け方だというのに街は眠らず、通りには火が灯《とも》り、ときどき人も行き交っている。ほとんどが酔客だが、中には早朝の仕事に向かう人々も混じっている。

明け方のキンと冷えた空気が、頬を削るように吹き抜けていく。どこかで身体を洗ってから離宮に戻りたかったが、夏のように川で水浴びというわけにもいかない。

キースはこっそり離宮に忍び込み、フェンリルに気づかれないよう湯殿で男の匂いと汚れをしっかり落として寝室に入った。

「…キース？　お帰り。遅いから心配した」

眠っていたフェンリルがキースの気配を感じて身を起こし、眠そうに目をこすりながら訊ねられる。

「うん」

身体を洗っている最中は本当に眠くて仕方なかっ

たのに、寝室に入ってフェンリルの姿を見ただけで、鎮めたはずの身体の奥が疼いて嫌になる。

「こんな時間まで、どこで何してたの？」

答えを誤魔化すためにごそごそと音を立てて上掛けをめくり、決死の覚悟でフェンリルの横に身を横たえて背を向ける。そのまま寝入る合図の大きな深呼吸をして目を閉じた。

「おやすみ」

わざと眠そうな声でそう言うと、フェンリルはそれ以上詮索することなく、ぴたりと背中に身体をくっつけただけで許してくれた。満足そうな吐息が冷えた首筋を温めてくれる。以前は愛おしさと慈しみばかりだったその感触が、今は甘い拷問となって身を苛《さいな》む。

キースは静かに溜息を吐いて目を閉じた。

今日もまた眠れないことは分かっていた。


事件が起きたのはそれから二日後。

キースは一夜限りの相手を求めて、夕闇に沈みつつある帝都の街を歩いていた。

規則正しい石畳が敷きつめられた広い通りの両側には、凝った外装の屋台が軒を連ね、その前を四重五重に行き交う人々に声をかけたりかけられている。

通りの向こうでは軽業を取り入れた芝居が上演され、役者が宙返りや曲芸を行うたびに観客から大きな歓声が上がっている。キースたちのすぐ近くでも、繭卵に選ばれて騎士候補になった男を祝福して、友人一同が胴上げしながら声を上げている。道の左右を彩る植え込みのわずかな空き地を見つけて楽器を奏でていた辻音楽家が、新しい騎士候補に祝曲の一節を贈る場面もあった。

歩を進めるごとに聞こえてくる音楽が変わり、笑い声やときには怒鳴り声がそこかしこで上がり、屋台には色とりどりの服、布、食べ物、宝飾品、装具がところせましと並べられ、千変万化の彩りで見る者を惑わす。祝祭期間の帝都のにぎやかさは格別で、数日そぞろ歩いたくらいではなかなか慣れない。

屋台の台上で煌めく碧い石を埋めこんだ美しい飾り帯に目を奪われていたキースは、突然背後からしゃがれた声をかけられてふり向いた。

「よお、元気だったか」

息がかかるほど近くに、三日前に喉を潰して置き去りにした男が、人のよさそうな笑顔を浮かべて立っている。

「…っ」

キースは瞬時に警戒を強めたが、男は朗らかといっていい表情で軽く手を伸ばし、妙に馴れ馴れしい声と手つきで肩に触れようとする。

「この間の夜は、いい目に遭わせてくれてありがとうよ。今夜はぜひ、礼がしたいんだがね」

キースは男の手を叩き落として後退りながら、逃げ道を確認するために周囲を見まわし、自分を取り囲む男たちに気づいた。

夕暮れ刻《どき》の人通りの多さと喧騒《けんそう》に気を取られて、危険を察知するのが遅れた。己の馬鹿げた失敗に臍《ほぞ》を噛む思いで舌打ちしたキースとは対照的に、男たちは余裕の笑みを浮かべて包囲の輪を狭めてくる。

キースはさりげなく腰帯に隠した小剣を抜いて身構えた。男たちは全員護国軍の制服を身につけている。身のこなしから、それなりの技量の持ち主だと分かる。しゃがれ声の男の徽章は尉官、星がふたつだから少尉。ということはかなり裁量権がある。他の男たちは上兵なので、おそらく部下だろう。

今いる場所は三日前に男を誘った区画からかなり離れている。声をかけてきたのは偶然ではなく、部下を使ってキースの行方を捜し出したにちがいない。

「そんなに警戒すんなよ。先に誘ったのはそっちの方だろ？」

しゃがれ男はしつこく手を伸ばして肩に腕をまわそうとしてくる。キースはそれをするりと躱《かわ》し、男の脇を抜けて包囲網から抜け出そうとしたが、行く手をさえぎる男たちのせいで叶わず、腕を捕らえられ、引き戻されて抱え込まれた。

「待てよ。いいじゃねえか」

声も表情もあくまでやわらかい。端からは友人同士の悪ふざけに見えるだろう。しかし男は指先をキースの襟元に滑りこませ、胸をまさぐりはじめる。

「やめろ」

キースは手の中の小剣をにぎり直して、男をにらみつけた。それ以上触ったら斬りつけてやる。

本気だと刃を一閃させようとした瞬間、視界から男が消えた。

「…！」

正確には、音もなく忍び寄った大きな銀灰色の獣が男に襲いかかり、大きく開いた顎で男の腕に食らいついて、そのまま地面に押し倒した。

祝祭に浮かれていた人々の口から悲鳴が上がる。

「獣だ！　逃げろッ」

「ばか、あれは聖獣だ！　人は襲わない」

「だけど、あの男は腕を噛まれて」

「そんな馬鹿な」

「よく見ろ」

悲鳴を上げて飛び退いた男たちを尻目に、キースは〝対の絆〟に駆け寄った。

「フェン！」

「ぐぁるる…ッ！（キースに触るな！）」

喉奥から地響きのようなうなり声と一緒にフェンリルが顔を上げる。曲芸団から逃げ出した猛獣が人を襲ったと思って悲鳴や怒号を上げていた人々も、ようやく聖獣だと気づいてシン…と静まり返る。

フェンリルはしゃがれ男を大きな前肢で踏みつけたまま、胸を反らして周囲の男たちを威嚇している。その全身から放射される強い憤りの気配に、周囲の人々は聖獣だと分かっても後退り、キースたちを遠巻きにして口々に何かささやき合っている。

腕一本くらい食い千切る勢いで襲いかかったにもかかわらず、その口吻にも、押し倒された男の腕にも、恐れていた流血の痕はない。そのことに心底安堵しながら、キースは〝対の絆〟に声をかけて静かに近づいた。

「フェンリル」

『こいつ、キースのことをいやらしい目で見てたッ！　べたべた触って、キースをどこかに連れて行こうとしてた！』

「そうだ。助けてくれてありがとう」

『キースも油断しすぎなんだ！　いくら友だちづきあいを広げたいからって、こんな男に隙《すき》を見せてどうすんのさ』

　フェンリルは地の底で銅鑼を鳴らしているようなうなり声を上げながら怒りをぶつける。

　ざわめきを取り戻しつつある人混みの中、キースはそれを甘んじて受け入れることしかできなかった。

†

　金獅子宮の皇帝執務室で山のような報告書と決裁待ちの書類に目を通していたヴァルクートは、腹心の補佐官が入室してきたのに気づいて顔を上げた。

　署名と押印をすませた書類を控えの侍官に手渡し、人払いを命じる。側に控えていた複数の侍官たちが一礼して退出してしまうと、室内にはヴァルクートとキリハ、そしてセリムだけになる。

　ヴァルクートは人差し指を内側にふってセリムを呼び寄せ、休憩にふさわしい世間話を切り出した。

「最近、キースが積極的に人と交わろうとしているようだが、うまくいっているか？」

　セリムから半月前に「キースにお礼を言われました」と報告を受けて以来、ちらちらと美貌の騎士の噂は耳に入ってくる。リグトゥールからも、キースは一度心を開くと、驚くほど素直で純粋なところがあると聞いている。ヴァルクートの第一印象でも、キースは野生の狼だ。警戒心が強くて隙がないが、一度心を開いて仲間だと認識すれば、相手を思い遣る気持ちは深いだろうと。

　長い間世話をしてきて、ようやく苦労が報われたセリムにしてみれば、多少惚気て自慢してもいいところだが、彼の反応は予想に反して苦々しい。

「キースの方は、騎士たちの間でも貴族たちの間でも人気者ですよ。これまで孤高を貫いてきた分、皆声をかけたくてうずうずしていましたから。加えてあの美貌。金位ノ騎士《インペリアル》という付加価値を置いても、しばし共に時を過ごしてみたいと思う者は多いでしょう。――邪魔さえ入らなければ」

　そこでセリムは小さく溜息を吐いた。

　ヴァルクートが先をうながすと、セリムは続けた。

「キースが誰かと親しくしゃべったり、ふたりきりになろうとすると、フェンリルがいちいち邪魔をするんです。最近は私もにらまれる始末で」

「ほお？」

　ヴァルクートのどこか面白がっているような声に、セリムはこめかみを軽く指で押さえて瞑目《めいもく》した。

「まったく、頭が痛くなります」

「これまでの話だと、フェンリルの方が処世術に長《た》けていて、対人能力に余裕があると聞いていたが、その報告はなんだったんだ」

「キースが他人に一切興味を示さなかったおかげでしょうね。フェンリルは自分でも驚いているんじゃないですか？」

　セリムの推測に、それまで黙って話を聞いていたキリハが割って入った。

「前から片鱗《へんりん》はあったよ。ヴァルがほら、初めてキースに逢《あ》ったとき」

「――ああ。そういえば確かに。あのときはキリハ、おまえが抑えてくれたんだったな」

「うん。オレはあのときから、フェンは朗らかでおだやかで人好きのする性格だけど、内側にはものすごく熱くて激しい、暴れ馬みたいな部分があるなって思ってた」

「やんちゃ坊主だな」

ヴァルクートの合いの手にセリムが小さくぼやく。

「一応、もう成獣《おとな》なんですがねぇ…」

「嫉妬《やきもち》に成獣も幼獣《こども》もないさ」

「やきもち、ですか」

セリムはもう一度「はぁ」と溜息を吐いた。

「フェンの気持ち、分かるよ。不安になるんだよね、相手の気持ちが自分以外に向いてるかもしれないって思っちゃうと」

キリハはそう言ってヴァルクートをちらりと見た。

ヴァルクートはその視線をさらりと受け流し、余裕の笑みを浮かべる。

「キリハ、おまえはもっと自惚《うぬぼ》れて、どんと構えていたらよかったんだ。俺がおまえ以上に大切に想《おも》う相手など、この世にはいないって」

「そりゃ…今は揺るぎなくそう思ってるけど。前は、相手がリュセランだったから」

ずばりと名前を出したとたん、ヴァルクートが痛そうに目を細めたので、セリムが話題を修正した。

「ヴァル様は嫉妬《しっと》に苦しんだことはないんですか」

「ないな。キリハがこの世で一番愛しているのは、俺だって知ってるから」

聞くまでもなかったことをわざわざ聞いたので、答えも予想通り。

「若いふたりが、おふたりのように臆面もなく惚気られるようになるまで、あとどのくらいかかるのでしょうね」

「まあこの手の話題は〝対の絆〟同士なら、多かれ少なかれ誰もが通る道だからな。いずれ落ちつくだろう」

「そうのんきに構えてもいられません。今日はついに、あわや傷害という騒ぎまで起こしたんですよ」

「それは初耳だ。いつだ」

「今日の夕方です」

そう言って小脇に抱えていた書類を差し出す。

「フェンリルとキース、それぞれから事情聴取を行いました。報告書はこちらに」

疲れた表情のセリムから受けとった書類を執務机に置いて、ヴァルクートは視線でうながした。文字を追うのは面倒臭い。説明してくれと。セリムはうなずいて、事の次第を端的に述べた。

「簡単に申しますと、キースがひとりで街を歩いていたところ男から夜の誘いを受けた。相手が好みでないため断ろうとしたら逆ギレされて絡まれた。そこへフェンリルが通りがかり——正確には、ここ数日ほったらかしにされたことに腹を立て、こっそりあとを尾けたそうですが——キースが暴漢に襲われていると思い込み飛びかかってしまったそうです」

「夜の誘い？」

ヴァルクートは右眉をひょいと上げた。

「本人がそう言ったんです」

「なかなか賢いな。その手の話題は下手に隠すと脅迫の種になる。自ら告白すれば相手に足元をすくわれることもない」

「その通りです。相手の護国軍尉官は、なんだかんだと含みを持たせて、金位ノ騎士《インペリアル》の評判に傷をつけたくなければ、ふたりきりで会わせろと息巻いていましたから」

「その尉官の処遇は？」

「勤務実態その他を調査したところ、職権濫用をいくつか見つけたので半年分の減給処分。金位ノ騎士《インペリアル》に絡んで〝対の絆〟に襲われるという不名誉については、不問に付すことで合意。今日付でヴァルドール国境警備隊に勤務地移動命令が出たので、今夜は帝都最後の夜を謳歌していることでしょう」

淡々とした口調には同情心の欠片もない。相手の心根があまりよろしくなかった証拠だ。

「なるほど。で、フェンリルとキースの様子は」

「それが…」とセリムは天を仰いだ。

「あのふたりときたら事情聴取の途中から、どうにもただの痴話喧嘩としか言い様のないありさまで、聞いてるこちらのほうが居たたまれない」

愚痴のように聞こえるが、声にはふたりに対する心配と思い遣りがあふれている。

「痴話喧嘩…ね」

「面白そうに笑ってますが、こちらの身にもなってください。最近ようやくキースが私にも笑顔を見せてくれるようになったと思ったら、今度はフェンリルにうなられる始末。その上、金位《インペリアル》が、人を…それも護国軍人尉官を襲ったなどという騒ぎを起こして。反省してると思いきや、フェンリルの口から出る言葉ときたら『俺を連れずにひとりで出歩くからだ』とか『ここのところ一緒に寝てない』とか『俺以外の男の匂いをつけて帰ってくるなんて許せない』とか…。まったく〝対の絆〟同士の諍いというのは、どうしてこうも犬も食わない痴話喧嘩状態になるんでしょうね」

セリムは昔を思い出すように、遠い目で窓の外をながめた。懸命にも、ヴァルクートやキリハとは視線を合わせないようにしている。

「今回は祝祭期間中ということで、騒ぎが大きくならないうちに収めることができましたが、今後また同様のことが起こらないとも限りません。的確な対処が必要かと。――フェンリルも自分の感情を制御できなくて、苦しんでいるようですし」

「ふむ。確かにそれは由々《ゆゆ》しき問題だな」

ヴァルクートは真面目な顔で考え込み、ちらりとキリハを見やった。ヴァルクートが何も言わないうちに、キリハが先まわりするように口を開く。

「オレはいいと思うけど。フェンはまちがいなくそれを望んでるし、キースもたぶん大丈夫だと思う」

「俺もそうは思うが、一応本人に確認した方がいいだろう。セリム」

「はい」

「リグトゥールを呼んでくれ」

「かしこまりました」

†

事情聴取を受けた日の翌日。

ちょうど朝食を食べ終わったころ、突然フェンリルが起ち上がって耳をわずかに倒した。

「誰か来る。——……リグとカイエだ」

気配を探って相手が分かったのに、フェンリルの耳は倒れたまま。警戒しているか不機嫌なときの動きだ。理由は察しがつくので、キースはフェンリルの腕をぽんぽんと軽く叩いてなだめて立ち上がった。

「なんだろうな」

訪問の理由が分からないので首をひねりながら、表玄関に向かう。うしろからフェンリルも無言でついてくる。見なくても尻尾を左右に大きくふっているのが分かる。苛立ちまではいかない軽い不満。

キースが誰かと会うとき、出るようになった癖だ。

「前触れもなくすまない。少し話したいことがあるんだが、大丈夫か？」

リグトゥールは朝から略式の軍衣をすっきり着こなした姿で、少し申し訳なさそうな表情を浮かべた。

以前のキースなら即答で断っているところだが、今はそんなことはしない。「どうぞ」と答えて邸内に導こうとしたとたん、フェンリルが小さなうなり声を上げた。反射的にカイエの尻尾がピンと上がり、耳が前傾になったけれど、少し目を瞠っただけでうなり返すようなことはしない。

「フェン！」

自分たちに敵意を持った人間ならともかく、相手はリグトゥールとカイエじゃないか。いきなり威嚇するのはさすがにやりすぎだ。

叱る意味で、逆立った首筋の毛に手を伸ばして強く押さえると、うなり声を止めたフェンリルに傷ついた瞳で見つめられて、思わず顔をそらしてしまう。

そんな瞳で見ても駄目なものは駄目と釘を刺すに、がばりと抱きつかれて、今度はこっちが動揺しそうになる。さりげなく身を離そうとしても、逆にぐいぐい身体を押しつけられて密着度が強くなるだけ。

まるで所有権を主張するようにキースの身体を強

く抱きしめて、リグとカイエに見せつけるフェンリルの態度に、さすがに溜息が出る。

「すまないリグ、最近こいつ少しおかしくて」

「おかしいのはキースの方だ。俺と目を合わせようとしないし、俺が触ろうとすると身体が逃げるし」

「それは」

反論しかけたキースとさらに言い募ろうとしているフェンリルを、リグトゥールが手を上げて制した。

「そのことで話に来たんだ。陛下から俺が適任だろうと言われて。フェンリルが落ちつくようにと、贈り物もいただいてきた」

「陛下？」

「贈り物？」

キースとフェンリルが同時に訊き返すと、リグトゥールの横からひょこりと顔を出したカイエに、おっとりした口調で訴えられた。

「とりあえず中に入れてもらえる？　ここは寒いし、このまま立ち話っていうのもなんだし」

けぶるような睫毛に彩られた金褐色の瞳でにこりと微笑まれて、キースとフェンリルは互いに口ごもり、場所を空けてふたりを邸内に導いた。

夏の間は吹き抜けが多く開放的だった邸内は、気温の低下に合わせて可動式の壁や衝立を立て、風と寒さを防いでいる。

従者と召使いが増えたおかげで客間は使えるようになっていたが、そこに人を通すという習慣がない。キースはごく自然に、いつも自分たちが浸かっている居間にリグトゥールとカイエを導いた。

居間はキースとフェンリルの好みに合わせて、濃茶と飴色、そして明るい砂色を配した小振りな作りになっている。昼間は窓から射し込む陽射しで、夜も床にめぐらせた湯管のおかげで心地良く温かい。

厚い絨毯の上に椅子ではなく鞍嚢《クッション》をいくつも置いて、座ったり寝転がったりできるようにしてある。

壁際の棚には夏の間にキースが作った籠や編み袋、その中に蓄えた薬草や乾花がずらりと並び、いつでも持ち出せるよう、丈夫な革袋の中には貴金属や保存食、膏薬などを入れてある。窓際には大きな鉢植えをいくつも置いて、草花を繁茂させてあった。

「なんだか隠れ処みたいでわくわくする部屋だね」

カイエがにこにこしながら鞍嚢《クッション》に腰を下ろすと、リグトゥールもその隣に座り、キースとフェンリルにも着席をうながす。そのまましばらく、胡座の上で組んだ自分の手を黙って見つめている。どう話を切り出すべきか考えているらしい。

だからキースから水を向けた。

「さっき言ってた陛下に適任て言われたって、どういう意味だ？」

リグトゥールはようやく顔を上げ、キースにぴたりと身体をくっつけているフェンリルを見た。

「できれば、先にキースとふたりだけで話をしたいんだが」

言ったとたんフェンリルがまたしても低いうなり声を上げる。キースが髪ごとうなじをきゅっとつかむと声は消えたが、喉奥はずっと震えたままだ。

「辛そうだね」

カイエがフェンリルを見てしみじみとつぶやいた。そこには深い理解と同情があった。

「何がそんなに心配なの？　ぼくたちはキースの友だちだよ。彼を傷つけたりはしないし、嫌がることもしない。君からキースを奪ったりなんて、絶対にしない」

自分でも把握しきれない焦燥を理解してもらえたと感じたのだろう。フェンリルの中でそれまでぎりぎり抑えていた何かの歯止めが、ぷつりと切れた音が聞こえた気がした。

「分かってる…！　頭では分かってるけど、嫌なんだ。キースが俺以外の誰かとふたりっきりになるのが。考えただけで胸を掻きむしりたくなる。本当は誰にも見せないで、どこかに閉じ込めておきたい」

「フェン…」

まさかそこまで独占欲をこじらせているとは思わ

なかった。いったいどうしてと思いつつ、同時に嬉しくもあった。他人とかかわる必要がなければ、おまえの期待に応えてやれるのに。好きなだけ自分を独占させてやる。誰にも会わずふたりだけで。天《パ》の国《ラディス》で暮らしていたときのように。

自分の腰を抱きしめるフェンリルの腕に手を添え、空いた方の手でがっしりとした肩に触れて、うつむいたフェンリルの顔をのぞき込むと、朝日に透かした蜜のような金色の瞳が見つめ返してくる。今度は避けずに受け止めると、そのまま首筋に顔を埋められ、痛みのない強さで甘噛みされた。

カイエがリグトゥールを見て、リグトゥールがうなずく。カイエが立ち上がってフェンリルの腕を引っ張った。

「フェンリル。辛いかもしれないけど我慢して、しばらくキースとリグをふたりにしてあげて」

「…やだ」

「もう成獣《おとな》になって、来月はクルヌギアで初陣だっていうのに我が儘言わない」

「嫌だ」

「キースを守りたいなら、ぼくとリグの言うことを聞いて」

きっぱりとした声にフェンリルがようやく顔を上げる。そのまま自分の腕をつかんだカイエを見上げた。カイエはいつものおっとりした雰囲気からは想像できない、強い意思をみなぎらせた表情で、フェンリルの腕をつかんだ手に一段と力を籠めた。

「いつまでもそんなふうに苛立ったり焦ったりした状態じゃ、いざというときキースを守れない。自分の不注意でキースが魔獣に襲われてもいいの？」

重ねて言われてフェンリルは肩を震わせた。キースにもそれは伝わった。フェンリルは本当に苦しんでいる。おそらくセビュラの街でキースが怪我したときのことを思い出したのだろう。

あれはおまえのせいじゃないと、なぐさめを口にする前にフェンリルが立ち上がった。その機を逃さず、カイエがさっと腕を引いてフェンリルを部屋の外に連れ出す。音もなく扉が閉まってふたりきりになると、キースはもぞりと身動いでばつの悪さを誤魔化した。

「だいぶ、思い悩んでいるようだな」

大きく息を吐く音とともにリグトゥールがようやく口を開いた。扉から視線をもどすと、年上の男は小さく微笑んで続けた。

「思い悩んでいるのは君も同じようだけど」

なぜかすべてを見透かされているような気がして、キースはきゅっと奥歯を噛みしめた。

「それで、ふたりきりでしたい話って何？　陛下から適任だって言われたって、どういう意味だよ」

リグトゥールは両手の指先を顔の前で山の形に合わせ、その隙間からキースをじっと見つめた。

しばらくそのまま無言の時が過ぎる。

焦れてもう一度問い質そうとすると、ようやく口を開いた。

「フェンリルと、肌を重ねる気はあるか」

「は？」

予想もしなかった提案に、思わず変な声が出た。

同時にドクリと胸が跳ねる。自分がずっと心の奥底に沈めて見ないふりをしてきた何かを、あっさり抉り出されて突きつけられた気がした。頬が熱くなって呼吸が浅く速くなる。

「フェンリルに抱かれる気はあるか。…いや、君がフェンリルを抱くのでもかまわないけど。そのあたりはまあ、当事者同士で相談するとして。フェンリルの不安と焦りを解消してやるのに、それが一番手っ取り早い解決法だ。もちろん騎士の側にその気がなければ意味はないけど」

もっと卑猥《ひわい》な言葉や淫語《いんご》など、昔から嫌というほど聞き慣れていたのに。リグの口から抱くとか抱かれるという言葉が出たとたん、自分がフェンリルの逞しい身体に押し倒されている姿を想像してしまい、激しく胸が高鳴った。

「その様子だと、満更でもなさそうだ」

よかったと、安心したように言われて二の句が継げない。表情を正確に読み取られ、勝手に結論を出されて文句を言いたかったのに、図星のせいで声も出ない。

「見たところ、フェンリルの方は問題ないと思う。ただ、君も知っての通り聖獣は自ら発情しない」

キースはますます熱くなった頬に手の甲を当て、にらむようにリグトゥールを見つめた。

「これぱかりは、最初にこちらが先導してやる必要がある。心配しなくても、一度火が灯れば燃え続けてくれる。やり方次第ではひと晩中でも」

圧倒されるばかりだったリグトゥールの言葉にひっかかりを覚えて、ようやく声が出た。

「な…んだか、経験者みたいな口ぶりだな」

まさかと思いつつ訊ねると、リグトゥールは重ねた鞍嚢に背を預け、肘をついて自分の頭を支えながら照れ隠しのような笑みを浮かべた。

「…まさか本当に、カイエと？」

確認すると、照れくさそうに小さくうなずく。

「マジかよ…」

キースの中で、これまで必死に取りつくろってきた常識がもろく崩れ去っていく。

自分の中にもともとあった思い込みと、帝都についてから身につけた常識。

自分の手で育てた子どもに欲情するのは浅ましい。自ら発情しない清らかな聖獣に劣情を向けるのは、人として間違っている。

そうした障壁が崩れてしまえば、あとに残るのはフェンリルへの愛しさだけだ。可愛くて愛しくて、側にいたくて触って欲しい。抱きしめて、抱きしめ返して、もっと強く溶け合うように。

胸にあふれ出た願いを聞きとったように、リグトゥールがささやく。

「肌を重ねて交わることで新しく生まれる絆がある。相手が女でないとか人ですらないとか、そういうことを気にしないなら試してみる価値はあると思う」

　リグトゥールはそう言いながら、皇帝陛下からの贈り物だという練り香をそっとキースの手のひらに置いた。


　昼前にリグトゥールとカイエが帰って行くのを見送ったキースは、フェンリルが久しぶりに上機嫌で表情が和らいでいることに気づいた。近くに顔を寄せると、ほのかに花酒の匂いがする。

「フェンおまえ、酒を飲んだのか？」

「うん。カイエが持ってきてくれた秘蔵の花酒。すごく美味しかった。まだ半分残ってるから、あとでキースも飲んでみる？」

　フェンリルは半分になった花酒の瓶を掲げて見せた。聖獣用の花酒は普通の人間には甘すぎて飲めない。が、甘党のキースならたぶんいけるだろう。

　――陛下からいただいた贈り物というのは、もしかしてそれもか？

　キースは昔に戻ったように朗らかに笑うフェンリルから、手の中の容器に視線を移して考えた。

　こちらの事情を何もかも分かっているようだったカイエが、意味もなく酒を飲ませるとは思えない。そしてリグトゥールの言葉。

「ああ。飲んでみたい」

　キースは手の中の小さな容れ物をしっかりにぎりしめて、フェンリルにうなずいた。

　そのまま居間にもどり、酒杯をふたつ用意して、淡紅色のとろりとした花酒を注いだ。

　蜜のように甘い花酒はさすがに飲み干すことができない。キースはひと口飲んだだけで残りはフェンリルの酒杯に移し替えた。フェンリルは嬉しそうにそれを飲み干し、瓶の残りを注ぎ足して口をつける。

　頬がわずかに上気して、色づきはじめた桃のようにほんのりと紅色に染まる。上機嫌であることには変わりがないが、キースを見つめる金色の瞳に艶が増して、唇が何か言いたげにほころぶ。けれどフェンリルは何も言わない。幸せそうな表情でキースを見つめるばかりだ。

——最初に少し先導してやる必要がある。

リグトゥールの言葉が脳裏によみがえる。

キースは一度強く目を閉じ、それから覚悟を決めてまぶたを開けた。

「フェン…」

「何？」

「オレを、抱いてみるか？」

フェンリルの手からすり抜けた酒杯が、ゴトリと鈍い音を立てて床に転がった。厚い絨毯《じゅうたん》のおかげで割れずにすんだが、中身はこぼれて染み込んでゆく。

「——…え？」

呆《ほう》けたように目を見開いてこちらを凝視するフェンリルに、どう説明すればいいのか。デミルがやったみたいに、と言うのも、食糧を得るために邑の男とやってたことだと説明するのも、どちらも嫌がられるか怒られるだけな気がする。

「来い」

言葉で説明するのはまどろっこしい。キースは起ち上がって寝室を示した。

まだ首を傾げているフェンリルを寝台に横たわらせて、丸太みたいに逞しくなった腰をまたいで上に乗る。そのまま上衣と下着をさっさと脱ぎ捨てると、

「寝るの？」

「そうだ」

「まだ昼間だよ、眠くない」

「そっちの寝るじゃない」

「？」

混乱気味に視線を泳がせるフェンリルの上衣に手をかけ、抵抗される前に前をはだけてしまう。

「キース？」

「嫌なら押し退けろ」

正直、突き飛ばされる覚悟で裸の胸に唇接け、強く吸い上げた。

「…ぅッ」

顎にふれた胸板が小さく波打つ。

「嫌か？」

「――…じゃないっ」

でも、どうして？　何を？　小さく喘ぐフェンリルに答えるように、胸から鳩尾、下腹へと唇をすべらせ、ときどき吸いつきながら、同時に両手で捏ねるように、肩や腕、腰に触れてゆく。

「キー…ス？」

フェンリルの息が上がる。それ以上に、キースは自分の下腹部がはしたなく熱を帯びはじめるのを感じていた。そこから生まれたうねりが喉元まで迫《せ》り上がり、熱い吐息となってフェンリルの肌を濡らす。

唇がフェンリルの下生えにたどりついた。そのまま、横たわったままでも驚くほど立派な雄の徴《しるし》を両手で捧《ささ》げ持ち、迷うことなく先端を口に含んだ。

「ッ…」

驚いたフェンリルが肘《ひじ》をつき、上半身を起こす。

キースは口に含んだ先端をさらに奥まで飲み込んでから、頬をすぼめてゆっくりと引き抜いた。先端近くまで出してから、再び奥まで飲み込んでゆく。

デミルや奴《やつ》の仲間にさんざん強要された行為だ。

あのときは一度も、欠片も、そこに快感など感じなかったのに、今は相手がフェンリルだというだけで、同じことをしているとは思えないほど心地良い。

唇に触れる熱さが、口蓋《こうがい》や舌で感じる雄の象徴が、愛おしくて仕方ない。

「キ…ース！」

驚愕《きょうがく》と焦りと混乱が入り交じったフェンリルの声とともに、手が伸びてくる。次の瞬間、なぎ払われるかと身構えたキースの予想に反して、うなじに触れたフェンリルの手は驚くほどやさしかった。

キースはフェンリルを口に含んだまま顔を少し上げ、上目遣いで愛しい〝対の絆〟を見た。

目が合った瞬間、口の中でフェンリルがぐぐっと大きくなる。太い幹に手を添え先端のくびれを舌で刺激すると、頭を支えるように触れていたフェンリルの両手が、かき混ぜるような動きに変わる。

このまま口の中で往《い》かせてみたい。

挑むような欲望に火がついて、太さの増した熱をなんとか飲み込もうと頭を上下させていると、突然肩をつかんで引き起こされ、声を上げる間もなく寝台に押し倒された。

「…フェン？」

上から覆いかぶさるようにのしかかられ、熱で潤んだ瞳で強く見つめられる。

「抱く…って、あれのこと？　あれと同じことを、キースにしていいの？」

『あれ』が何を指すのか、わざわざ確認する必要はない。

「おまえが嫌じゃなかったら、な」

キースがうなずくと、驚くほどの強さで抱きしめられた。背中と腰に添えた両腕だけで軽々と抱き上げられ、そのまま首筋や胸に食いつかれた。

唇接けなどという生やさしいものではない。まさしく、喰われるという表現が相応しいほどの激しさだった。

胸の先端に食いつかれ、そのまま強く吸いあげられて腰が揺れる。右と左。両方とも、じんとしびれて赤く充血し、唾液《だえき》でいやらしく濡れ光るまで舐めしゃぶられたあとで、大切なことに気づいたというふうに顔を上げたフェンリルが、顔を寄せてきた。

「キース…」

真正面から金色の瞳でのぞき込まれるまでもなく、何を望んでいるか分かる。キースはゆるく唇を解いて、近づいてきたフェンリルの唇と舌を受け入れた。

――いいや、誘い込んだ。

両腕を伸ばして背中を抱き寄せる。気持ちいいほどよく育った広い背中は、両手の指先が届かないほど逞しい。ぴたりと触れ合った胸板の厚さに、押し潰される快感を知る。

「フェン…」

不器用に、ただ舌を挿し込んで動かすだけのフェンリルからいったん唇を離し、両手で頰をつつんで微笑みかける。そうして今度はキースの方から唇接けた。逸《はや》るフェンリルの舌を受け止め、絡め、どうすれば気持ちよくなるのかをふたりで探っていく。

舌を重ね、口腔内のやわらかな部分を触れ合わせることが、どうしてこんなに嬉しいのか。他の誰でもこんなふうにはならない。相手がフェンリルだからこんなにも感じてしまう。

両手に収まるくらい小さいころから、この手で育てた子どもに押し倒されてのしかかられ、舌をからませ合って興奮している。本能的な背徳感が却って刺激になり、快感が増してゆく。

自分よりはるかに若い、ついこの間まで小さな子どもだった相手に、抗《あらが》いようもない強さで扱われることに、後頭部がしびれるような強い悦楽を感じた。

自分の中に眠っていた、新たな一面を不思議な思いで受け入れながら、キースはフェンリルと一緒に脚衣と下穿《したば》きを脱ぎ捨て、一糸まとわぬ姿で抱き合った。

「キース、キース…ッ」

フェンリルは余裕のない息使いでキースの胸を舐め腹を舐め、さっきキースがしたように、キース自身をぱくりと口に含んだ。

「…——ッ」

ひくりと喉が鳴って、背筋が反る。

フェンリルは自分がされたことを元に、キースの反応を見ながら唇を蠢《うごめ》かせ、舌を使う。初めてにしては巧みだ。

もちろん下手だったとしても、キースが感じた快感は変わらなかったと思う。フェンリルにされている。ただその一点で、いくらでも興奮できる。

フェンリルはキースを口に含みながら、アルカ邑や旅の間に見て覚えたことを元に、キースの後孔《こうこう》にたどりついた。

「……ここ？」

キースは腕で口元を覆い「そうだ」とうなずいた。とたんに両脚を大きく広げられて、さすがに少し恥ずかしくなる。あまりにあられもない姿だからだ。

「フェ……ッ！」

ちょっと待てと言いかけた声が無様に引《ひ》き攣《つ》る。フェンリルがそこを直接舐めたからだ。

足を閉じようとばたつかせると軽々と身体をひっくり返され、うつ伏せで腰だけ高く上げた姿勢を取らされた。両脚を大きく開いて腰を上げた姿では、何ひとつ隠しようもない。さらされたその部分が、フェンリルの目にはどう映っているのか、突然気になって頬が熱くなる。

「フェン、や…ぁ…」

我ながら甘えた声が出て驚いた。声の響きで、本当に嫌がっているわけではないと分かるのだろう。フェンリルは動きを止めることなく、キースの後孔を舌で舐めはじめた。

「——……っ！」

とっさににぎりしめた拳を噛んで声を殺す。自分の唾液で濡れた拳の生々しさが、被虐を煽《あお》ってキース自身を痛いほどしならせる。そこにフェンリルの指が触れ、やさしくしごかれながら後孔のすぼまりを舌でこじ開けられて、声にならない悲鳴とともに吐精した。

「なんか出た。白い…蜜？」

両手でそれを受け止めたフェンリルが、驚いたように声を上げる。

息を弾ませながらふり返ると、フェンリルがキースが出したばかりの蜜を舐めたところだった。

「フェ…ン、それは」

予想とはちがった味だったのか、一瞬眉根を寄せたものの、フェンリルはキースが説明する前に『白い蜜』をぺろりと舐め取ってしまった。

「すまない…」

「なんで謝るの？」

「わからない」

もうまともに考えられない。

キースは腕で目元を覆い、大きく息を吐いた。

「キース、ここに、挿れて…いいの？」

双丘の間に指を差しこまれ、唾液で濡れて解《ほぐ》れたそこを突かれる。キースは腕を退《ど》かしてフェンリルを見た。

「……いいけど、そのままだときつい。おまえ、すごく大きいから」

「どうすればいい？」

「これを使って、解して…」

頬がどうしようもなく熱くなるのを感じながら、皇帝にもらった練り香を指し示す。フェンリルは腕を伸ばして枕元の小さな容器を取り上げ、蓋を開いた瞬間、ふ…と酔うような表情を浮かべた。

「なに、これ。すごく良い匂いがする」

尻尾が大きく揺れて、張りつめた前がさらに硬度を増してゆく。フェンリルは人差し指ですくいとった練り香を、ためらうことなくキースの後孔に近づけて、そのままゆっくり中へと塗り込めた。

「――……っ」

久しぶりの感触に、キースは横臥《おうが》の姿勢で背筋を反らし、体内に分け入ったフェンリルの指をきゅっと喰い締めた。

その反応に驚いたのか、フェンリルがするりと指を引き抜いてしまう。強く喰いしめた粘膜をこすられる感触に、腰が震えて喘ぎがもれた。

「うん……ッ」

その反応と声で、フェンリルは直感的に自分がなすべきことを悟ったらしい。上側の腿《もも》をぐいと前に引き上げられ大きく開いた双丘の間に、さっきよりも大胆な動きと繊細な注意力で指がもぐり込み、螺旋《ねじ》のように回転しながらつけ根まで貫かれる。

「キースの中、熱くてやわらかい」

そのまま中で指を動かされ、顔を仰《の》け反《ぞ》らせて息を呑んだ。

「は…っ…ぁ…ッ、あ…――」

指を挿し込むごとにフェンリルの動きは巧みになり、一本の次は二本と、教えもしないのに正しい準備を施してゆく。

「俺の指を美味しそうに食べてる」

三本まとめた指先が強い抵抗を受けずに入るようになると、フェンリルが身を起こし、横臥していたキースの身体を仰向《あおむ》けにした。そのまま両脚を大きく広げ、自分の腰脇に抱えるようにして、立派に勃《た》ち上がった雄の象徴をキースのそこにあてがった。

「…いい？」

待ちきれないといわんばかりの勢いで先端をもぐり込ませながら、それでも最後に同意を求めてくる。それが聖獣ゆえの性質なのか、キースがデミルたちから受けた仕打ちを覚えているせいなのかは分からない。

ただ、フェンリルが自分のことをとても大切に想ってくれて、慎重に扱おうとしていることは分かる。

キースは目を開けてフェンリルを見上げ、同意を込めて微笑んだ。

「いいよ、フェンの好きに…」

しろと言う前に、経験したことのない灼熱《しゃくねつ》に貫かれて息が止まった。一気に根元まで押し入られて、自分が銛《もり》で串刺しにされた魚になった気がした。

野太い剛直に縫い止められ、どんなに激しく身をよじっても逃れられない魚。唇を無防備に開いて、懸命に息を吸う姿も、きっと陸に揚げられた魚のように違いない。

そんなことをとりとめもなく思い浮かべていたら、今度はその銛を引き抜かれて、抑える間もなく声が洩れた。

「ぁあ…、――ひ…ぅッ」

先端が外れて自由の身になる。その瞬間に身をよじり、逃れようとした腰を引き寄せられ、再び刺し貫かれた。奥まで突かれ、引き抜かれ、今度は外れる前に再び押し込まれてまた抜かれる。

抽挿の間隔が次第に狭まり、キースが身をよじって逃れる素振りもできなくなると、フェンリルは両脚を抱えていた腕を離して身を折り、キースを抱き寄せた。

背中から肩に手をまわし、自分の激しい突き上げを上にずれて逃れようとする身体を押し留め、溶け合うくらい強く貪《むさぼ》られた。

「フェン…、フェンリル…！」

「キース、好き…大好き、誰にも渡さない。キースは俺のもの、俺だけの…っ」

「分かってる、そうだよ。おまえの、オレは…」

逃れようとしても押さえつけられ、圧倒的な体格差で抗いを封じられることに興奮する。束縛され、独占欲を剝き出しにされることが気持ちいい。

貪り喰われることで相手の一部になり、溶け合って同化してひとつになる。こんなにも別《わか》ちがたく混じり合ったら、この先不安になることはきっとない。

突き上げが激しくなり、意識が何度もふわりと浮き上がって霧散しそうになる。ひときわ強く刺し貫かれた瞬間、身体の奥深い場所に熱い飛沫《しぶき》があふれるのを感じた。

その刺激で自分も二度目の吐精をする。一度目より量の多い白い蜜は、フェンリルの下腹を濡らした。

強風に負けないよう必死にしがみついていた紐が切れ、帳《とばり》が風に舞うように、キースは意識を飛ばした。目を閉じる寸前、フェンリルが隣にどさりと身を横たえ、自分の身体を大切そうに抱き寄せるのを感じて、得も言われぬ安らぎを覚えた。

――フェン、おまえがオレのものであるように、オレもおまえのものだ。

背中にぴたりと身を寄せて、自分の胸を抱きしめたフェンリルの手に手を重ね、キースは採れたての蜜のように甘い眠りに落ちた。

V † 守護者の絆

フェンリルの背に乗って空から見下ろす『帰還《クル》す

ることのない土地《ヌギア》』は、薄い茶色と濃灰色、そして光を吸い込む黒色がまだらにどこまでも果てしなく続くだけの、荒涼とした大地だった。ときおり吹きつける雪まじりの冷たい風が、寒々しい世界を一層凍えたものにしている。

西の地平と上空を覆う黒雲の間から落日の最後の残光が射し込むと、陰鬱な世界が一瞬だけ黄金色に彩られる。

神々からの祝福とも思えるその光を浴びながら、キースはフェンリルと共に初陣の地クルヌギア中央城塞にたどりついた。

ときに帝国暦一〇一〇年三ノ月朔日、夕刻のことである。

上空から見ても巨大な城塞は、着陸態勢に入るとより一層大きく果てがないように見えた。堅固な石の外壁は長年の戦闘によって黒ずんでいるが、元は白石だったらしい。ときどき奇跡のように本来の美しさを保っている部分があり、束の間の夕陽を受けて金色に輝いている。

帝都の中央円蓋《ドーム》が何個も連なって入るくらい広大な屋上の一角に近づくと、手をふって着陸の誘導をしている人々の姿が見えた。

『リグたちだ。キリハもいる。あそこに降りるよ』

フェンリルの声にキースは「ああ」とうなずきながら、胸の内が湯で満たされたように温かくなるのを感じた。

フェンリルはほとんど衝撃のないふわりとした体勢で城塞の屋上に降り立つと、キースが下騎しやすいようしなやかに身を伏せた。その動きに助けられ、キースも流れるように石の床に降り立つ。

「ようこそクルヌギアへ」

両腕を広げ、笑顔で歓迎してくれたのは皇帝ヴァルクートと〝対の絆〟のインペリアル・キリハだ。

「いよいよ初陣だな。分からないことがあったら何でも遠慮なく聞いてくれ」

控えめな口調でそう言ってくれたのはリグトゥー

ル。〝対の絆〟のカイエは獣型で、フェンリルの労を労って首筋を舐めている。

キースたちの到着を聞いて出てきたのか、屋上の開口部からラインハイム公ギルレリウスとリュセラン、それにエディンとイングラム、リオンとアルティオも姿を現し、それぞれキースとフェンリルの到着を歓迎してくれた。

今回の魔獣迎撃戦に参加するすべての金位《インペリアル》が出迎えてくれたのだと気づいた瞬間、キースは、ここが荒涼とした戦いの地であるにもかかわらず、まるで安住の地にたどり着いたような安堵と喜びに包まれた。

自分があるべき場所に帰り着けたという確信は、その後も薄れることなく、初めて体験する大規模な夜間実地演習の間もキースの心を温め続け、演習後に訪れた城塞内の酒舗で、より一層強くなった。

酒舗には出迎えのときと同じように金位《インペリアル》が勢ぞろいして、それぞれのやり方でキースを温かく迎え入れてくれた。

ヴァルクートはキースの肩に手をまわして席へと導き、リグトゥールはお勧めの料理を説明しながら、キースの好みに合わせてどんどん注文してくれる。

ギルレリウスは黙ってキースの杯に酒を注ぎ、エディンはにこりと微笑んで酒杯を掲げ、それぞれ歓迎の意を示す。隣の席に座ったリオンだけは、気圧されたように少しだけ身を退いたけれど、それでも憧れを含んだ眼差しでキースを見つめている。最初の一杯を飲み終わるころには「堂々としていて羨ましい」と、はにかんだ表情で言われた。

数日内に魔獣涌出と迎撃戦が控えているため、皆、酒は一杯ないし二杯しか口にしなかったが、場の空気は明るく温かい。酒舗では騎士は騎士同士、聖獣は聖獣同士で交流することが多いのか、室内の一部は獣型でもくつろげるよう整えられている。

食事のときは人型だったフェンリルたちは、食べ終わった者から獣型に変化して床に寝そべり、互いに毛繕《けづくろ》いをはじめた。

フェンリルはキリハやカイエだけでなく、リュセランやイングラム、アルティオにも身体のあちこちを舐められ、お礼にせっせと舐め返している。

キリハとカイエは慣れた様子で喉元をさらしたり首筋を差し出したりして、気持ちよさそうに目を閉じていた。

リュセランは二、三回舐められたところで、フェンリルの頬を前肢でグイと押し返した。どうやら舐め方が気に入らなかったらしい。耳を斜め後ろに倒したリュセランの、銀糸のような長毛に囲まれた蹠球で顔をぐいぐい押し退けられて、フェンリルは「なぜ?」という表情を浮かべている。

イングラムには毛並みに添って舐めろと駄目出しをされたらしく、何度かやり直しをしていた。アルティオとは毛繕いし合うというより、前肢で互いにじゃれ合っているように見える。

「聖獣同士は人の姿で会話するより、ああやって身繕いし合う方が互いの理解が深まるらしい」

長椅子《カウチ》の背に肘を置いて頬杖をつきながら、目を細めて自分の〝対の絆〟を見つめ、そう説明してくれたのは皇帝ヴァルクートだ。

挨拶と自己紹介代わりの身繕いが一段落すると、聖獣たちは皆それぞれゆったりと身体を伸ばしてくつろぎはじめた。自分の身体を舐めたり、隣の身体を舐めたりしながら、騎士たちには聞こえない内緒の心話で会話をしているらしい。

中には寝そべったまま、給仕が運んできた大皿の花菓に前肢を伸ばし、器用につまんでぺろりと頬張る者もいる。

――ずいぶんと行儀が悪い。

キースは自分が秘境と揶揄《やゆ》されるほどの僻地《へきち》育ちで、帝国貴族に求められる礼儀や作法にはまるきり疎《うと》いという自覚くらいは持つようになった。なったが、そんな自分でも物を食べるときはきちんと身を起こして、ということは知っている。フェンリルにもそう教えて育てた。帝都に来て教わった礼儀作法でも同じことを言っている。

それなのに。

横倒しに寝そべって頭だけ上げ、前肢を伸ばして皿から花菓を持ち上げ、パクリパクリとつまみ食いしているのは、この国を統べる皇帝の聖獣《キリハ》だ。

さすがに驚いて凝視していると、キースの視線の先と意味に気づいた皇帝が苦笑しながら、言い訳のような説明をはじめた。

「――あれは、もういいんだ。何度も注意はしたんだが、そのたびに『それは人間の規律にすぎない』と主張してこちらの言うことなど聞こうとしない。キリハが言う通り、ああしたことは獣型のときしかしないから、まあいいかと思って目を瞑ることにしている」

そう言ってあっけらかんと笑う姿を見たキースは、この男を初めて見たときから、なんとなく惹かれ、一目置いた理由が分かった気がした。

――この人は、フェンに似ているんだ…。

大らかで細かいことは気にしない。それでいて、大切な本質は見逃さない。陽性で頼り甲斐がある。

皇帝が自分の〝対の絆〟を見つめる瞳には、大空のように広く限りない愛情が満ちている。見ているだけで伝わってくる愛情の大きさと深さも、フェンリルに通じるものがある…と思うのは〝対の絆〟の欲目だろうか。

「そういえば」

キースは小さく咳払いして、話題を変えた。

「キリハ…様は、オレたちと同じ僻地育ちだと聞いたんですが、なぜです？」

キリハが弩《ど》のつく田舎育ちで、帝都にやって来た当初は野生児あつかいされてよく笑われていたという話は、ちらほら小耳に挟んでいた。そのあと必ず「だけど君たちに比べたら、ずいぶんマシだったんだなと気づいたよ」と続くのだが。伝聞は途切れ途切れで事情までは分からない。この際本人に確認してみたい。

一杯の酒で気持ちがほどよく解れたキースは、持ち前の好奇心を抑えることなく訊ねてみた。

ヴァルクートは酒杯に軽く口をつけて唇を濡らし、杯を置くと、長椅子の背に左腕を伸ばして足を組み、昔を懐かしむように目を細めて空《くう》を見つめた。

「俺の素行が悪いという理由で、当時皇帝だった父に左遷《とば》された。俺は四男で末っ子だったから、皇帝の息子といってもさほど重要視もされていない。よけいな騒ぎばかり起こすなら、頭を冷やせという意味だったんだろうな」

金位《インペリアル》同士の気安さからか、それとも相手がキースだからなのか、一人称がくだけた「俺」になっている。それがこの場の親密さを示しているようで、なにやら嬉しい。

ヴァルクートが口を閉じると、今度は斜め向こうに座っていたギルレリウスが何か言いたげに口を開きかけた。それをヴァルクートは、よく見ていないと気づかないほどさりげない手の動きで制した。そして再び酒杯を手に取り、にやりと笑みを浮かべる。

その表情には憶えがある。騎士なら誰もが浮かべるだろう。たぶん自分も浮かべている。

——〝対の絆〟を語るときの表情だ。

「辺境に飛ばされたことには感謝している。おかげでキリハに出逢えたし。キリハも田舎でのびのび育った。——…少し、のびのびしすぎたかもしれないが、それもまた魅力のひとつだ。あの子の型破りな性質は、硬直しがちなこの国の制度や、使い古された規則を見直すきっかけを作ってくれる。俺の自慢の〝対の絆〟だ」

そこでいったん口を閉じ、軽い調子で言い足した。

「まあ、子どものころはやんちゃで聞かなくて苦労したものだが、そこがまた可愛くてな」

口ではそう言いつつ、本気で苦労したと思ったことなどないことは、確認するまでもなく明らかだ。他の騎士たちはすでに何度も聞かされた惚気話《のろけ》なのか、皇帝の言葉に黙ってうんうんとうなずいている。

「フェンリルはどうだった？」

皇帝に水を向けられると、騎士たちの視線がいっせいに集まるのを感じた。互いの『我が子自慢』話には飽きていて、新しい話題なら何でも歓迎なのか、それとも純粋にキースとフェンリルの過去に興味があるのかは、判断がつかない。

キースはフェンリルの姿をちらりと見た。

フェンリルはリュセランの尻尾にじゃれついて、そのふさふさの尻尾で思いきり鼻面を叩かれ、それでもこりずにちょっかいを出し、いいようにあしらわれている。その姿に小さく溜息をついてから、一同に視線を戻した。

――フェンリルを見習って、オレももっと心を開かないとな。せっかくこうして歓迎してくれているんだし…。

「フェンは小さいころは身体が弱くて…。ささいなことで吐くわ下痢するわ熱を出すわ…。それはオレのせいなんだけど」

キースは繭卵を見つけてから知らないうちに誓約を交わし、初食に失敗したことまでを包み隠さず、手短に語った。

「今でもときどき、無理をしすぎると熱を出すことがあるから心配で」

これまで誰にも洩らさなかった胸の懸念をさらすと、金位《インペリアル》ノ騎士たちは全員、理解を示して静かにうなずいてくれた。特にギルレリウスから深い同情の気配が伝わってきたのは意外だった。

彼にも何か身に覚えがあるのだろうか。今度、機会があったら訊ねてみよう。

「フェンリルの性格は、子どものころからあんな感じだったのか？」

今度はイングラムとじゃれあっているフェンリルを視線で示したヴァルクートに訊ねられ、キースは思わず溜息を吐いてしまった。

「昔は…、オレの言うことならなんでも素直によく聞いて、逆らったりしたことなんてなかったのに…。最初はこんなに小さくて」

キースが両手をくっつけてゆるく窪めて見せると、一同が深く大きくうなずく。自分の〝対の絆〟が孵化したときのことを思い出したのだろう。

「ちゃんと育つか心配したものです。身体が大きくなってきたら自信がついて、自己主張をしっかりするようになって、二言目にはオレを守るって言い張って、それが健気で可愛くて、この子のためなら命を捨ててもいいと――」

そこまで言ってハッと我に返る。いくらなんでも本音を洩らしすぎだ。

内心焦りながら皆の顔を確認すると、誰もキースの言葉を笑ったり馬鹿にするような様子はない。ないどころか、さっきと同じように理解を示す表情を浮かべている。

それを見て唐突に気づいた。

――…ああ、この人たちは本当に〝仲間〟なんだ。

自分の命より大切な〝対の絆〟を得た仲間。

その実感が波のように押し寄せて、長い間見ないふりをしてきた孤独が洗い流されていく。

キースは目を閉じて椅子の背に身を預け、ゆるく天を仰いだ。身体のすみずみにまで、温かな力が満ちていくような気がする。

視線を感じてふり返ると、フェンリルが顔を上げてキースを見つめていた。朝陽を浴びたようなあざやかな金色の瞳が、満足そうに艶めいている。

『よかったね、キース』

たぶんフェンリルはもっと前に、今キースが感じているものに気づいたのだろう。その一点だけでも、フェンリルが自分よりおとなになった証と言える。

『やきもちは焼かないのか？』

照れ隠しに訊ねると、フェンリルはにやりと口角を上げて笑い顔になった。

『焼いてるけど、鎮め方を教えてもらったから大丈夫。今夜は覚悟しておいて』

「……っ」

キースは赤くなった頬を誤魔化すために空の酒杯を仰ぎ、リグトゥールに「喉が渇いているなら、次は薔薇水にした方がいい」と心配されてしまった。


二日後。未明。

最初の一匹の涌出と同時に、三ノ月の魔獣迎撃戦がはじまった。

キースとフェンリルにとっては公式の初陣になる。先触れのような小物を下位の聖獣と騎士たちが狩り尽くしたところで、いきなりムンドゥス級が十体現れ、すぐさまインペリアル全騎出撃指令が出た。

ムンドゥス級はインペリアルにしか斃せない。

「行くぞ」

『うん』

キースは大驅獣型に変化して騎乗帯を完璧に装備し終えたフェンリルの背にまたがり、声をかけた。

「オレたちはもう独りじゃない。仲間がいる」

この国の――いいや世界の守護者として、魔獣と戦う大勢の仲間が。

『そう。ここが俺たちの生きる場所。俺とキース。そしてみんなと』

「ああ」

互いの使命を確認し合うと、キースとフェンリルは心を合わせ、戦いの空に向けて飛び立った。

あとがき

＊内容にネタバレが含まれますので、本編をお読みになってからご覧ください。

お久しぶりの代償シリーズ第四弾です。代償シリーズといっても、今回はタイトルに「代償」が入っていないので、聖獣シリーズもしくは絆シリーズとでも呼び名を変えた方がいいのでしょうか。「代償」という文字を入れない分、今作はお気楽に楽しめるものを…と思っていたのですが、プロットを練る段階で、最初に思い描いていたものより、ちょっとハードな内容になりました。ちなみに、最初にこの話を思いついたときの仮タイトルは『いい旅、夢気分。野生児ふたり旅』です。運命のいたずらにより、帝国のての字も知らない秘境で育った主人公たちが、なんだかんだで帝都を目指して旅（グルメ、観光、カルチャーショック）するという感じだったのですが、思えば遠くに来たもんだ…な内容になりました。

ということで、前回『奪還の代償～約束の絆～』のあとがきで予告したとおり、ついにモフモフ聖獣攻めであります。自らは発情しない聖獣相手にどうやって思いを遂げるのかというのが今作の見どころとなっております。他にも楽しい子育てパートや、命ギリギリ

あとがき

サバイバル、育てた子どもが下克上？　など、盛りだくさんな内容でお贈りいたします（たぶん）。雰囲気が前3作と若干違っていると思いますが、それはそれ、これはこれで楽しんでいただけたら幸いです。

挿絵は今回も葛西《かさい》リカコ先生に描いていただきました。葛西先生、本当にありがとうございます。またしても不甲斐ないありさまで申し訳ありません…！　ラフでいただいた孵化フェンリルが可愛くて可愛くて、身悶えながら執筆の糧とさせていただきました。

今回も担当さまはじめいろいろな方にご迷惑をおかけしました。申し訳ありません…。

引っ越しを機に心機一転、環境を整えてより一層精進していきたいと思います。

最後になりましたが、シリーズ最新作を楽しみにしてくださっている読者の皆さま、初めてこの本を手に取ってくださった皆さま、本当にありがとうございます。忙しない日常の中、本作がひと時の憩いになれば幸いです。

次作は今冬頃の予定。あれこれ予告するとハードルが上がりそうなので内緒ですが、皆さまに楽しんでいただけるものをお届けできるようがんばりたいと思います。

旧暦皐月　六青《ろくせい》みつみ

この本を読んでのご意見・ご感想をお寄せ下さい。

〒151-0051
東京都渋谷区千駄ヶ谷4-9-7
(株)幻冬舎コミックス　リンクス編集部
「六青《ろくせい》みつみ先生」係／「葛西《かさい》リカコ先生」係

リンクス ロマンス

彷徨者たちの帰還 ～守護者の絆～

2014年6月30日　第1刷発行
2014年11月30日　第2刷発行

著者……………六青《ろくせい》みつみ

発行人…………伊藤嘉彦

発行元…………株式会社　幻冬舎コミックス
〒151-0051　東京都渋谷区千駄ヶ谷4-9-7
TEL 03-5411-6431（編集）

発売元…………株式会社　幻冬舎
〒151-0051　東京都渋谷区千駄ヶ谷4-9-7
TEL 03-5411-6222（営業）
振替00120-8-767643

印刷・製本所…共同印刷株式会社

検印廃止

ISBN978-4-344-83088-2 C0293
Printed in Japan

幻冬舎コミックスホームページ　http://www.gentosha-comics.net